一品指婚 5 完

風文創 332

狐天八月 著

風文創 332

目錄

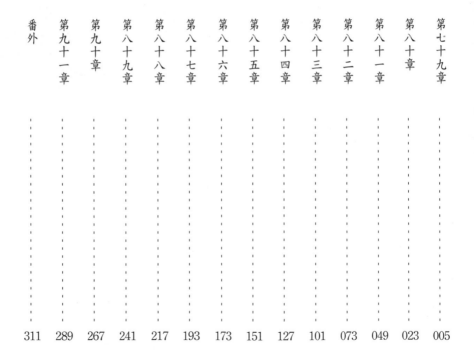

第七十九章

許靜珊自然不會待見蘭陵侯府的人，畢竟高彤蕾這個軒王側妃就是蘭陵侯夫人的親女。高彤蕾的本事，無疑也是蘭陵侯夫人教的。

雖然早產之事是許靜珊趁勢而為，反利用了高彤蕾，將高彤蕾徹底清除出了軒王府，但高彤蕾想要暗害她也是鐵一般的事實。

對教出這樣壞心腸女兒的淳于氏，許靜珊自然沒有好臉色。

見到許靜珊和鄔八月並行走在一起，淳于氏臉上也不大好看。

只是兩方人都已經遇上了，她也不可能當作沒看見。

淳于氏只能硬著頭皮上前，給許靜珊行禮。

鄔八月也微微蹲身，給淳于氏行禮。

「早前聽說侯爺夫人身體欠佳，尊府三姑娘身體也不適，不知如今怎麼樣了？」

許靜珊溫和地笑道，語氣聽上去真誠得不能再真誠，可這話卻是在戳淳于氏的心窩。

她因為莫語柔的突喪和高彤薇中毒之事心力交瘁，可奈何這兩件事都查不出一個所以然，許靜珊就這樣把話問出口，豈不是在拿這話諷刺她？

淳于氏忍了忍氣，要不是郭嬤嬤暗暗在她身後輕輕拉了拉，她臉上的笑容幾乎都不能維持得住。

「煩勞王妃關心了。」淳于氏應道。

許靜珊幽幽一笑，又「啊」了一聲，道：「差點忘了，平樂翁主之事……還請侯爺夫人節哀。」

鄔八月一愣，淳于氏心裡頓時敞亮。節哀？節什麼哀！她可是巴不得高彤絲早入黃泉！

淳于氏臉上的笑都還沒綻開，緊接著就聽許靜珊說道：「因著平樂翁主之事，尊府四爺出生之事反倒是冷冷清清的，也沒設宴慶賀。我近段日子顧著我家小子，也沒能備上一份賀禮同侯爺夫人道個喜。」許靜珊笑容越發溫和。「今兒正好遇到了，就順便恭賀侯爺夫人一聲。侯爺老來得子，真是可喜可賀；侯爺夫人又做母親了，蘭陵侯府添丁進口，真是件喜事。」

恭喜蘭陵侯府添丁進口倒也罷了，這軒王妃何苦加一個「四爺」？淳于氏暗暗咬了咬牙。

淳于氏緊捏著拳，正處於暴怒的邊緣。

鄔八月卻是有些驚訝。

喬姨娘生了個兒子？前段時間因著高彤絲的事情，她完全記不起喬姨娘的事。喪禮辦完之後，鄔八月離開了蘭陵侯府，也沒人在她面前提蘭陵侯府的事。

算一算，喬姨娘的產期的確是在十月。

鄔八月失了會兒神。

「多謝王妃娘娘掛懷。」淳于氏幾乎是咬牙切齒地說道：「我還有事，就少陪了。」

許靜珊笑得溫柔如水。「侯爺夫人是要趕著回府去照顧令郎和令千金吧？本妃的確是不好多留，侯爺夫人慢走。」

淳于氏一口氣提在了嗓子眼，真是恨不得手上有把刀可以讓她胡亂揮舞。

她臉上的笑再也維持不下去，面無表情地對許靜珊行了個敷衍的告退之禮，與許靜珊擦肩而過。經過鄔八月身邊時，淳于氏用怨毒的眼神狠狠地剜了她一眼。

離得遠了，淳于氏還聽到許靜珊對鄔八月道：「高夫人還不知道吧？聽說蘭陵侯府高二爺……不，準確來說，應該是高三爺才對。聽說啊，高三爺意欲出家呢！」

淳于氏心中羞惱非常，加快了離開的腳步。

許靜珊望著行走得十分迅速、漸漸不見了身影的淳于氏，笑如春花。

「王妃所說是真的？」鄔八月略驚訝地看向許靜珊。

許靜珊笑問道：「高夫人指的是哪件事？」

「……王妃方才所說的全部。」

許靜珊輕輕一笑，道：「自然都是真的。」

她挽著鄔八月繼續朝前走。「高三爺看來是真的看破紅塵了。雖然蘭陵侯府的人對此守口如瓶，但有流言傳出，說蘭陵侯爺這段時間一直守著他，連才出生的高四爺都沒顧得上。」

鄔八月默然。

她是蘭陵侯府的媳婦，蘭陵侯府的消息卻要別人來告訴她。

而且令她覺得奇怪的是，為什麼軒王妃會如此關注蘭陵侯府之事？

許靜珊接著說道：「高三姑娘身體不好，也不知道是生了什麼病。聽說以前高三姑娘還挺喜歡約上三五閨中好友出外遊玩，如今卻是整日窩在蘭陵侯府中，也不見其身影。」

鄔八月自然不會將高彤薇乃是中毒的事情告訴許靜珊。

她試探地道：「侯府中之事，王妃娘娘知道的比我還要多，我真是慚愧。」

軒王妃也是個玲瓏心肝的人，自然聽得出鄔八月話中的試探之意。

她頓了頓，微微笑道：「高夫人不必疑心，我只是出於關心……」

許靜珊這話並不是假話。

自從從軒王爺口中得知他和鄔八月的淵源之後，許靜珊自動地將鄔八月看成了自己的責任。

或許這也是能親近軒王的一種手段。

撇開這一層因素，許靜珊對鄔八月是真的同情。

她本就不討厭鄔八月，如今又知道軒王對不起鄔八月的緣由，自然而然地和鄔八月親近了兩分。

聽到「關心」二字，鄔八月也不知是真是假。雖然許靜珊話說得很真誠，但她方才和淳于氏說話時也很真誠啊，真誠有時候也不一定就是真的。鄔八月笑了笑，並不作聲。

許靜珊知道她心中仍有疑慮，暗嘆一聲，也不再多解釋。

二人逛了會兒宣德帝御賜給陽秋長公主的宅邸，又聊了些無關痛癢的話，不久之後，遇到了正在尋鄔八月的賀氏和鄔陵梅。

許靜珊告辭而去，賀氏連聲對她表示感謝。

對於鬧洞房，鄔八月沒有什麼興致。與賀氏會合之後，便乘了轎子回了鄔家，接了兩個孩子。

因郝老太君想念鄔陵梅，鄔陵梅說要在鄔家住上幾日再回莊中，鄔八月便也不多耽擱，自己帶著孩子和奴僕往莊子趕了回去。

路上，她囑咐肖嬤嬤道：「蘭陵侯府裡似乎又有好些事。喬姨娘生了兒子，高二爺打算剃度出家……妳讓人去打聽打聽，回來同我說說。」

肖嬤嬤連聲應了，自去尋人打聽。

兩日之後，肖嬤嬤帶來了蘭陵侯府中的消息。

「高二爺的確是提了想要出家之事，不過大概高二爺也知道此事侯爺和夫人不會答應，是以高二爺只說了去寺中做俗家弟子，遵循佛門戒律，倒沒有說要剃度。」

肖嬤嬤坐在一邊的矮墩上，給鄔八月捶著腿，一邊輕聲道：「至於三姑娘……怕是廢了。」

「廢了？」鄔八月微微瞪大了雙眼。「不是說中毒症狀已經緩解了嗎？」

之前說高彤薇傷及五臟六腑，好在不深，悉心調養的話還是能調養過來的，怎麼就廢了呢？

肖嬤嬤道：「三姑娘的身體倒是沒什麼大礙了，調養好了，雖然比常人弱些，但好歹是能夠活下來的，畢竟三姑娘也不會缺了人細心伺候著。不過……」

肖嬤嬤嘆了一聲。「不過，三姑娘中的毒傷了腦子，恐怕……」

鄔八月渾身一激靈。「嬤嬤的意思是，三姑娘會成……傻子？」

「傻子倒是不至於。」肖嬤嬤道：「聽太醫的口氣，三姑娘以後說話、行動，都會慢上一些，倒也不是完全的傻子，只不過看上去會比常人遲緩些。」

肖嬤嬤低聲道：「侯府裡瞞著這事呢。三姑娘還是如花的年紀，要是這個消息傳出去，三姑娘可就難嫁了。」

鄔八月點點頭，心裡也有些嘆息。

高彤薇的脾氣不好，對她這個嫂子也沒什麼尊敬可言，不過她到底是沒有直接傷害她什麼，年紀輕輕的一個姑娘遭此噩運，想想也的確可惜。

「……侯府瞞著也不是事，將來三姑娘出嫁，三姑爺豈會不知她的情況？恐怕到時候本是親家，倒要成了仇家。」鄔八月有些不贊同。「如果侯爺和夫人仍舊想要讓三姑娘嫁人，至少親家那邊是不能瞞的。」

肖嬤嬤道：「這事……老奴就不知道了。」

鄔八月頷首，道：「嬤嬤繼續說。」

肖嬤嬤點頭。「還有一樁事，就是喬姨娘生子的事了。喬姨娘生產的時候傷了身子，以後恐怕是無法生育了。不過，侯爺現如今也顧及不到喬姨娘那邊的事。倒是那個曾經求到大奶奶您面前的果兒，忠心護主，說是怕侯爺夫人暗害喬姨娘，硬是在喬姨娘生產之前，就讓侯爺派了一隊人在喬姨娘的院子周圍嚴防死守著。」肖嬤嬤頓了頓。「也許是因為這樣，喬姨娘生子雖然凶險，但好歹最後母子均安。」

「果兒？」鄔八月有點印象。

肖嬤嬤輕聲道：「侯爺雖然這段時間因為諸事不順，有些氣急敗壞，但仍舊是……喜歡果兒的忠心，將果兒給……收了房……」

鄔八月頓時愕然，她看向肖嬤嬤，有些不可置信。

「什麼時候的事？」

「也就在前不久。」

肖嬤嬤聽得出鄔八月話語中的怒氣，雖然這怒氣並不是朝著她發作的，可還是感覺到膽寒。

鄔八月忍了忍，還是沒忍住，伸手「啪」的一聲拍了桌子。

「侯爺還真是……興致好啊！」

蘭陵侯爺子嗣不豐的確不假，高安榮要納妾生子，鄔八月也沒法置喙。可在這樣的時候，高安榮這般做，可真是……

高彤絲身亡才不到一個月的時間！

鄔八月之前見高彤絲死後，高安榮神情憔悴，的確是傷心難過的模樣，對高安榮的氣還消了些，哪知道這才過了多久，高安榮當真是江山易改、稟性難移！

「侯爺夫人就沒阻著？」

雖然沒有父母給兒女守孝的道理，但高彤絲喪期不過一月，高安榮要收房納妾，蘭陵侯夫人還是該提醒他兩句，這樣做並不妥當才對。

肖嬤嬤低聲道：「侯爺夫人有沒有從旁勸說，老奴就不知道了。」

鄔八月做了個深呼吸，方才將因這件事而起的憋悶心情給壓了下去。

「算了。」鄔八月擺擺手，道：「現如今我們也不在侯府裡，即便我們在府裡，這些事也輪不著我們來管。」

鄔八月讓肖嬤嬤多添了點炭火，讓肖嬤嬤下去了。

「大奶奶。」暮靄上前接過肖嬤嬤的活兒，讓晴夏給鄔八月端杯養身茶來，心直口快地道：「侯爺這般做，等大爺回來，恐怕會對他更加厭惡。」

「暮靄。」鄔八月低聲提醒她道：「這話可別到處說，侯爺豈是妳能這般議論的。」

「奴婢就是覺得侯爺太過分了。」暮靄忿忿道：「侯爺對大奶奶這個兒媳一點都沒有維護之心，如今女兒離世一個月都不到就另寵新歡，換作是誰都會說侯爺這般做太寡廉鮮恥了。」

的確如此。這也是高安榮收果兒進房的事沒有傳出去的原因，要是傳出去了，沽名釣譽的京中皇親貴戚，恐怕都會對高安榮這樣的做法嗤之以鼻。

不過想一想，鄔八月倒也能明白高安榮緣何這般迫切。

他本身就比較花心濫情，這是其一。

其二，恐怕高安榮也惶恐自己膝下荒涼，今後無人對他盡孝吧？

高彤絲當日挾持著喬姨娘時對他語出威脅的話，還是被高安榮聽進了耳裡的。

高辰複與他已至決裂的邊緣，高辰書又執意要出家，佛門弟子自然是不會娶親生子；喬姨娘所生的兒子還那麼小，能否平安長大還未可知，即便平安長大了，誰又知道他會是怎麼樣的人呢？

兒子總是不嫌多的，高安榮現在就想努力再多生幾個兒子，總有一個兒子會孝順他。

「大奶奶……」

「好了。」鄔八月輕嘆一聲，伸手敲了下暮靄的頭。「什麼時候妳能學得像朝霞一般穩重些？人活潑不是壞事，話多可就要小心言多必失了。在我跟前由著妳說，到了外面……」

「到了外面，奴婢自然會把嘴閉得緊緊的。」暮靄嘿嘿笑道：「大奶奶瞧奴婢幾時因為嘴碎給大奶奶惹過麻煩？」

這倒也是，暮靄雖然話多了些，但也還是有分寸的。

鄔八月好笑道：「就妳道理多。」

頓了頓，她道：「行了，侯府裡的事妳也別再多說了，我不想聽。妳一說，我腦子裡想的全是這些糟心事。」

暮靄吐了吐舌，告了個罪。

「這幾日朝霞姊不在，奴婢有些事情處理得不好，真是越發想念朝霞姊了。」暮靄給鄔八月揉著腿，一邊問鄔八月。「大奶奶想朝霞姊嗎？」

「怎麼不想？」鄔八月好笑道：「她一走，可沒人管得了妳了。」

暮靄嘿嘿笑。

在賀修齊和陽秋長公主大婚之前，朝霞就和周武完婚了。

成親禮是在莊上舉辦的，也算是鄔八月操持的第一樁婚事。

朝霞是她的貼身丫鬟，鄔八月給朝霞的嫁妝自然豐厚，小丫鬟們都十分羨慕。

朝霞借此機會對小丫鬟們說：「好好伺候大奶奶，將來妳們出嫁的時候，大奶奶也虧待不了妳們。」

這是朝霞在給鄔八月拉攏人心。

朝霞本打算成了親後就回來伺候鄔八月的，但鄔八月想著她身邊也沒什麼事，不如放朝霞和周武幾日婚假，讓他們好好去相處。

這兩人雖然也認識有兩年時間了，周武早在漠北時就對朝霞心有好感，但獨處的時間卻不多。新婚燕爾，自然是如膠似漆，鄔八月樂得做個順水人情。

放了他們八日婚假，朝霞回來的日子大概是在賀修齊和陽秋長公主大婚後的第三日，也就是明日。

朝霞回來之後，莊中各項事又回到了正軌。

梳起了婦人頭的朝霞粉面含春，瞧著一副幸福小媳婦的模樣，剛回來就受到肖嬤嬤等人的打趣。

見朝霞滿臉的紅暈，鄔八月也為她感到高興。

「大奶奶。」朝霞上前給鄔八月行了禮，鄔八月喚她起身，笑道：「這幾日玩得可還好？周武都帶妳去了些什麼地方？」

朝霞微微抿唇，笑著回道：「也沒去什麼特別的地方，就在京郊附近賞了賞景。這會兒是冷天，也沒什麼景致可看。」

暮靄掩唇笑。「朝霞姊就不要藏著掖著了，即便是沒有什麼景可賞，朝霞姊不也看得十分高興嗎？臉紅撲撲的，可漂亮了。」

朝霞頓時伸手要撓她，暮靄趕緊躲到了一邊去。

屋裡人嬉鬧著，鄔八月笑著喚朝霞道：「好了，暮靄打趣妳，妳也越活越小了，還跟她鬧。」

朝霞這才停下手來，笑瞪了暮靄一眼。

「都各自去忙吧，把郡主和少爺抱來。」鄔八月吩咐了一句，丫鬟僕婦們立刻散了開去。

欣瑤和初陽長得越發壯實了，欣瑤還是喜歡笑，逢人便笑，襯托得初陽這個弟弟顯得穩重些。他很少哭，卻也很少笑，大多時候都是睜著那雙與高辰複極相似的眼睛，古井無波般地望著人。

兩個孩子如今也有八、九個月大，放他們在床榻上，欣瑤就喜歡在床榻上爬來爬去，而初陽卻更喜歡坐著，看著自己的姊姊爬。

姊弟倆相處得很好，欣瑤不僅樂天，而且還很友好，給了她什麼東西，她也想著要給弟弟一份。初陽也從不與姊姊爭東西，照顧他們的僕婦都說兩個孩子很好帶。

望著一日大似一日的兩個孩子，鄔八月忍不住想，他們的父親幾時能夠回來呢……

眼瞧著馬上就要過年了。

那時在漠北，他們還一起過過年。那會兒，鄔八月帶著單氏和張大娘包包子，雖然食材簡陋，人也少，過得卻十分充實。

這次年節，是要天各一方地過了。

鄔八月嘆息一聲，對肖嬤嬤道：「快過年了，年節需要用到的東西，讓人擬個單子給我瞧瞧。」

肖嬤嬤應了一聲，遲疑道：「今年年節……大奶奶是要在莊上過，還是……」

鄔八月沈默著不答。

她打從心裡不願意回蘭陵侯府，但是大年三十這樣的特殊日子，她要是不回去，也著實是說不過去。

再者，出嫁了的女兒，本就沒有大年三十回娘家過年的規矩。

便是鄔居正和賀氏不在意，旁人說起來也太難聽。

「先準備著吧，要不要回侯府過年，過段日子再說。」

鄔八月道了一聲，肖嬤嬤心中嘆息，輕輕點了個頭。

她自去和趙嬤嬤商談準備年節禮的事，一會兒後，趙嬤嬤卻到鄔八月的屋子裡來，對正在和兩個孩子玩的鄔八月笑道：「大奶奶，來客了。」

鄔八月疑惑地抬頭，往屋外一望，正好看到領著隋洛、站在屋外的單氏。

單氏一直留在長公主府，她不願意再見到高安榮和淳于氏，鄔八月也從未暴露過她的存在。如今單氏出現在這兒，倒是讓鄔八月有些訝異。

「單姨，怎麼來了？」

鄔八月趕緊迎了上去。

單氏雖曾是高安榮迎進門、沒名分的妾，本質上是個下人，但她是單初雪的母親，鄔八月對她一向禮待。

她在長公主府待得好好的，怎麼想著來這兒了？

單氏待人依舊很淡，不過看到鄔八月時，她還是多了兩分親切。

「長公主府裡待著也有些沈悶。」單氏道：「想著妳在莊子上也是一個人，我們湊一塊兒，也能打發年前的這點時間。」

鄔八月微微頷首，讓人給單氏看茶。

兩人都坐了下來，鄔八月的視線移到乖乖站在單氏身邊的隋洛，笑道：「洛兒好像又長高了。」

隋洛靦覥地抿了抿唇，上前給鄔八月行禮。

「好了，這兒沒有那麼多規矩。」

鄔八月招手讓隋洛上前來，伸手捏了捏他的臂膀，笑道：「洛兒長結實了許多。」

隋洛笑了笑，點頭道：「我每日都有練功夫的，每一頓都吃三碗飯。」

「能長壯實就好，身體好了，做什麼都有勁。」鄔八月笑了一句，拍拍隋洛的肩，道：「你周叔也在莊上，來了這兒後讓他點撥點撥你。」

隋洛便有些蠢蠢欲動。

鄔八月笑道：「行，去尋你周叔吧，你應當已經見過他了。」

隋洛便趕緊點頭，給鄔八月福了個禮，小跑著出去了。

「洛兒還是孩子心性。」單氏淡笑著道：「在長公主府，他一個人總玩不起來。瞧著他一日話少過一日，我想了想，還是帶著他來這兒了。」單氏問鄔八月。「不會給妳添什麼麻煩吧？」

「當然不會。」鄔八月笑道：「單姨也知道，我在這兒也是混日子呢。」

單氏便頷了頷首，頓了頓問道：「今年大年，妳想回蘭陵侯府去嗎？」

鄔八月頓時被問住。

她還沒有打定主意，也想著好歹還有些時間讓她考慮，不需要立刻作決定。再者，蘭陵侯府那邊也沒有什麼消息，她暫時不想考慮這個問題。

單氏問起，鄔八月想了片刻方才道：「單姨問我想不想，我自然是不想的。那裡……也沒我的親人。」鄔八月頓了頓，反問單氏道：「單姨覺得我應該回去嗎？」

單氏輕飄飄地答道：「妳是高家兒媳，回自然是應該回的。不過如妳所說，蘭陵侯府裡沒有妳的親人，妳回去了，過的恐怕也只是個冷冷清清的年節罷了。」

鄔八月低嘆一聲。誰說不是呢……

「但這似乎也輪不到妳作主。」單氏又說道：「蘭陵侯府現如今的境況，妳要是不帶著兩個孩子回侯府過年，侯爺也一定會讓人來接你們。至少，要接妳的兩個孩子回去。」

鄔八月心裡也清楚，高安榮即便是不認同她這個兒媳，也捨不得兩個孩子。

「到時再說吧。」鄔八月輕嘆一聲，道：「這會兒離年節還有些日子。」

單氏望著她道：「妳早點作好決定，也能早一點布置準備。」

「多謝單姨提醒，我知道。」鄔八月對單氏頷首，頓了頓道：「對了，單姨，前段時間……爺來了信，提到了單姊姊。」

單氏平淡的臉上頓時露出驚喜。她盯著鄔八月，抿抿唇有些顫抖地問道：「有……有初雪的消息了？」

鄔八月點頭，對單氏抱歉一笑。「這段日子流言纏身，我一時間也沒來得及告訴單姨這個消息，見到單姨的時候又給忘了。」

「她……她怎麼樣了？還……還活著嗎？」單氏輕聲地問道，微顫的尾音洩漏了她的緊張不安。

鄔八月輕「嗯」了一聲，說道：「爺信中沒有多說，只是淡淡提了兩句，大概是怕家書半道上被人截獲。爺信上說，單姊姊嫁了人，還生了個小子……」

單氏聽著皺起了眉頭，問道：「她被北蠻人抓去，還被那人給……糟蹋了，她嫁的人……」

鄔八月輕輕頷首。「便是那個北蠻人。他是北秦科爾達的薩主，單姊姊現在是他的妃子。」

鄔八月輕輕低下了頭。

她接到這封信時，高辰複雖只在信上寥寥數語，並淡化了單初雪現在的境地，但她還是能夠想像得出初到科爾達的單初雪是怎樣艱辛。

單初雪一直待在薩蒙齊的身邊，也不知道她是怎麼樣適應習慣的？何況，她還給薩蒙齊生了一個兒子……

鄔八月心裡嘆了一聲，有些擔心單氏的反應。

「活著就好。」

她驚訝地抬頭，卻見單氏鬆了皺起的眉頭，竟然是淡淡地露出了笑容。

「單姨……」鄔八月喚了一聲。

單氏道：「她能撿回一條命已經是上天的恩德了，別的都不重要。」單氏對鄔八月淡淡地說了一句，遲疑了片刻又問道：「她還有沒有可能……回來？」

鄔八月張了張口，輕聲道：「單姨想要見單姊姊，等大夏和北秦友好結盟了之後總有機會的。」

單氏輕輕點頭，半晌後微微一笑。「知道她還活著，今年過年，我心裡也鬆快些。」

或許是因為單初雪有了消息，讓單氏心裡放下了一件大事，到莊上來後的單氏過得很舒坦。她既不是主子，也不是僕人，不過好在她也不怎麼與莊上的人打交道，自然也沒有那麼多人圍在她身邊，與她說話親近。

平時，單氏就只與肖嬤嬤等人閒話家常。但單氏話也很少，更多的時候是幫忙照看欣瑤和初陽。大概是知道自己也有了一個外孫子，單氏對小孩也更加喜歡疼愛。

這般過著，轉眼就到了十二月中旬，瞧著還有不到半月就要大年了，鄔八月囑咐肖嬤嬤去採購的年貨，肖嬤嬤都已經購置齊全了。

越臨到年底這個時候，肖嬤嬤也越是擔心。

蘭陵侯府到底要不要讓大奶奶帶著郡主和少爺回去過年？

肖嬤嬤瞅了個機會，詢問鄔八月這事。

鄔八月抿了抿唇，問肖嬤嬤道：「侯府那邊有沒有什麼動作？」

「聽說侯爺去過鄔家一次，問大奶奶現在所在的地方。」肖嬤嬤斟酌著答道：「老奴要是猜得沒錯，侯府應該會派人來接大奶奶了。」

「接我是假，接瑤瑤、陽陽是真。」

鄔八月十分清楚，高安榮壓根兒不想認她這個兒媳，她也不會覥著臉去巴結高安榮。

京中的流言蜚語現如今傳得如何，她也不甚在意。如今在莊上，她帶著兩個孩子過得很好。

「就等著吧，兵來將擋，水來土掩，端看侯府那邊要怎麼樣。」鄔八月道：「最好是侯府不來人，我們就在莊中過年也好。」

肖嬤嬤低應了一聲，道：「五姑娘讓人來傳了話，郝老太君不放她走，五姑娘沒能來莊上陪伴大奶奶，讓大奶奶不要生她的氣。」

鄔八月聞言一笑。

自陽秋長公主大婚之後，鄔陵梅就被郝老太君約束在了東府。

鄔八月不知郝老太君是不希望鄔陵梅與她多接觸，還是真的捨不得她最寶貝的曾孫女兒三、五日地見不著面，總之老太君就是將鄔陵梅扣住了，連賀氏去要人也要不回來。

「我怎麼會因為這個生陵梅的氣？」鄔八月嘆了一聲。「有人疼她，總比沒人疼她要好吧！」

肖嬤嬤一頓，見鄔八月眼中染上感傷的情緒，心裡也有些不好受。大奶奶大概是想起了鄔老太太吧？

「行了，我這兒沒什麼事，妳下去吧。」鄔八月擺了擺手，道：「馬上年關了，給莊上的人準備的新衣新被子都發給他們，讓他們今年也過個好年。」

肖嬤嬤應了一聲，下去辦事。

鄔八月讓暮靄伺候著脫了衣裳，帶著兩個孩子午睡。

正睡得香，卻被一陣嘈雜給吵醒了過來。

「什麼事……」

欣瑤和初陽也被吵醒了，哇哇哭了起來。

鄔八月一邊哄著兩個孩子，一邊衝著外面問道。

「大奶奶……」暮靄匆匆進來，道：「侯府來人了。」

鄔八月一個皺眉。「領頭的是誰？」

「侯爺……」

暮靄上前伺候鄔八月起身，鄔八月有些意外。「侯爺親自來的？」

「是。」暮靄道：「奴婢估計著，侯爺大概是想著讓人來接，大奶奶許是不會回侯府去。」頓了頓，暮靄問道：「大奶奶要回去嗎？」

鄔八月正穿著衣裳，聞言道：「先去會會侯爺……讓奶娘把瑤瑤、陽陽抱下去，不要讓侯爺的人瞧見。」

暮靄意會，給鄔八月披了披風。

鄔八月剛跨出門，忽然停住腳步，「哎呀」一聲。

「大奶奶？」暮靄不解道。

「糟了……」鄔八月看向暮靄，眼睛略睜得有些大。「單姨！」

第八十章

單氏來莊上之後，幾乎沒有和莊中人往來過。莊上沒有府中那樣大的規矩，鄔八月待單氏如待長輩，單氏在莊中想去哪兒便去哪兒，也不會有人去攔著。

知道單氏與蘭陵侯府淵源的人不多，就連朝霞和暮靄，鄔八月也未曾跟她們提過單氏的來歷。

如今高安榮來了莊上，如果沒人告訴單氏一聲，碰上了怎麼辦？

面對鄔八月這般的驚詫，暮靄疑惑道：「大奶奶，單姨怎麼了？」

鄔八月抿了抿唇，吩咐道：「妳趕緊去尋單姨，同她說一聲侯爺來的事。」

暮靄點點頭，不疑有他，即刻便要遵照鄔八月的吩咐去做。

但半道上，她又停了下來，回頭對鄔八月道：「奴婢差點忘了，單姨說要給郡主和少爺熬奶粥，這會兒應該已經熬好了要往大奶奶這邊來呢。」

要來她這兒，途中是要經過前廳旁的花園的。

鄔八月的心都提到了嗓子眼，囑咐暮靄讓她吩咐奶娘照顧兩個小的，便急急忙忙往前廳去。

莊子畢竟是莊子，沒有那麼大的地域，兩個人要遇上並不是什麼難事。

鄔八月到前廳的時候，赫然見到高安榮和單氏都在，心裡頓時叫苦不迭——這可真是怕什麼來什麼。

單氏面上已經沒有了驚詫的表情，大概是她已經調適心情，現在臉上淡淡的，彷彿高安榮在她眼前和尋常人沒什麼兩樣。
但高安榮面上的震驚卻是絲毫不減。
兩個人都坐著，高安榮緊盯著她。
鄔八月跨進門來，蹲身規矩地福了個禮。
「侯爺大駕光臨，有失遠迎，還望侯爺恕罪。」
高安榮此時自然沒有閒心去為難鄔八月，他正被遇見單氏的事情給震驚著。
高安榮來兒媳的陪嫁莊子上，的確是要接鄔八月回侯府去過年的。
並不是他想通了，只是想著，今年年節府裡真的是冷冷清清，太過淒涼了些，這大兒媳再怎麼樣，好歹也給他生了孫子孫女，看在孫子孫女的面上，闔家團圓熱鬧點過個年，他也就不計前嫌了。
到了這莊上，知道兒媳帶著孫子孫女午睡，高安榮想著肯定還有一會兒才能見著他們，便到前廳旁的花園逛了會兒，沒想到卻見到了熟人。
單氏手裡端著托盤，見到他時也愣了半晌，差點把托盤給打翻了。
高安榮花了片刻確定面前的人就是他記憶中的那人，待確定之後，他自然要問單氏怎麼會在這兒。
單氏卻不作答，福了個禮就想當作沒遇見過他似地走開。
高安榮哪能容得了這樣？他當即就拽著單氏回了前廳，問過了莊中伺候的下人，知道單氏已在莊中住了有一段時間，和兒媳的關係也十分密切。

高安榮心裡一團疑惑，要等鄔八月來了問個清楚。

所以乍一見到鄔八月，高安榮當即開口問道：「她怎麼會在妳這莊上？妳和她什麼關係？」

鄔八月眼瞧著單氏一雙眼睛古井無波，心裡明白單氏對高安榮已是心如止水。

面對高安榮這般咄咄逼人的問話，鄔八月答得卻也從容。

「單姨乃我故知高堂，她來我莊上作客，侯爺對此有意見？」

鄔八月平靜地望著高安榮，絲毫不在意高安榮臉上的怒意。

「妳可知她、她……」高安榮指著單氏，咬牙半晌方才說道：「她是本侯的妾！」

鄔八月面上沒有絲毫驚訝的表情。

「是嗎？」她甚至還笑了笑，道：「倒是沒聽單姨說過。」

高安榮看向單氏。「妳是我的女人！」

單氏淡淡地望了高安榮一眼。「我還以為，侯爺早就已經將故人忘得一乾二淨了。」

高安榮皺眉冷哼道：「妳與彤雅去了哪兒？夫人原本給彤雅看好了幾戶人家，只待與妳商量之後定下人選，妳們這般一走了之，可真是白費了本侯與夫人的一番好心！」

饒是鄔八月不想與高安榮起衝突，聽到這話也不由得出聲諷刺道：「那還真是讓侯爺費心了。」

高安榮看向鄔八月。「妳說她是妳故知高堂，那妳的故知豈不就是彤雅？她人呢？」

鄔八月淡淡地答道：「單姊姊不在燕京。」

「那她在哪兒？」

高安榮問了一句，鄔八月不回，單氏也不應。

他頓覺尷尬，但隨之而來的便是憤怒。

「妳們還真是不把本侯放在眼裡。」高安榮盯著單氏和鄔八月，冷聲說道：「尤其是妳。」

高安榮看向鄔八月，嘴角近乎有些抽搐。「妳早就認識彤雅，卻從來沒有在本侯面前提過，妳是何居心！」

鄔八月抿抿唇，正要開口，單氏卻搶先說道：「是我不讓她同人提起我的，侯爺若有意見，只管找我，莫要欺負她。」單氏淡淡地道：「侯爺身上有什麼可圖的？別人對侯爺又能有什麼不良居心？侯爺多慮了。」

「彤雅在哪兒？」高安榮便看向單氏問道：「她如今可嫁人了？」

「嫁了，兒子都生了。」單氏說得風輕雲淡。「另外，『彤雅』二字，還煩勞侯爺莫要再提。她早就改名換姓，如今她的名字為單初雪，隨我姓，與侯爺無關。」

「妳！」高安榮不敢置信地看著單氏。

單氏平靜地與他對視。「侯爺不認初雪為女兒，初雪自然也不會掛著侯爺女兒的名姓過活。種什麼因，得什麼果，侯爺也怨不得初雪。」

高安榮怒哼一聲。「誰知道她是不是我的骨肉！」

單氏頓了頓，也不接這話，道：「至於我，侯爺當初為我贖身確實是出了銀錢，要說我是侯爺之妾，倒也不為過。」

高安榮冷哼道：「妳知道就好。」

「所以，侯爺打算怎麼辦？」單氏冷靜地看著高安榮。「侯爺想要將我帶回侯府，要我繼續為奴為婢伺候侯爺與夫人？」

「恐怕侯爺沒那個膽子吧？」鄔八月不喜歡高安榮在單氏面前高高在上的模樣。「單姨現如今是科爾達薩妃之母，論地位，和侯爺您也應該不相上下。侯爺要是將單姨當作奴婢使喚，恐怕單姊姊不依，一怒之下勸得科爾達一族與大夏為敵，侯爺的罪過可就大了。」

高安榮震驚地呆坐著，半晌後方才問道：「妳說，彤雅她……」

「單姊姊如今是異族王妃。」鄔八月答了一句，上前扶過單氏，輕聲道：「單姨，您的奶粥熬好了嗎？瑤瑤和陽陽都等著吃呢。」

單氏頷首，看了高安榮一眼，一點也不留戀地端了托盤，轉身離開。

高安榮的話梗在喉嚨口，想要叫單氏站住，卻遲疑著久久沒有開口。

待單氏走遠，高安榮方才對鄔八月發難。「妳說什麼？彤雅她怎麼會成為異族王妃?!」

高安榮既然見到了單氏，很多事情便也沒有隱瞞的必要了。

鄔八月坦然道：「當年我在漠北結識了單姊姊，卻被北蠻人所擒，當作人質被帶到北蠻之地。夫君前來營救我們，薩蒙齊卻不肯放單姊姊走，是以夫君只帶回了我一人。我原本也不知單姊姊是否還活於人世，這次夫君前往漠北，方才來信告訴我，單姊姊已成為科爾達薩妃。」

她微微抿唇一笑。「非但如此，單姊姊還為薩蒙齊生下一子，便是科爾達一族的繼承人。」

高安榮簡直覺得自己在聽天書，也不知自己該不該高興。

但他竟然嘀咕了一句。「真不愧是我的女兒！」

鄔八月嘲諷地一笑。「抱歉呢，侯爺。單姊姊說，她無父，只有一母一兄。您可從未承認過她是您的女兒。」

高安榮面上的尷尬一閃即逝，但他很快就調整了面上表情，心裡也下了決定。

「妳收拾收拾，帶著瑤瑤、陽陽同我一起回侯府過年。」高安榮道了一句，又加上一句。「也把她帶上。」

鄔八月一個挑眉。「單姨恐怕不願意去吧。」

「她再怎樣，也是我抬進門的妾。」高安榮冷著臉道：「大不了，我看在彤雅的面上，提一提她在府裡的地位。」

這是要讓單姨一直留在侯府裡了？

鄔八月嗤之以鼻，心想單氏是一定不會同意的。

「好，妳讓人去收拾東西吧。」

單氏聽了鄔八月的轉述，卻這般應了下來。

鄔八月震驚地嚥了嚥口水，道：「單姨……不是不希望和高家再有任何往來？可要是回去了……」

單氏輕聲一嘆，道：「侯爺已經發現了，侯爺夫人知道我的消息也是遲早的事。憑我一個人，躲不開她的算計；既然躲不開，那還不如正大光明地現身。」她頓了頓，道：「再者，妳一個人回去，也顯得冷清了些。」
「單姨……」鄔八月有些鼻酸。
單氏道：「我不是為了妳，妳不要有負擔。這個人情，等高將軍回來還。」
鄔八月笑道：「單姨想要夫君做什麼？」
「讓他……送我去漠北。」單氏道。「初雪在北秦。我想見她。」
單氏為人雖一直冷冷清清，但對女兒卻一直記掛在心。
早前單氏不知單初雪生死，過得著實有些渾噩，現在知曉單初雪仍活在世，單氏無論如何都不會撇下她一個人在漠北孤苦伶仃。
在單氏母女二人的認知之中，被高安榮漠視的她們是彼此唯一的親人。
單氏作出了決定，鄔八月也只能依從。
吩咐了肖嬤嬤去收拾行李，鄔八月又開始為回到蘭陵侯府之後的生活發愁。
她不想和高安榮等人打交道，尤其是淳于氏。之前在陽秋長公主大婚那日，軒王妃和她行在一起，還在言語上給了淳于氏難堪，雖然她沒有說什麼，但想必淳于氏會覺得她看了自己的笑話，連帶著她也會被淳于氏記恨。
想到回京之後恐怕就沒有安寧日子好過，鄔八月不由一聲嘆息。
單氏正抱著初陽哄著，聽到鄔八月的嘆息聲，不由看向她。
「在為回侯府之後的日子焦慮？」單氏微微一笑，鄔八月望向她，道：「單姨也不是不清楚我現在的處境，回到侯府去，恐怕今後沒個安寧日子。」

「總也要面對的。」單氏道：「除非高將軍擺明了和侯府劃清界線，否則妳終究還是蘭陵侯府的媳婦，免不了和他們打交道。」她頓了頓，提議道：「不如，妳把月亮牽回府去。」

「啊?!」鄔八月頓時一驚。「月亮那麼大的個頭，恐怕……」

「妳是月亮的主人，妳想養著牠，只要看好了不讓牠傷人，誰又能說什麼？」單氏低低一笑，道：「難道，堂堂蘭陵侯府的大奶奶想要養個玩意兒打發時間都不行？」

單氏這話說得有理，鄔八月想了想，卻是嘆道：「我也很久沒有和月亮親近了，不知道牠還記不記得我。論起來，單姨和牠相處的時候還要長些。」

單氏便是一笑，道：「左右我回侯府也是要和妳比鄰而居的，月亮讓我帶著，便也同妳帶著一般無二。等高將軍回來，我自是要去漠北的，到時候怎麼安置月亮，你們夫妻二人可以商量商量。」

鄔八月心裡一動。

月亮本就是雪狼，當初在漠北她打算要養牠時，父親就說過，雪狼可能養不熟；加上這段時間她幾乎沒怎麼回長公主府去瞧月亮，月亮和她難免生分。

而一直留在長公主府的單姨，倒是時常能見到並照顧月亮。

或許月亮對單姨的感情已比對她這個原主人的感情還要深。

單姨既要去漠北，定然會和單姊姊團圓。如果月亮跟著單姨去了漠北，是繼續留在單姨身邊也好，是重返山林也好，到底也算是回歸家園了。

這般一想，鄔八月心裡又有些捨不得。

但她知道，這也許是月亮最好的歸宿。

「單姨既然這般說，那我們去侯府的時候，就去長公主府將月亮給帶去。」

鄔八月一笑。「月亮這麼大一個傢伙，要是被帶回侯府去，生人都輕易不敢近身了，您說會不會嚇得侯爺夫人花容失色呢？」

單氏一笑，卻道：「她也已是半老徐娘，又何談『花容』二字？」

鄔八月頓時輕笑出聲。

高安榮讓人來催促了好幾次，鄔八月方才和單氏行了出去。

行李包袱都已經收拾妥當，放上了馬車。

朝霞和肖嬤嬤一人抱了一個孩子，鄔八月囑咐讓她們跟在她後邊。

雖是高安榮的孫子孫女，但鄔八月還是不想讓高安榮和他們接觸。

「侯爺。」鄔八月對高安榮道：「單姨之前住在長公主府，還有些東西要從長公主府取來，還麻煩侯爺讓人繞點路，先到長公主府走一趟。」

高安榮皺著眉頭，問了一句。「長公主府？」

「是的。」鄔八月點點頭。

「讓人去拿不就行了?什麼東西那麼寶貴，還要親自去取？」

高安榮不大樂意去長公主府，鄔八月便望向單氏。

單氏淡淡地說道：「侯爺要是不讓我回長公主府取東西，那我就不回侯府了。」

高安榮頓時氣急。「這是妳說了算的?!」

「侯爺也知道，我一向不說假話。」單氏平淡無波地道：「侯爺若是不信，可以試試。」

高安榮和單氏到底也曾恩愛過，對單氏的脾氣也了解兩分，單氏是個寧為玉碎、不為瓦全的人，他要真是強迫於她，單氏真可能寧死也不進蘭陵侯府。

高安榮忍住怒氣，終究應了去長公主府的事。

但他還是擔心單氏進了長公主府後溜走，所以提出要讓他的人陪著單氏去取東西。

單氏嗤笑一聲，自然不會反對高安榮這般防著她，畢竟她也不是要逃走。

所以當單氏從長公主府裡牽出一頭皮毛雪亮的「狼犬」時，高安榮頓時愣住了。

「妳說要取的東西，就是這畜牲？」

高安榮沒辦法理解單氏的行為。在他印象中，才藝雙絕的單氏最多會養隻慵懶的貓，怎麼想像得到會養這麼一頭大狗？

單氏冷冷地看了高安榮一眼，道：「侯爺覺得牠不過是頭畜牲，但牠對我來說，可是我的家人，還請侯爺嘴裡放乾淨些。」

高安榮怒火上頭。他還比不過一頭畜牲？

這般想著，高安榮對單氏牽出來的月亮頓時沒個好臉色，狠狠地瞪了牠一眼。

但可惜，月亮並不是一條普通的「狗」。

牠感覺到高安榮不善的視線，頓時伏低了身子，對著高安榮發出了低沈的警告。

從月亮喉嚨口發出的聲音讓高安榮有瞬間的失神。

他之前只注意到這頭畜牲的塊頭，以為是一條狗，可現在仔細一看，卻發覺這畜牲和狗還是有區別的。

高安榮緊緊盯了月亮片刻，忽然驚呼道：「這是一頭狼！」

忽然發出的驚叫聲驚動了月亮，月亮渾身陡然繃直，毛都豎了起來，眼瞧著下一刻就要朝著高安榮攻擊過去。

單氏忙拉住拴牠脖子的鏈子，道：「月亮，回來！」

月亮這才緩緩放鬆，伏低身子慢慢向後退，眼睛卻仍舊緊盯著高安榮。

「妳、妳居然養了一頭狼！」高安榮被月亮嚇得後退了兩步，震驚地望著單氏。

單氏面上表情仍舊淡淡的，道：「月亮不會傷人。」

月亮從小就被鄔八月養在身邊，後來跟著他們從漠北到了燕京，也一直被圈養在長公主府裡，比起雪狼的野性，月亮更多的是人性。

但即便是如此，高安榮也沒辦法忽視牠是一隻「狼」的事實。

「不行！」高安榮反對道：「妳說這畜牲不會傷人牠就不會傷人？等牠傷了人可就晚了，不能把牠帶到府裡去！」

高安榮的反對在單氏和鄔八月的意料之中。

鄔八月走近月亮，想看看月亮還記不記得自己。

她朝月亮伸了手，月亮聞了聞，偏頭看著鄔八月，然後伸出舌舔了她的手一下。

鄔八月頓時笑了。月亮還記得她。

「妳們聽到我說的話了沒有?!」高安榮怒吼道：「這畜牲不能帶進侯府裡去！」

鄔八月看向高安榮，道：「侯爺，月亮是夫君養的，單姨在長公主府裡，月亮便拜託給了單姨養著。若不是侯爺要單姨去侯府中，單姨也不會帶月亮去，除非侯爺讓單姨繼續留在長公主府。」

「牠一頭畜牲，有這麼重要?!」高安榮怒喝了一句，緊接著卻皺起眉頭，看向單氏。「複兒也一早就知道妳，還讓妳留在長公主府裡住下？」

單氏頷首。

高安榮咬了咬牙，道：「好啊、好啊，一個個都瞞著我！還有什麼事是瞞著我的?!」

鄔八月不語，心道：你不知道的事多了去了，誰讓你本身就是個糊塗人呢？

高安榮和單氏僵持著，就是不想讓這麼一頭危險的畜牲進蘭陵侯府。

單氏也不急。

高安榮要麼答應，她帶著月亮回侯府；要麼不答應，她就跟他在這兒耗著。

她是無所謂的，高安榮可還要面子。

最終，高安榮也不得不妥協，但與單氏、鄔八月約法三章，月亮必須一直被拴著，如果牠攻擊人，就得把牠送走，沒得商量。

單氏自然是答應了，一點也不含糊。

高安榮還是不放心，讓人儘快去弄一個鐵籠子來，要單氏將月亮關起來。

單氏也沒意見。左右等到了蘭陵侯府，關起門來，她想把月亮放出來便能將月亮放出來。

再者，區區一個鐵籠子，也不一定關得住月亮。

高安榮就這樣懷著忐忑憂慮的心，將單氏和鄔八月接回了侯府。

因為太過震驚於單氏的出現以及月亮這頭狼，高安榮甚至將欣瑤和初陽兩個小傢伙都給忘了。

馬車行至蘭陵侯府，淳于氏裝賢慧，已經等在了侯府門外。

見到騎著馬回來的高安榮，她笑著上前道：「侯爺可算是將複兒媳婦接回來了，複兒媳婦……」

淳于氏看向馬車，剛想故作寒暄兩句，卻陡然變了臉色。

牽著月亮的單氏從馬車中鑽了出來，對她淡淡地一笑，笑容是說不出的輕諷。

「夫人，好久不見，別來無恙？」

淳于氏差點驚叫出聲，好在身後的郭嬤嬤伸手扶了她一把，輕輕掐了她一下，提醒她不要輕舉妄動。

淳于氏總算是穩住了身形，臉上裝出驚詫而歡喜的表情，道：「單妹妹，妳回來了？」

單氏對淳于氏無時無刻不在作戲早已厭倦，如今的她也不是當初帶著單初雪在蘭陵侯府裡艱難生存、仰人鼻息的單幽蘭了。

面對淳于氏，她想客套兩句便客套兩句，不想客套，那不搭理就是。

所以對於淳于氏這聲「單妹妹」，單氏可是敬謝不敏。

「侯爺夫人莫要亂叫。」單氏一本正經地道：「這聲『妹妹』我可擔待不起。」

淳于氏臉上頓時露出一絲尷尬。

高安榮心裡也正憋著火，沒好氣道：「杵在侯府門外做什麼？要說什麼都進去說。」

高安榮率先大步朝裡走，還不忘吩咐侯府總管，讓他趕緊著去尋個大的鐵籠子來。

高安榮不在，淳于氏在單氏跟前也懶得裝姊妹情深。

「妳倒是好手段，都走了幾年了，還能勾得侯爺把妳帶回來。」

「那可真是讓夫人見笑了。」單氏微微一笑，不鹹不淡地道：「是侯爺硬要我來蘭陵侯府，可不是我上趕著要來的。」

單氏拉了拉月亮的鏈子，月亮便挨近了單氏幾分，對著淳于氏毫不猶豫地嚎了一聲。

淳于氏嚇了一大跳，忙後退兩步，瞪圓了眼望著月亮。

「妳這養的什麼東西！」淳于氏指著月亮大喝道。

單氏眼色一暗，剛想出聲，卻聽鄔八月道：「夫人勿怪，月亮是爺養在長公主府裡的狼，平時讓單姨照顧著，如今侯爺讓單姨來侯府，單姨便只能將月亮也帶來了。」

鄔八月言笑晏晏，從單氏手中牽過月亮，道：「夫人放心，月亮不會咬人的，牠也就會嚇唬嚇唬人而已。」

鄔八月笑得一臉純良，但這話聽在淳于氏耳裡，卻滿是挑釁，月亮適時地又朝著淳于氏發出警告的低吼聲。

郭嬤嬤扶著淳于氏後退了幾步，低聲道：「夫人莫怕，不過是頭畜牲，咱們想弄死牠也不過是一包毒藥的事……」

淳于氏這才心定，咬了咬唇道：「走，回府。」

淳于氏也顧不得單氏和鄒八月這頭，率先回了府。

單氏一笑，鄒八月扶著她也跟了進去。

高安榮想著要「團圓喜氣」，讓人擺了滿滿一桌的美味佳餚，備好瓊漿玉液，想要洗一洗這年侯府裡的晦氣。

晚膳時，高安榮讓所有人都到茂和堂來，包括高辰書和高彤薇。

喬姨娘抱著出生不過一、兩月的兒子出現了，另兩個姨娘走在喬姨娘後面。

三位姨娘見到單氏都十分震驚。資格老一些的兩位姨娘早已不得寵，也沒兒女，和單氏自然沒什麼衝突，震驚之後，浮上心頭的自然是故人重逢的喜悅。

喬姨娘斟酌片刻，也自然地貼近了單氏，和單氏說話。

寒暄兩句後，她們當然也問起了單初雪。

「彤雅呢？怎麼沒跟著妳一起回來？」

姨娘的問話讓單氏面上的微笑頓了頓。

淳于氏心裡冷笑。

喬姨娘生了兒子就想和她分庭抗禮，還想著要搭上單幽蘭這條船……真當單幽蘭多有本事，半老徐娘而已，還能從侯爺那兒重新獲寵？

然而淳于氏心裡的冷笑卻在高安榮開口之後，頓時變成了一個笑話。

「彤雅現在是北秦的王妃，自然不能和單氏回來。」

高安榮這話說得可真是「與有榮焉」，喬氏等三位姨娘齊齊一頓。

淳于氏懷疑自己的耳朵出了問題，遲疑地問道：「方才……侯爺說什麼？彤雅她……怎麼成北秦的王妃了？」

高安榮笑得很自豪。「她有這樣的機緣和運道，也真是我們高家的福氣。」

這會兒倒是高家的福氣了，當初連單初雪的身分都不認。鄔八月站在一邊默默地想。

高安榮招呼著大家入座，又問下人道：「二爺和三姑娘呢？怎麼還沒到？」

話音剛落，高辰書就拄著枴杖出現了。

他面容清雋，面上卻無悲無喜，果真是有些看破紅塵的味道，哪怕是見到單氏，高辰書臉上也沒有一絲情緒波動，只是雙手合十對單氏點了個頭。

單氏點頭示意，幾不可聞地嘆息了一聲。

高安榮見到兒子這副模樣，心裡自然不好受。

又難免想著，要不是陳王攪和，鄔家那邊退了親，兒子也不至於變成現在這樣。

這般一想，高安榮對鄔八月的不喜便又湧上心頭。

「三姑娘呢？」找不到話衝鄔八月發落，高安榮便怒問身邊的下人。

下人忙跪下道：「侯爺稍後，三姑娘馬上就到了。」

淳于氏出聲道：「侯爺息怒，薇兒身體抱恙，來得總是慢些。」

說著，淳于氏就按了按眼角。「也不知道到底是誰害了我的薇兒。蕾兒不懂事，翁主如今也去了，侯爺膝下就只有薇兒一個……」

「行了行了，說這些做什麼？」高安榮不耐煩地冷了表情。「好端端地能聚在一塊兒，妳說那些破壞氣氛的話做甚？」

淳于氏頓時便收了聲，只仍舊抹著淚，也不知道是真傷心還是裝傷心。

高彤薇雖然姍姍來遲，但高安榮還是沒有苛責她。

身邊到底只剩下這一個女兒，高安榮再是重男輕女，也難免對高彤薇多兩分憐惜。

「都坐吧。」高安榮招呼著，又側過頭去問下人。「人都通知到了？」

「回侯爺，都通知到了。」

「那怎麼果姨娘還沒過來？」高安榮不悅地盯著下人。「本侯說了這次家宴，將府裡的大小主子都給請來，你們怎麼把果姨娘給漏了？」

下人忙下跪賠罪，說要去催催，果姨娘許是在梳妝。

「侯爺又添了新人了？」單氏倒是有些意外。

淳于氏便是一笑。「果姨娘原是喬姨娘身邊的丫鬟呢，忠心護主，快人快語，侯爺喜歡她這份嬌憨，把她收了房，單妹妹該為侯爺高興才是。」

說著，淳于氏便朝著喬姨娘挑了挑眉。

喬姨娘暗暗冷哼，根本不把淳于氏的挑釁看在眼裡。

單氏掃了兩人一眼，淡笑道：「侯爺高興與否，與我無關。再者……」她頓了頓，道：「夫人對我所稱『妹妹』二字，真該改改口才是。」

言下之意是，她單幽蘭可不是淳于泠琴的妹妹。

淳于氏心口一堵，正想說話，木愣愣的高彤薇卻開口道：「我餓了……能吃了嗎？」

高彤薇咬字很清楚，但大概是因為話說得太慢的緣故。

淳于氏忙讓人上菜，且先照顧著高彤薇吃喝。

雖然還差一個果姨娘。

「哎呀，侯爺，人都到齊了嗎？」

菜剛上了一半，果姨娘總算是來了。

人還沒走進廳裡，咋咋呼呼的聲音便傳了進來。

高安榮朝廳外望了過去，伸手招她道：「做什麼那麼遲？就等妳一個。」

果姨娘臉上笑著，髮髻上插了三根步搖，隨著她走路的動作發出叮叮噹噹煩人的聲音。

「妾在梳妝呢。」果姨娘嬌嗔一句，倒是沒有忘記規矩，給淳于氏等人都福了禮。

向鄔八月行禮時，果姨娘尤為真誠，大概是記得那會兒她求到一水居，鄔八月曾經幫過她和喬姨娘。

「坐吧。」高安榮讓人端了椅子，讓果姨娘也坐。

果姨娘行到喬氏身邊去，說要挨著喬姨娘。

淳于氏不無諷刺地道：「果姨娘和喬姨娘還真是主僕情深呢。」

這話自然是有挑撥離間的嫌疑，可果姨娘卻直點頭道：「妾與喬姨娘原本就是主僕，一直互相依賴著走到如今，自然情深。夫人是不希望看到我們關係好嗎？」她哼哼兩聲道：「喬姨娘剛懷著四爺的時候被人下了墮胎藥，差點就流產的事，可還沒查清楚是不是夫人所為呢！」

鄔八月頓時愕然。

當著這麼多人說這件事，這果姨娘是真的不懂這其中彎彎繞繞，所以直言快語嗎？真有這麼單純、對黑白分明界定如此清楚的人？

淳于氏被梗得說不出話來，只能看向高安榮道：「侯爺，妾身絕對沒有害喬姨娘，那會兒妾身壓根兒就不可能知道喬姨娘有孕一事……」

高安榮擺擺手。「行了行了，事都過去了，還糾結什麼？四爺不是好好的嗎？」

四爺、四爺……淳于氏聽到高安榮也稱呼喬姨娘所生的孽種為「四爺」，恨得咬牙。

靜和長公主的第二個兒子可是沒有序齒的！

高安榮對果姨娘笑道：「本侯就喜歡妳這直來直去的性子。」

「謝侯爺誇獎。」果姨娘軟軟地福了一禮，還挑釁地橫了淳于氏一眼，看得高安榮哈哈大笑。

鄔八月卻只覺得高安榮真是個拎不清的人。當著妾室和兒媳的面，當眾給自己的正室沒臉，從這也不難看出高安榮對內宅規矩的不在意。

淳于氏下不來臺，整個內院哪能平和？

恐怕下一年，蘭陵侯府裡仍舊會是一派血雨腥風。

「人都到齊了，坐下吃吧。」

高安榮樂呵了兩句，總算是讓人都坐了下來，開始享用所謂的「家宴」。

鄔八月動了幾筷子便不再吃了，蘭陵侯府的大廚房是掌握在淳于氏手裡的，她要想動點什麼手腳並不難。雖然鄔八月猜想淳于氏不可能在這樣的場合裡下藥，但她到底不放心，所以所食甚少。

席上也就只有喬姨娘和果姨娘的話要多些，哄得高安榮連連發笑。

淳于氏礙於自己的身分，總要端著架子，自然不好與姨娘一起嬉笑，但看著高安榮和她們這般高興，心裡當然也不會多開心。

好在有高彤薇引去她的視線，讓淳于氏無暇顧及高安榮這頭。

高彤薇大概是真的餓了，雖然吃東西的速度不快，但看得出來她很努力地要往嘴裡塞東西。

鄔八月看了她好幾眼。

高彤薇給鄔八月的印象不算好，總覺得高彤薇的個性有些陰沈，可現在，高彤薇中毒的後遺症是讓她不管做什麼都變得比較緩慢，說話、動作完全沒有了以前的伶俐。

那到底是什麼毒？到底是誰給高彤薇下了毒？

雖然高彤絲已死，但鄔八月是不信高彤絲對高彤薇下毒的。

鄔八月和高彤絲好歹相識一場，姑嫂二人也相伴過一段時間，對高彤絲的為人，鄔八月還是有兩分了解的。

高彤絲篤定是淳于氏害死了靜和長公主，卻也只是希望能夠讓淳于氏伏法，並沒有想方設法要把淳于氏給害死。

她對淳于氏的仇恨如此之深，要真能因為高彤薇與她不和而對高彤薇下毒手，那高彤絲早就對淳于氏下了十次、八次的毒了。

太醫院那邊沒有對高彤薇所中的毒給個明確的說法，連太醫院的人都查不出來的毒，自然也不會是什麼尋常之物。

蘭陵侯府裡的下人幾乎都是淳于氏的人，要說是對高彤薇懷恨在心的下人害了高彤薇，憑淳于氏的本事，應該早就查出來了，又豈會讓高彤薇中毒的事成為一樁懸案，直到現在還沒有一個準確說法？

能用上太醫也辨不出的毒，將高彤薇給害了的人，不可能只是一介下人。

鄔八月想著便有些出了神，等她回過神來的時候，這場「家宴」已經接近尾聲了。

吃飽喝足的高安榮少不得要和鄔八月「閒說」兩句，他要給鄔八月立立規矩。

鄔八月也懶得駁他的面子，他說什麼，她聽著便是。

一場半醺半醉的話說下來，鄔八月連他話裡邊的重點都沒聽出來。

高安榮對自己這一番無人打斷的談話感到十分滿意。

果姨娘瞧出鄔八月並沒仔細聽高安榮說話，猜測鄔八月是不耐煩，所以嬌聲纏著高安榮離開了，拽著高安榮去她的院子。

高安榮便也順水推舟，摟著果姨娘離開了茂和堂。

這場面看得淳于氏簡直是臉色鐵青。

高安榮這一舉動，何嘗不是在打她的臉？當著她的面和一個妖妖嬈嬈的妾室走了，這一大攤子全扔給她收拾……這像什麼話！

鄔八月看著瀕臨暴怒，卻仍舊忍著不出聲的淳于氏，真替她感到悲哀。

高安榮走後，高辰書也起身告辭。

淳于氏這才面無表情地轉回身去，吩咐下人伺候高辰書和高彤薇回他們各自的院子。望著一雙兒女的背影，淳于氏真覺得自己無能為力。

「妾也不多待了，四爺還要回去讓奶娘餵奶呢。」

喬姨娘朝淳于氏福了個禮。淳于氏面色一冷，寒聲道：「讓奶娘好好照顧四爺，可別讓四爺小小年紀就夭折了。」

喬姨娘一頓，應得倒也從容。「四爺一定會平安長大、長命百歲的。」

「那是最好。」淳于氏冷冷地哼了一聲，開口卻很輕，道：「還不快滾。」

喬姨娘就跟沒聽見這話似的，施施然走了。

另兩位姨娘給淳于氏福了禮，又同單氏點了點頭，也走了。

單氏淡淡地看向鄔八月，道：「我們也該回去了，周侍衛已經派人在一水居裡守著了。」

淳于氏猛地轉向單氏，不客氣地道：「單幽蘭，一水居可不是妳該待的地方，妾室就要有妾室的規矩。」

單氏淡淡一笑。「侯爺夫人要操心的地方也實在是太多了，連我住在哪兒都要和夫人報備一聲不成？」

淳于氏正要開口，單氏卻道：「夫人儘管放一百二十個心，從前我鬥不過夫人，如今我自然也沒有要和夫人爭奪一二的意思。甲之熊掌，乙之砒霜，侯爺對我而言，有他沒他都一樣。夫人當作寶貝一樣的東西，我並不在乎。這般說，夫人可明白了？」

「口是心非。」淳于氏冷哼一聲道：「真沒有什麼想法，既出了侯府，又何必再回來？」

「夫人，單姨本不想來，是侯爺執意要她來的。」鄔八月淡淡地插話道：「夫君回燕京時，單姨是與夫君一起回來的。如果單姨真的想要回侯府，早在那時候就會讓夫君送她回來了，又何必等到現在？事實上，若非侯爺發現了單姨，單姨一定還藏得好好的，不會和侯府的人聯繫，也不會再進侯府一步。」

鄔八月心裡清楚地明白，單氏之所以會跟她一同回來，是想要等高辰複回來之後，讓他將自己送往漠北去與單初雪團圓。

單氏清楚地知道，已被高安榮知曉她的存在，她不可能憑一己之力前往漠北。

她要活著和女兒團圓，唯一的指望便是高辰複。

「走吧。」單氏也不欲與淳于氏多說，大叫了一聲「月亮」，月亮便疾步跑來，圍著單氏和鄔八月轉了幾圈，然後蹲在她們中間，正對著淳于氏，從胸腔發出低鳴的警告聲。

「夫人還是轉告府裡的人一聲，沒事不要隨意踏進一水居。」鄔八月伸手輕輕摸了摸月亮的頭，對淳于氏說道：「一水居不僅有周侍衛守護著，如今還多了一匹看門狼，誤入者要是在一水居裡被月亮咬了，那我可不負責任。」

她對淳于氏施了一禮，扶過單氏道：「單姨，我們走吧。」

單氏輕輕頷首，目光從淳于氏鐵青的臉上淡淡掠過。

回去的路上，單氏對鄔八月道：「侯爺夫人的臉色不大好，整個人的氣色也不佳，看來真是諸事不順。」

鄔八月淡淡地應了一聲，笑問道：「單姨還這般關心她呀？」

單氏莞爾道：「既回到了府裡，自然也要了解了解她。好歹，她也是妳在這蘭陵侯府裡唯一的敵人。」

「唯一的？」鄔八月輕輕一笑。「恐怕不是唯一的吧。」

「妳是說，侯爺也是妳的敵人嗎？」單氏望向鄔八月。

鄔八月笑道：「侯爺看我不順眼，接我回來，恐怕對我也不會有多好。說不定年節過了，我又會帶著瑤瑤和陽陽回莊子上去。」

鄔八月說到這兒卻是頓了一下。她輕輕道：「只不過……這一次如果侯爺攔著，就沒有人像彤絲那樣，替我開路了。」

單氏輕嘆一聲。「妳別想太多，至少年前年後，他為了蘭陵侯府的面子名聲，也不會對妳有太多苛責。」

「我倒是不在乎這個。」鄔八月道：「爺不在京中，左右我也不想待在侯府裡。」

二人一邊說著，一邊到了一水居。

高安榮本來是打算安排一處小院給單氏的，但他回到侯府後就被果姨娘給迷了去，自然也就沒考慮到這事。

單氏得以順利地跟著鄔八月到了一水居，在一水居住了下來。

也是趕了半日的路，洗浴過後，鄔八月便睡了下去。

雖是在侯府裡，但畢竟有周武帶人守著一水居，鄔八月倒也能睡個安穩。一夜到天明。

鄔八月醒來時，單氏早就已經起床了，正幫著奶娘帶著瑤瑤和陽陽。

兩個小傢伙自學會了爬之後，身邊就不能少了人看著。

單氏喜歡帶著兩個小傢伙玩，也不嫌累。

朝霞和暮靄伺候著鄔八月洗漱換衣。

「大奶奶，今兒是回來的頭一天，要不要去給侯爺夫人請安？」

朝霞細心提醒了鄔八月一句。

本來作為規矩，她是該去給淳于氏請個安的，但鄔八月看了看日頭，淡淡地道：「這個點去，也遲了吧。」

言下之意是，她不去了。

第八十一章

朝霞遲疑了一下，低聲問道：「大奶奶為什麼不去？這……會不會落人話柄？」

朝霞知道鄔八月和淳于氏不對盤，不想去也在情理之中，但到底規矩擺在那兒，鄔八月不去顯得並不合適。

鄔八月道：「讓人去嶺翠苑那邊，同侯爺夫人說一聲，就說我昨兒大概是吹了風，有些受了涼，人不大舒服。本該過去請安的，但想著怕過了病氣給夫人，所以就不去了。」她擺擺手，道：「妳就讓人這般說吧。」

朝霞應了一聲，吩咐人去嶺翠苑給淳于氏傳話。

單氏聽到鄔八月這般做，不由笑道：「妳既不去，她心裡就一定不高興。讓不讓人去說，都一樣。」

「我知道。」鄔八月頷首道：「我讓人去給她這樣一番說辭，到底也好全她的臉面。至少在侯爺面前，她也有個說法。」

單氏便問道：「那妳為何不去給她請安？這請安的時辰還是來得及的。」

鄔八月道：「我就是不想去，也沒有別的原因。」她頓了頓，道：「昨日侯爺被果姨娘勾了去，侯爺夫人心裡定然一晚上都憋著火。這一大清早的要是衝我發火，我豈不冤枉？所以我還是躲遠些的好。」

單氏便笑說鄔八月是人精。

「單姨，我可不承認我是人精。我要真是人精，如今我也不會淪落到這樣的地步了。」

鄔八月搖了搖頭，笑嘆道：「以前……我總覺得我活得太小心翼翼了。現在，我想活得更隨心所欲一些。」

單氏輕輕拍了拍鄔八月的背，道：「該這樣才是。」

鄔八月一笑，反問起單氏來。「侯爺將單姨接了回來，要是……想讓單姨……」

單氏一頓，淡淡地道：「他強迫不了我。」

單氏的性子，高安榮之前就已經領教過了，就算單氏如今已回到了蘭陵侯府，她要是不樂意去伺候高安榮，高安榮也沒辦法逼迫她。

「況且還有月亮在我旁邊呢。」單氏淡笑一聲，對鄔八月道：「妳就不用擔心我了。」

鄔八月呼了口氣，笑道：「也是，單姨留在一水居，有周武看著，侯爺也沒辦法闖進來。他見不著妳的面，自然也沒辦法讓妳做什麼。」

「就是這個理。」單氏點了點頭，卻是對鄔八月微微一笑，道：「高將軍對妳的確不錯，留了個這樣得力的人在妳身邊，連侯爺也拿妳沒辦法。」

聽單氏這般一說，鄔八月便有些赧然。

「孩子都生了，提到高將軍還這般害臊？」看著鄔八月臉上泛起的紅暈，單氏不由笑道：「這樣也不錯，有新婚時的感覺，感情才能歷久彌新。」

鄔八月笑笑，望向北邊的方向。

不知道……他現在在漠北怎麼樣了呢？

她料想不到，高辰複如今已經臨近了燕京城。

晝夜兼程地趕路，饒是高辰複體質極好，也有些吃不大消，整個人都瘦了一圈。

高辰複本就是個較為沈默寡言的人，趕回燕京是為了鄔八月，沒想到在趕路的途中，卻又得知了高彤絲被賊人所害的消息。

這一路上，他越發沈默，有時候一整天說的話，一隻手都能數得過來。

趙前心裡不忍，越接近燕京城，越擔心高辰複的狀態。

年關將至，往燕京的路上，家家戶戶都開始貼窗花、掛春聯，熱熱鬧鬧、喜喜慶慶地開始準備迎新。這樣的場面落在高辰複眼中，自然更加刺眼。

離燕京城還有一日的路程，高辰複喚來了趙前，對他道：「進京之後，我先遞牌子去宮裡求見皇上，彙報與北秦談判之事。再者，私自回京，皇上可能降罪——」

「將軍——」

「你先打聽打聽京中有關夫人的傳言，看看現在謠言到了一個什麼樣的地步。待我出宮，再與我詳說。」

高辰複簡單交代了兩句，不欲再說話。

趙前沈默了片刻，終究還是沒有出聲多問。

一日時間很快就過去了，高辰複騎著馬直奔禁宮，遞了腰牌過去，在宮門侍衛驚疑不定的視線中進了宮。

臨近年節，臣子們都要向宣德帝彙報這一年的大事紀要，宣德帝不可謂不忙。

得知高辰複回來的消息，宣德帝愣了一下。

「皇上，高將軍還在等著皇上傳召呢。」

魏公公提醒了一句，宣德帝方才醒過神來，應了一聲，道：「讓他在勤政殿等著吧。」

魏公公應了一聲，正要下去吩咐，宣德帝卻又喚了他道：「趙賢太妃的身體怎麼樣了？」

魏公公頓了頓。自從出了高彤絲的死訊，趙賢太妃就大病了一場。

人老了，一生病就感覺抽走了不少精氣神似的，趙賢太妃的身體也一日不如一日。

魏公公思忖了片刻，方才小心地回道：「回皇上，賢太妃娘娘的身子好了些，不過前兩日在慈寧花園和貴太妃閒逛時遇見了太后，大概是吹了點風，回去後又臥床了。」

宣德帝眼神一深。

「已經請了太醫去瞧了，太醫說，賢太妃娘娘憂思過重，讓賢太妃臥床靜養，不要再過於憂心。」

宣德帝略略點了點頭，道：「交代太醫院那邊多往慈安宮走動走動，太妃身體不好，讓他們多注意著些，該用些什麼藥材，只管用，補品也先緊著慈安宮。」

魏公公應了一聲，慢慢退了出去。

宣德帝忙完手上的事到勤政殿時，已時至黃昏。

高辰複在這兒已等候了一個多時辰。

見到宣德帝，他頓時單膝跪了下去，抱拳道：「臣參見皇上。」

「起吧。」宣德帝不鹹不淡地叫了他起，自己坐到了御案後，道：「賜座。」

高辰複坐了下來，微微低著頭。

宣德帝道：「此番驟然回京，你也沒讓人在幾日前向宮裡稟報一二。」

高辰複站起來請罪道：「皇上恕罪。」

「罷了，坐吧。」宣德帝擺了擺手。「你若有話，現在便說。」

高辰複頓了頓，便將在漠北與北秦的談判做了一個清晰的敘述。

他說得言簡意賅、條理分明，宣德帝倒也十分滿意。

等高辰複彙報完畢，宣德帝略頷首道：「事情能夠順利進行，也是你的功勞。」

「臣愧不敢當。」高辰複謙虛了一句，等待著宣德帝的下一句。

本以為宣德帝若是不治他的罪，便會讓他先出宮去。

卻沒想到宣德帝竟然在沈默片刻後，問他道：「複兒，彤絲身亡之事，你可知道了？」

高辰複一愣，心口微微有些疼。

他低了低頭，輕聲答道：「是，臣已知曉。」

「算算日子……」宣德帝沈吟片刻，道：「你應該不會是在聽了這個消息之後才趕回京來的，而是在那之前就趕了回來，甚至慌張到連讓人提前告知朕你回京的消息都來不及……」宣德帝目光幽深地望著高辰複。「為何這般突然地回京？」

「臣……」高辰複自知瞞不住，在宣德帝面前也不慣撒謊，便直言道：「臣聽聞京中傳有臣妻謠言，心知臣妻定處於流言水深火熱之中，是以……」

宣德帝冷然道：「英雄氣短，兒女情長。複兒，你真讓朕失望。」

高辰複起身下跪，當頭一拜。「臣為一己之私，罔顧臣身上所負使命，是臣之過，請皇上責罰。」

高辰複跪伏在地上，額頭抵著平整光亮的地磚。

宣德帝坐在御案後，居高臨下地望著他。

良久，宣德帝方才道：「為了區區一介女子，你真甘心毀掉自己的前程？」

高辰複不語。

宣德帝緩緩從御座上起身，走到高辰複面前。

他蹲了下來，伸出一隻手抓住高辰複的胳膊，將他拉了起來些許。

「複兒，你是否忘記了，朕要你娶鄔家女，可不是要給鄔家女一個死心塌地的丈夫。」

「臣……知道。」

高辰複低聲應了一句，宣德帝沈聲問他。「既然知道，那你現在又是在做什麼？」

高辰複又是一記磕頭。

「皇上想要剷除鄔家，不論原因為何，臣自會唯皇上馬首是瞻。但……臣妻只是一介女子，臣娶她時已在心中發誓，不管鄔家將來結局如何，臣待她會始終如一。臣既娶她，便應是她終身庇護之所，這才對得起……夫妻二字。」

宣德帝冷冷一笑。「你倒是專情。」

高辰複默然不語。

正當這時，守在殿外的魏公公輕聲在外道：「皇上，鐘粹宮鄔昭儀求見皇上。」

宣德帝擺手皺眉道：「不見。」

門外沒了聲息，半晌後，突然有女聲淒厲喊道：「皇上！求皇上見見臣妾！」

伴隨著這喊叫聲，還有一聲聲沈悶的磕頭聲。

宣德帝揚聲叫了魏公公，惱道：「她這般喊叫，你就由著她？讓人把她送回鐘粹宮去！」

魏公公立刻應聲，催促著宮人將鄔昭儀拖走。

高辰複眼觀鼻鼻觀心。

鄔昭儀……那不是八月的堂姊嗎？

宣德帝淡淡地道：「朕前幾日讓人將輔國公長子收監了。」

輔國公長子，鄔老之姪，鄔昭儀之父，鄔居清。

聽到這樣的消息，高辰複並不覺得驚訝。

早得知宣德帝命他娶鄔家女的時候，他就知道鄔家早晚有一天會落敗。

聖命難違，他雖然不明白宣德帝要他娶鄔八月的具體原因，但既有此令，他身為姪兒、臣子，自然也要遵命而為。

後來從鄔八月口中得知了姜太后和鄔老之事，他才明白，為何宣德帝眼裡容不得鄔家。

不單單是因為鄔老門生遍天下，在文臣之中威信極高，恐怕，皇上是知道鄔老和姜太后之間的情事。

寡母與臣子有私情，且還時常苟且往來，這樣的事情，宣德帝即便忍得了一時，也總會找機會與鄔老秋後算帳。而據鄔八月所說，她親眼目睹了鄔老和姜太后幽會之事，也因此招致姜太后屢次三番的陷害。

皇上或許也知此事，讓他娶鄔八月，其中深意，由不得他再往下深想。

高辰複微微垂著頭，不知道該如何接話。

宣德帝似乎也並不指望他接話。

宣德帝道：「輔國公長子仗著自己乃鄔昭儀之父，結黨營私，橫行霸道。朕聞說他拿了老國公傳下來的祖產做生意，欺行霸市，惹得京中人怨聲載道，還鬧出了人命。複兒你說，朕是不是該治他的罪？」

高辰複平靜地道：「若鄔大人果真犯下此等罪行，自該受律法嚴懲。」

宣德帝冷冷一笑。「這只是個開始。鄔家做下了哪些事，朕會一項一項，慢慢和他們算。」

高辰複默然不語。

宣德帝讓魏公公進來添了熱茶，再讓其他伺候的人都退了下來，單留下了魏公公。

「眼瞧著年節就要到了，還剩下不過幾日時間。朕撒了多年的網，也差不多是時候該收網了。」宣德帝看向高辰複，道：「你起來吧，隨朕去見見彤絲。」

高辰複乍然一驚，猛地抬起頭來看向宣德帝，顧不得君臣尊卑，愕然驚道：「她還活著?!」

「不，你要記得，她已經死了。」

宣德帝閒閒地轉身，叮囑高辰複道：「複兒，跟上吧。」

高辰複心中驚疑不定，魏公公側身做了個請的手勢。「高將軍，請。」

高辰複心如擂鼓。

還有什麼事情，比知道一個人竟然死而復生更加讓人震驚？

隨著宣德帝一路前行至密牢，高辰複心跳得越發急促。

彤絲……真的沒死？那皇上為什麼要將她關在這兒？

「你有疑問，朕自會同你們解答。」宣德帝淡淡地道：「不過現在，你不要發問。」

高辰複微微頷首。

密牢之地十分隱密，恐怕就連宮中都沒有多少人知曉。

高辰複在此之前也從未聽說過宮中竟然還有這等地方。

窸窸窣窣的腳步聲在不遠處響起，正坐在床榻上出神地望著昏暗油燈的高彤絲頓時站了起來，撲到了鐵門邊上，大喊道：「皇舅！是你嗎？皇舅！」

高辰複渾身一震。

守在高彤絲牢房門前的暗衛抬了下手，道：「翁主切忌喊叫。」

高彤絲這才噤了聲，但仍舊望著聲音傳來的方向，幾乎望眼欲穿。

她已經在這個密牢之中待了許久，不知白晝黑夜，她只能憑著感覺猜想如今已經快到年節，是闔家團圓的日子，可她只能留在這個地方，不知道什麼時候是個頭……

聽到有人來，不管是什麼人，對她來說都是另一種希望。

火光越來越亮，腳步聲越來越近，高彤絲屏住呼吸，竭力往那方望去。

「……皇舅，大哥……」

見到宣德帝和高辰複一起出現在自己面前，高彤絲滿是不可置信。
她驀地撲將上去，厲聲道：「皇舅，你怎麼能把大哥也給抓進來了！」
宣德帝一笑，看向似呆滯般站著不動的高辰複，道：「妳不懂事，朕關了妳。妳大哥可不是不懂事之人，朕何至於將他也關進來？」
魏公公端了椅子，宣德帝坐了下來，讓守牢門的暗衛將牢門打開。
高彤絲立刻跑了出來，撲到了高辰複懷裡。
天知道她有多害怕，生怕自己就要老死在這密牢之中了，重見親人的喜悅讓她頓時淚如雨下。
「大哥，大哥……」
一聲聲「大哥」呼喚讓高辰複只覺得恍如隔世。
妹妹有多久沒有這般親暱信任地叫他了？又有多久沒有這樣柔弱地撲到他的懷裡？
高辰複抬了抬僵直的手，將高彤絲緊緊地摟在了懷裡，輕輕地拍著她的後背。
他不言也不語。
兄妹之間的隔閡已存在數年，高辰複不敢妄想，就只憑著這一個擁抱、幾句呼喚就能將隔閡消弭。
但他貪戀現在這樣的溫暖，捨不得開口將這一刻的溫馨給打破。
良久，還是宣德帝先出聲道：「都坐吧。」
魏公公已端了椅子，放到了他們後面。

高辰複扶著高彤絲坐了下來，高彤絲緊緊抱住高辰複的臂膀。

宣德帝說過不讓高辰複發問，高辰複便不發問，只等著宣德帝給他解惑。

密牢裡幽暗沈沈，若不是魏公公帶著火把來，恐怕這裡仍舊陰森得可怕。

然而那一點點的亮光終究讓人得不到一丁點的溫暖。

「彤絲想要散布攸關太后聲譽的謠言，朕只能將她關在這兒。」宣德帝淡淡地開口說道：「對所有人而言，彤絲已是一個死人。朕會令人給她偽造一個身分，讓她以平民的身分在民間生活。若是複兒能夠保證她再不敢對外亂說話，朕現在就可以讓你們離開。」

高辰複抿了抿唇。

「但如果她離開之後，朕卻仍舊聽到了攸關太后名聲的謠言，那麼，整個高家都要受其所累。」

宣德帝淡淡地看向高辰複。「複兒，你能否做這個擔保？」

高辰複拱手道：「臣可做此擔保。」

「那也就是說，你一定要將彤絲帶走了？」宣德帝緩緩一笑。

高彤絲更緊地將高辰複抱住，嘴哆嗦著，看著宣德帝，道：「皇舅，你知道的，你知道的……這、這都和大哥沒有關係……」

「怎麼沒有關係？」宣德帝平靜地道：「妳知道、妳大嫂知道，這都是妳大哥身邊的人，和他如何沒有關係？」

「我大嫂知道的秘密？我大嫂知道什麼秘密？」高彤絲一愣，悚然一驚。「皇舅的意思是，大嫂她——」

「住口。」宣德帝沈聲警告了一句，高彤絲頓時伸手緊緊地捂住了自己的嘴。

難道，大嫂也知道姜太后……

高彤絲眼睛睜得大大的。

以往有些想不通的地方，在這一刻，她驀地全都想通了。

姜太后之所以會屢次陷害大嫂，原來竟然是因為這個！

那麼……高彤絲猛地抬頭看向宣德帝。「既然如此，皇舅為什麼不阻止大哥娶大嫂？明明……」

如果真是她所猜測的那樣，大嫂對他們來說，都是極其危險的人物。

那皇舅又為什麼同意讓大哥娶大嫂過門，將這樣一個危險的人物放在大哥的身邊？

默不作聲的高辰複此時卻開口沈聲說道：「是皇上讓我娶鄔家女的。」

「什麼?!」高彤絲震驚得連嘴都合不上。

「是，是朕讓複兒娶鄔家女的。」宣德帝緩緩地開口，道：「從她知道了那樣的秘密，朕便讓人監視著她。不過，她並沒有對周圍的人透露一言半語，倒也算是懂得分寸。朕讓複兒娶她，也只是為了更方便監視她。再者，欲抑先揚，提高她的身分，鄔家被高高捧起，摔下去的時候，才會更疼。」宣德帝看向高辰複。「複兒，你說對嗎？」

高辰複狠狠抿了抿唇。「皇上既派人在臣妻身邊監視，應當也會知曉，臣妻……已將那秘密，告知與臣。」

宣德帝頷首。「如今，複兒你也是知道秘密的人之一。」

高彤絲震驚地看看宣德帝，又看看高辰複。

她真的太糊塗了，這一切……到底是怎麼回事！

「覺得疑惑嗎？」宣德帝微微一笑。「朕不是心慈手軟之人，為什麼不殺了你和彤絲，為什麼不直接將知曉秘密的人都殺掉……你們不明白這個，對嗎？」宣德帝頓了頓，道：「準確說來，知道那個秘密的人，還有一個。」

高彤絲一愣。

宣德帝看向她。「是陽秋。」

高彤絲渾身一抖。「小皇姨她……」

「她比妳聰明。」宣德帝淡淡地道：「妳偷入宮見她，她對那件事閉口不提。而妳呢？隨時都可能將秘密捅出去。」

宣德帝看著咬著下唇的高彤絲。「朕放妳一命，看的是妳母親和大哥的臉面。妳當朕有多稀罕妳這條命？」

高彤絲嘴唇蒼白，半晌慘澹一笑。「是，天家無親情，皇舅就算要了我的命，我死不足惜……但是，沒能讓害母親一屍兩命的罪魁禍首繩之以法，我便是死，也死不瞑目！」

高辰複攬住她，深吸一口氣，平靜地望向宣德帝。

「……罷了。」宣德帝擺了擺手，說道：「朕不欲讓你為難。複兒，你且將彤絲接出宮去，將她好好看牢了。朕對付鄔家之事，你且三緘其口，不得參與其中。」

高辰複抿了抿唇，半晌後輕聲應道：「是。」

鄔家今後命運如何，也不是他一人可以扭轉乾坤的。

鄔家逢難是遲早之事，八月她……應該也早就有這樣的準備吧。

高辰複這一刹那有些出神地想。

火把的光微微晃了晃，原來是宣德帝起了身。

他對魏公公道：「讓翁主在這兒多待一會兒，朕還有事要與複兒詳說。」

高辰複抬頭，心裡捉摸不定宣德帝的想法。

魏公公躬身應是，守牢門的侍衛將高彤絲又關了回去。

高彤絲巴著鐵柵欄，沁涼的感覺直直通到心裡。

她咬著唇，不敢喊叫，只睜大了眼睛盯著宣德帝和高辰複離開的背影，直到他們走到連背影都望不見了，高彤絲方才頹然地跌坐了下來。

原來……不只是她身邊危機四伏，就連大嫂身邊……

高彤絲甩了甩頭，一時間卻又十分慶幸自己被宣德帝的人抓到了宮中來。

如果她身邊沒有宣德帝的人監視著，她或許真的會將姜太后與人私通之事傳出來。到時候，姜太后惱羞成怒，說不定會連大嫂也一併怪罪，甚至危及瑤瑤和陽陽……

想起那樣的場面，高彤絲就一陣後怕。

她雙手緊緊握在一起，不住地祈禱。「大嫂，希望妳平安，一定要平安……」

魏公公立在牢門外，輕聲對高彤絲道：「翁主請稍作準備，一會兒後高將軍便會前來接翁主出宮。」
魏公公是身懷武藝之人，皇上身邊的人真是藏龍臥虎……
高彤絲在魏公公面前自不敢放肆，低應了一聲，轉身去了床榻收拾東西。
雖然……她也沒什麼可收拾的。

高辰複跟著宣德帝出了密牢，又回到了勤政殿。
剛離開勤政殿之前，魏公公續上的熱茶已經涼了。
宣德帝喚人重新沏了茶，依舊屏退了左右，讓高辰複也坐了下來。
「有些話，當著彤絲的面，朕不能說。」宣德帝微微啜飲了一口熱茗，緩緩一嘆。「複兒，你是不是仍舊想不明白，朕為何要你娶鄔家女。」
高辰複自然是不明白，但他不會問。
皇上做事自有他的動機，他問得多，便也多遭忌憚。
很多事情不需要知道為什麼，只需要照做。
高辰複眼波的閃動沒能逃過宣德帝的眼睛。
宣德帝微微一笑，輕嘆一聲，道：「朕本來沒有這個打算，是在她知曉了宮闈私密之後，朕才陡然生出這個心思。」宣德帝微微一頓。「複兒或許覺得，朕當著你的面談論此等宮闈秘事著實不妥，但，能讓朕與之交談此事的，也只剩下複兒你一個。」
「皇上……」

「這兒沒外人在，複兒喚朕一聲舅舅即可。」宣德帝擱下茶盞，輕輕睇起眼來。「朕得知此事，在更早之前。」

高辰複微微咬唇。

他直覺宣德帝接下來講的話定然是十分秘密之事，他能不聽，最好不聽。聽了之後會有什麼樣的後果，他不敢想。

但是宣德帝只留下了他一個人，他根本避不了。

高辰複只能硬著頭皮聽著。

好在這時魏公公也回來，多了一個人，高辰複才沒感覺到那樣的尷尬心慌。

「算一算……距今已經快二十年了吧？」

宣德帝轉向魏公公，魏公公低頭道：「是，皇上。」

宣德帝頷首。「朕忍氣吞聲，裝作不知，也已經有二十年了。」

能夠忍常人所不能忍之事，這帝王當得也著實是辛苦。

「鄔老是天子帝師，朕一向十分敬重他。他學識淵博，學貫古今，朕得他傾囊教授，說句對先帝大不敬之言，朕也是將鄔老當作父親一般看待。一日為師，終身為父，朕對鄔老是打心眼裡敬重。」

宣德帝輕輕摩挲著椅子扶手，細膩光滑的觸感卻只讓人覺得沁涼。

「正因為朕對他毫不設防，屢次召他入宮，才讓他有淫亂後宮的機會。」

宣德帝微微捏緊了扶手，聲音也轉寒。

「先帝在時，母后忙著爭寵，雖生了朕，卻只注重朕的人身安危，對朕並不親近。先帝整個後宮中，流於算計的妃嬪不少，真正對朕無加害之心的，一隻手都能數得過來。這當中，趙賢妃對朕照顧最多。她雖未養育過朕，但對朕的好，朕記在心裡。眾兄弟姊妹中，也唯獨靜和皇姊對朕教之愛之，並不因各自母妃之間的爭鬥、嫌隙而對朕不好……所以，在知道靜和皇姊的死訊時，朕恨不得殺進蘭陵侯府。」

高辰複抿抿唇道：「皇……舅舅，母親她──」

宣德帝打斷他道：「數年前，彤絲開始懷疑你們母親的死因。她在查，你也在查，但一直都查不到。對嗎？」

高辰複頷首，心中驚疑──皇上連這個都知道，難道……

「證據，在朕手裡。」宣德帝緊緊捏了捏拳。

「舅舅?!」

高辰複只覺得不可置信。皇上竟然知道母親死得蹊蹺，也查明了母親的死因，卻將證據一直握在手裡，這一握……就是二十年！

可皇上明明說，他對母親感情深厚，那他為什麼還要隱瞞母親的真正死因？

難道……高辰複驀地從椅子上幾乎是彈跳了起來。

他只覺得心跳得好快，好像這些年以來一直籠罩在他頭頂上的迷霧即將撥開。

「難道說……難道說害死我母親的，不是淳于氏，而是……而是太、太后？」

高辰複只覺得身體微抖，克制不住地從腳底發寒。

若果真是這樣，他該怎麼辦……

這些年來，姜太后每每見到他時都親切地喚他「複兒」，若姜太后真是他的殺母仇人……

高辰複捏緊了拳頭，渾身血液湧向腦頂。

「舅舅，這究竟……是怎麼一回事？」

高辰複只差沒有厲聲喊叫。

宣德帝靜靜地看著他，輕聲說道：「準確來說，害死你母親的，淳于氏有分，太后她也有分。」

高辰複怔怔地看著他。

「那時，朕還是四皇子，臥病在床。母妃忙著與新入宮的岑妃娘娘爭寵，鞏固地位，將朕撇在一邊。你母親身懷六甲，聽聞朕抱恙，進宮來看朕，卻無意中撞破了母妃和鄔老之間的私情。」

宣德帝輕聲說的話，卻像重鼓一樣落在高辰複的心上。

「你母親心神大亂，以為朕睡熟了，拉著朕的手和朕絮叨了此事。隨後母妃前來見你母親，你母親閒說幾句，慌張離宮。不到一個月，你母親便難產而亡。」

宣德帝恨聲道：「朕那時就猜測是母妃動了手腳，直到不足三個月，你父親又迎娶了淳于氏，朕又懷疑到了淳于氏身上，順藤摸瓜，將替淳于氏辦事卻遭淳于氏派人將之滅口的人給揪了出來。那人坦露了所有淳于氏做下的惡事。」

「那與太后……」

「朕本以為此事與母妃無關，雖恨母妃給父皇戴了綠帽，卻仍不希望她是殺人凶手。誰知那人卻又補充說，雖然淳于氏設下了計謀，卻也並沒有料到竟然這般順利，冥冥之中，似乎是有人在暗中幫忙一般。朕那時才恍悟，母妃她……恐怕也參與了其中。」

高辰複雙目赤紅，頓時起身。

「站住。」宣德帝厲聲喝道：「坐下！」

「……舅舅想要保全太后，但臣殺母之仇……」

「你且坐下，讓朕將話說完。」宣德帝盯著高辰複，帝王威儀顯露無遺。

高辰複站立了良久，終究還是緩緩坐了下來。

「你想報仇，朕也不想皇姊死得冤枉。」宣德帝沈吟良久，方才輕聲說道：「這二十年來，朕一直沒忘記皇姊的死和母妃的不忠。高家、鄖家、淳于氏，甚至你始亂終棄的父親，朕一個都不會放過。」

宣德帝寒聲道：「高辰書是個好苗子，可惜他是淳于氏的兒子，所以他會在伴駕圍獵時摔下馬來，摔成個殘廢，與你再不能爭奪一二。」

高辰複愕然抬頭。「辰書是舅舅你……」

「是，朕授意的。」宣德帝冷冷一笑。「你的弟弟連活下來的機會都沒有，淳于氏的兒子又怎麼能平安順遂一輩子？連他和鄖家的婚約，也是在朕的推波助瀾之下立的。」

「舅舅也想……毀了高家？」

「是毀了你父親。」宣德帝道：「朕要蘭陵侯府的人嚐到權勢的甜頭。有甜頭可嚐，人就會生貪念。淳于氏不就是這樣嗎？她貪心不足，現在已經沒有任何指望了。」

「辰書……他並沒有錯。他心地善良，甚至……」

「甚至站在你這一邊幫著保全你的妻兒？」宣德帝嗤笑一聲。「如此慈悲為懷，那削了頭髮去做和尚，正好。」

「舅舅！」

「複兒，你莫要在這件事上心慈手軟！」宣德帝寒聲說道：「朕肯留他一命，已算是看在你的面子上了。」

高辰複克制不住渾身輕抖。「那……父親他……舅舅你打算……」

「你父親？」宣德帝冷道：「知道為什麼從淳于氏生下幼女後，你就再無任何異母弟妹嗎？」

高辰複搖頭，咬唇道：「不對，喬姨娘……」

「那不是你父親的種。」宣德帝冷笑一聲。「你父親會知道他娶了個多麼蛇蠍心腸的繼室，他很快會自食惡果。」

「舅舅此話，難道說我父親他……再不能……」

高辰複並不是想不明白，可是他不敢相信……

「沒錯。」宣德帝頷首。「淳于氏在生下最後一個孩子時，傷了身體，太醫說她以後再不能生育了。她怕將來你父親寵愛別的女人，給高辰書多生幾個弟弟出來，阻礙高辰書的前程，所以給你父親喝了絕子湯。你父親從那以後，再不可能有別的子女。」

「不、不可能……」高辰複搖頭。「喬姨娘……」

「朕說過，那不是你父親的種。」宣德帝道：「那是你們侯府裡的姨娘和下人私通所生。」

高辰複狠狠地咬牙。

「舅舅覺得，這是對父親的懲罰？」他看向宣德帝。

宣德帝毫不避諱地點頭道：「朕本來還在想，要如何懲戒你父親，萬萬沒想到他竟然會自食惡果。這樣也好，省得朕動手。」

淳于氏、高安榮、高辰書……高辰複緩緩閉了眼。

「彤蕾和彤薇……也是舅舅設計陷害的？」他輕聲問道。

宣德帝嗤地一笑。

「朕還沒有無聊到那種地步。毀了淳于氏的兒子就行了，沒必要再毀掉她的女兒。只能說，她的兩個女兒也同樣都是自食惡果。一個有野心沒腦子，一個有腦子，但沒運氣。」

高彤蕾是因為想要下毒手暗害將要臨盆的軒王妃，所以才被軒王爺厭棄，如今被送到莊子上，這輩子恐怕都翻不了身。而高彤薇……

「彤薇中毒的事，是誰下的毒手？」高辰複抿唇問道。

宣德帝頓了頓，道：「太后。」

「太后?!」宣德帝這個回答，仍舊讓高辰複覺得震驚。「太后怎麼會害彤薇？她們根本沒有交集！」

「的確。」宣德帝頷首道：「所以朕說她沒運氣。」

宣德帝冷笑一聲。「朕封你女兒為郡主，宮裡有賞賜下去，其中有一疋煙雲羅夏紗綢，太后做了手腳。」

高辰複驀地全身發冷。

「朕自然知道此事，本打算讓人暗暗處理了那疋料子，沒想到那小姑娘貪慕虛榮，竟問到瑤母親面前，硬是將這疋料子給拿了去。複兒，你說這是不是天意？」

宮中的太醫診斷高彤薇所中之毒，卻說不出個所以然來，並不是他們診斷不出，而是他們知道，高彤薇所中的毒只能是來自宮中。

既是宮中的毒，那下毒之人自然也只會是宮中的某位主子。

他們怎麼敢對高安榮和淳于氏言說此事？太醫只能選擇三緘其口，讓高彤薇的中毒成為一樁懸案，也未嘗不是在為宣德帝做了兩分遮掩。

但高辰複不覺得這是什麼天意。

冤有頭債有主，淳于氏該死，可辰書他們又有何辜……

「你仍舊覺得朕太過殘忍。」宣德帝挪開視線，微微閉上眼睛。「等著吧，年節之前，所有的一切，都會結束……」

「舅舅。」高辰複深吸一口氣，望向宣德帝。「舅舅要剷除鄔家，我無法置喙。舅舅要懲罰父親乃至整個高家，我也可以無動於衷，但……舅舅莫要忘了，罪魁禍首還有太后娘娘。舅舅將這一切真相告知於我，我必當……」

宣德帝輕輕抬手，按在了高辰複的肩上。

「朕知道，你不可能當作這一切全沒發生過，你向來恩怨分明。」

宣德帝幽深的目光直盯著他。

「所以，朕要和你做一個交易。」宣德帝沈聲道。

「交易？」高辰複心裡有不好的預感。

「在你沒有這般貿然回京之前，朕還沒有打定主意，要將全部事實與你和盤托出。」宣德帝緩緩道：「但朕現在見到你，朕便知道了，這個交易，可行。」

「舅舅……」

「複兒，你覺得報仇重要，還是你的妻子兒女重要？二者選一，你選哪一個？」

高辰複驀地心涼。原來……要他選擇的，真的是這個。

「好好想想，你要選哪一個。」

宣德帝拍了拍他的肩。「選你的妻兒，朕覆滅鄔家之時，可以饒你妻一命。選報仇雪恨，且不說你是否能大仇得報，你也必會承受喪妻之痛。朕，君無戲言。」

高辰複像是當頭被一桶涼水澆下。

他怔愣著呆了足有半炷香的時間，方才出口輕聲問道：「舅舅，您、您當初為什麼……一定要我娶、娶她……」

宣德帝靜默了，靜默了不短的時間。

「從朕內心上來說，對你，對彤絲，對你母親那個出生不久就夭折的孩子，都是恨的。」宣德帝道：「讓你母親一步步落到死亡境地的，不單是那個大秘密，不單是你父親的始亂終棄，也不單是淳于氏的心急上位，更有你們三個孩子。稚子何辜？不，有些孩子的出生，就是一種罪惡。」

宣德帝緩緩起身。「但你們到底是皇姊留在這世間僅剩的親人，朕矛盾的同時，也自不會傷害你們。朕本打算，你娶了鄔家女，再親自送她上黃泉，也算是替你母親報了對鄔家的仇。朕沒想過要將實情和盤托出，也沒想到，你竟然對鄔家女，動了真情。」

宣德帝抬首。「冥冥之中，或許皇姊也在暗中看著你、護著你。她希望你幸福，朕又如何能讓她不安心？」

高辰複緩緩起身，跪在了宣德帝面前。

「求皇上……放過臣妻。」

宣德帝靜靜注視著他。「複兒，你考慮清楚了？」

高辰複漸漸地合上眼，結實地磕了個響頭。

「臣向來認為，當下比從前更重要。」他緩緩地、卻堅定地說道：「母親既亡，再不能死而復生，但活著的人卻仍舊活著。臣不用再多考慮，求皇上……慈悲。」

宣德帝極輕地嘆了一聲。他彎下腰，伸手扶了高辰複起身。

「複兒，你這般模樣，讓朕想起了你的母親。」宣德帝微微彎起嘴角。「都是一樣的，為情而生。」

第八十二章

高辰複將高彤絲接出了皇宮。

高彤絲身邊跟著一男一女、兩個由宣德帝派下的暗衛，都是身懷武藝之人，監視她的一舉一動。

高彤絲就當這兩人不存在，在高辰複身邊，她總算有了這段時間以來失去的安心感。

「大哥，皇舅後來都同你說了什麼？你怎麼看上去這般憔悴？」

天色已經黑了，高辰複的面容看不甚清晰，但高彤絲能從他的言行舉止中判斷出他的情況。

高辰複答了句「沒什麼」便再不開口。出得宮門之後，他牽了馬韁，對高彤絲道：「妳如今已經不能回蘭陵侯府了，今夜先找家客棧投宿，明日我讓人送妳離京。」

「大哥！」高彤絲不可置信地死死拽住高辰複的袖襬。「大哥你瘋了？你要把我送出京?!」

高辰複頷首，波瀾不驚地道：「難道妳想留在京中，再造成什麼恐慌？不管是誰，見到一個活生生的妳，不知道會生出多少流言來。」

高彤絲狠狠咬牙。「那我也不離京。」

「妳必須離京。」

「我不離京！」高彤絲壓低聲音低吼道：「母親的仇沒報，我如何能離京？我不看著淳于老婦死，我不甘心！」

她掙了幾下，卻掙不開高辰複的緊緊挾持。

「大哥！」

「聽我說。」高辰複抓著她的手臂，冷然說道：「妳今夜好好休息一晚，明早就出京。母親的仇，我會報；淳于氏的命，我要定了。」

「大哥？」高彤絲對高辰複這番變化感到無比吃驚。「大哥你……你找到她害母親的證據了？」

「嗯。」

高彤絲皺了眉頭。「你不過是與皇舅多說了幾句話，怎麼就……怎麼就拿到證據了？」

「妳不用管。」高辰複道：「總之，淳于氏的命我會取，所以，妳乖乖離京就好。」

高彤絲自然是不願意的，她不認為這和自己留在京城會有什麼差別。

「大哥，我保證我在京中會很老實待著，不出去讓人瞧見我。」高彤絲同他講條件。「大哥你既然會將淳于老婦繩之以法，總不能不讓我看見她的下場。我不能離京，我要親眼看到她死，才能相信我們已經給母親報了仇。」

高辰複不為所動。

說服不了高彤絲，他直接看向那一男一女兩名暗衛。

「麻煩兩位，帶她走。」

暗衛並不多言，當即就帶了高彤絲離開，連一句哼哼都沒讓她發出來。

夜深人靜的燕京城大道上，高辰複孤零零地一個人站著，一陣冷風吹來，他心底、眼底，都是寒意。

久候在宮門外的趙前在幾道宮門前來回奔跑，只覺得是撞了大運，竟然真的碰見了高辰複。

「將軍？」趙前敏感地察覺到高辰複和尋常不同，他疑惑地問了一句。

高辰複輕輕頷首，聲音嘶啞，問道：「夫人現在在哪兒？」

「回將軍，在侯府。」

高辰複輕輕地點了點頭。「回侯府吧。」

「是。」

回蘭陵侯府的路上，高辰複一直一言不發。

趙前履行身為貼身侍衛的職責，儘管高辰複不問，他卻仍舊將打聽到的情況一五一十地說給高辰複聽。

趙前自有自己打聽消息的管道，打聽得來的消息和鄔八月在京中的實際情況也是八九不離十。

高辰複沈默地聽著，直到趙前提及單氏同鄔八月一起回到了蘭陵侯府，方才轉了轉頭。但他還是沒有出聲。

一路沈默著，除了時近時遠的打更聲，幾乎聽不到什麼別的聲音。

到了蘭陵侯府府門，高辰複下了馬，對趙前道：「叫門。」

趙前應了一聲，伸手一揮，侍衛立即上前叩門。

門房打著哈欠來應門，一見竟然是高辰複，頓時嚇得魂都飛了，顫著聲喊道：「大大大……大爺？」

高辰複冷瞥了他一眼，道：「夜深了，不要聲張。」

門房愣愣地直點頭，高辰複未再理會他，轉而對趙前道：「我先回一水居，你安排弟兄們好生歇著，有什麼事，明兒個再說。」

趙前頷首，想著周武定然是守在一水居的，倒也放心。

高辰複自己拎了燈籠，身後只跟著兩、三名護衛，朝一水居去。

守在一水居門口的卻不是周武，見到高辰複同樣也大吃一驚，忙讓人去通知周武。

周武身上隨便披了件厚實的斗篷便趕來了，髮髻散著，頭上還微微滲著汗。

高辰複抿抿唇道：「打擾你們夫妻安寢了。」

侍衛去通知周武的時候，高辰複已經從他們口中得知周武和朝霞成婚的消息。

「將軍說哪兒話……」周武面色通紅，笑得也十分尷尬——他怎麼也料想不到將軍會半夜三更回來啊！如果他沒有成親，也是該繼續守在一水居門口的……

想到這兒，周武忙同高辰複請罪。

高辰複虛扶一把，道：「我這兒沒什麼別的事，你且回去吧。有話明早再說。」

周武見高辰複也是一身風塵僕僕，顯然是才趕回來，自然希望睡個好覺，當即退後一步道：「將軍先回去吧，大奶奶那兒……」

「別吵醒她。」高辰複搖了搖頭。

周武忙打消讓朝霞去通知鄔八月的念頭，應了聲是。

高辰複去了堂子，自己動手點燃了堂子四角的蠟燭。他記得住在侯府時，箱籠裡一直都備著他和鄔八月的衣裳，也不知道現在箱籠裡還有沒有。

掀開箱籠蓋子一看，也有他的衣物。高辰複心裡微微一暖。

爐膛燒了起來，不一會兒，池子裡的水就溫熱了。高辰複脫了外衣，只著了一條襯褲坐到池子裡。

他張開雙臂靠著池邊，微微仰著頭，眼睛閉著，蹙著眉頭，一副心事重重的樣子。

皇上說新年之前，所有的事情就會結束，他會讓鄔家、高家都得到應得的懲罰。

而如今，皇上只抓了鄔昭儀之父一個人，將他收監，總不能只因為他一個人就問罪鄔家全家。

至於高家，似乎也已經沒有什麼可讓皇上算計的了。

淳于氏雖有罪，忠勇伯府受之影響應該也不會太大，高辰複預測，淳于氏當年暗害母親之事揭露出來，忠勇伯府多半會被削爵降職。

所以……現在他唯一想不通的，是皇上會怎麼對付鄔家、對付鄔老。

高辰複越想心情越複雜。

再想到當初母親之死，姜太后也是幫凶之事，他心口就有如火燒。

明明有殺母之仇，他卻不得報，這豈是男兒該為？

可那幕後凶手……是太后啊！

高辰複驀地睜大眼睛，然後猛地吸了口氣，沈入了池中。濺起的水花「咕咚」一聲，池面上泛起了微波。

「嘎吱」一聲，堂子的門卻被人從外推開。

鄔八月披著一件外氅，小心翼翼地行了進來。

她將燈籠掛到了牆柱上，搧了搧面前的霧氣，往前一看，頓時一驚。「人呢？」

霧氣繚繞而又靜謐的堂子裡，池子中咕嚕嚕冒的水泡聲清晰可聞。

鄔八月登時嚇了一跳，來不及想便丟開外氅，朝著水泡發出的地方跑了過去，伸手去撈人。

「啊！」

猝不及防，她卻滑進了池子中央。

同一時間，高辰複伸手擒住了她的腰，穩住了她的身形。

光裸胸膛的男人和衣衫盡濕的女人就這樣面面相覷，寂靜無聲。

水溫熨燙著兩人的身體，鄔八月有些出神地望著他稜角分明的臉龐。

一直思念的人，就在她的面前。

「……爺，你回來了。」

鄔八月伸手輕輕捧住高辰複的臉，聲音在略沙啞之中，卻隱著濃濃的鼻音。

「……嗯，我回來了。」

高辰複緩緩收緊了手，將貼身衣裳下顯露出玲瓏身姿的鄔八月擁進了懷裡。

小別勝新婚，堂子裡的曖昧氣息持續著，水溫也無法匹敵他們身上散發出的熱度。

靜夜中，嬌吟喘息此起彼伏。

有人說，世間男女本就是一個半圓，終其一生都在尋找屬於自己的另一半。有的人能找到分外契合的那一半，有的人卻只能將就錯誤的那一半。

而蘭陵侯府一水居中，卻有那麼剛好、一個拼湊起來的圓。

是圓，也是緣。

高辰複抱著鄖八月從堂子裡出來，寬大的外氅遮住了她的身軀。

鄖八月的聲音裡還殘留著媚如絲一般的腔調。

「瑤瑤和陽陽最近都跟著我睡……」

高辰複輕應一聲。「我們到耳房去休息。」

鄖八月頷首，摟緊了高辰複的脖子。

耳房到底沒有正房那麼暖和，被子也沒有被薰過，顯得有些潮。

高辰複擁著鄖八月睡在了床上。

她靠在他的胸口，微微揚起唇角。

「我讓周武別吵醒妳，妳怎麼知道我回來了？」高辰複的手在她的手臂上輕輕滑著，低聲問道。

鄖八月一笑，道：「我最近都睡得很淺，有點風吹草動的就能醒，聽著堂子那邊的聲音有些不同尋常，就起來瞧瞧。正好朝霞過來，便知道你回來了。」

她笑道：「朝霞大概是還沒等周武提醒她，就來尋我了。」

高辰複緩緩點頭，又伸手在鄔八月額頭上輕輕按摩，道：「最近都睡不好？」

鄔八月一頓，抿唇道：「習慣了，每日也沒什麼事做，補眠的時間很多。」

高辰複幾不可聞地輕嘆一聲，忽然縮進被窩，貼近鄔八月的耳道：「彤絲還活著。」

鄔八月渾身一顫，只以為自己聽錯了。「爺，你說……」

高辰複頷首道：「她還活著，所以妳不用為她傷心難過。」

「真的嗎？真的……她、她真的還活著……」

鄔八月哆嗦著唇，竟有些開始胡言亂語了。

「那她這段時間在哪兒？那、那女屍又是……她怎麼能一直不出現？」鄔八月趴在了高辰複的胸口，急切地問道。

高辰複抿緊唇，道：「她被皇上關了起來，那女屍自然只是她的替身。」

「替身……」鄔八月腦中靈光一現。「皇上?!」她驚叫一聲，然後立刻捂住嘴。

高辰複摸了摸鄔八月的頭，不知道要怎麼和妻子說皇上的計劃。

鄔家……畢竟是八月的娘家，鄔家的人都是八月的親人。

這所有事情的起因，全是因為鄔老和姜太后的私情。如果他們沒有這段情，那很多事情就不可能發生。

鄔老該死，可是，鄔家的其他人又該多無辜？

「……爺，我喘不過氣了……」

鄔八月輕哼了聲，高辰複忙回過神來，略鬆了鬆手。

他迎上鄔八月燦亮的眸子。

「爺。」鄔八月輕聲道：「你說……皇上是知道彤絲她沒死的事，是皇上把她關了起來，這豈不是說……」

高辰複無法否認。

妻子很早之前就已經開始懷疑皇上知道鄔老和姜太后之間的事，只是這樣的懷疑沒辦法證實。

高辰複相信，自己的妻子不是一個草包，想要撒一個漫天大謊隱瞞她完全是不可能的。撒下一個謊，就要用無數的謊來圓。圓得了一時，又怎麼能圓得了一世？

「爺？」鄔八月輕輕推了推他。

高辰複長長地嘆息了一聲。他輕輕挑起鄔八月的下顎，聲音聽起來很是沈重。

「接下來，妳認真、冷靜地聽我說。」

高辰複的講述很緩慢，鄔八月渾身發冷，面色發白。

她早就猜測過是這樣，但當事實證明的確是這樣的時候，還是忍不住後背冒起了冷汗。

皇上早就知道……

皇上注定是要剷除鄔家的，鄔家不論做什麼，恐怕都難逃此劫。

鄔八月眼睛睜得大大的。她無法想像，鄔家最後的悲慘命運。

「八月。」

高辰複的講述告一段落，懷中人兒的輕顫讓他不可遏制地心疼。「皇上說……新年之前，他就會讓一切結束。」

鄔八月茫然地望向高辰複，半晌後才反應過來。

「皇上要對鄔家動手了？」她努力不讓眼淚從眼眶裡滴落下來，卻還是在高辰複沈沈點頭之後落了淚。

「……怎麼辦？」她緊緊握著高辰複的雙臂，企圖能從他眼中尋找到微末的希望。

高辰複閉了眼睛，輕輕地搖了搖頭。

她心裡清楚，鄔家恐怕是氣數已盡了。

天子一怒，伏屍百萬、流血漂櫓，區區鄔家，又哪裡能倖免於難？

鄔八月渾身的力氣陡然一鬆，跌入到高辰複懷裡。

「……皇上秋後算帳，竟能忍這麼久……」鄔八月看向高辰複。「他到底圖的什麼？」

「皇上知曉姜太后的秘密時，只有十歲年紀，那時他還只是四皇子，根本沒有什麼實權。先帝仍在，他即便有幾分本事查到了證據，因牽涉到姜太后，他也不敢聲張——姜太后與臣子通姦之事若是被先帝得知，皇上身為姜太后之子，又能有何好處？」高辰複輕聲同鄔八月分析道。「乃至先帝駕崩，皇上順理成章地即位為帝，也是有鄔老在暗中扶持。皇上那會兒不過是十幾歲少年，羽翼未豐，鄔老在文臣之中地位甚高，皇上也不可能在那時攖其鋒芒。」

「那皇上之後手握大權，完全可以治鄔家之罪……」鄔八月輕聲接了一句，頓時明白道：「要對重臣下手，皇上需要一個理由。」

「沒錯。」高辰複輕嘆一聲，說道：「我想，皇上在幾年前就在部署剷除鄔家之事，只是那時突然冒出彤絲和小皇姨的事情，皇上不得不擱置計劃。因為他並不確定還有多少人知曉此事。」

高辰複頓了頓，道：「再者，將人捧到高處，再眼睜睜看著人從高處墜落，對皇上來說，或許更有報復的快感。」

鄔八月低下眼，輕聲道：「皇上對婆母……感情真好。」

高辰複一頓。

「皇上對瑤瑤也很特別。」他將鄔八月摟緊了些。

「爺，皇上既要剷除鄔家，當初就不該讓你娶我。」

鄔八月深吸了口氣，緩緩道：「皇上走這一步棋，是一步敗棋。」

高辰複閉了閉眼，道：「皇上深恨侯爺，對我……除了甥舅感情，多少也恨我是侯爺親子。他在部署這一步時，並沒有太過考慮我的處境，然而——」他睜眼看向鄔八月。「然而，我還是很慶幸皇上的這個決定。」

鄔八月吸了吸鼻子，埋在他胸口，滾燙的淚滴到他胸前，讓他覺得有些燒。

「不知道皇上會用什麼樣的方法剷除鄔家……」鄔八月輕聲道：「我多半逃不掉，就怕……連累了你。」

高辰複苦笑一聲，搖了搖頭。「妳不會有事，皇上答應過我的。」

「皇上答應了你？」鄔八月疑惑地反問一句，撐起頭來，盯著高辰複的眼睛。「皇上怎麼會答應你？除非做為交換，你答應了皇上某事。」

高辰複輕輕點頭。「我答應皇上，當作不知太后暗幫淳于氏害我母親之事。自然也不會去找太后報仇。」

「爺！」鄔八月頓時要起身，高辰複按住她，道：「即便我不答應，我也動不了太后一根寒毛。再如何，太后終究也是皇上的生母。始皇殘暴，焚書坑儒，其母趙姬和嫪毒連生數子，此事幾乎滿朝皆知，始皇卻仍舊留了趙太后一命。皇上不會允許姜太后醜事暴露，更不會讓姜太后死於非命。」

高辰複緊緊握著拳頭。鄔八月深知他心中的憤怒和仇恨，殺母仇人就在眼前，他卻只能眼睜睜看著，這對任何人來說，都是十分恥辱之事。

鄔八月伸手環住他。

此時她沒有將會劫後餘生的喜悅，只有滿滿的無力感和對高辰複的心疼。

「沒事。」高辰複輕輕拍了拍鄔八月的後背。「一事歸一事，身邊的人才是最重要的。這一點，我看得清。」

他緊緊摟住鄔八月，兩人在無言的沈默中漸漸睡去。

第二日天明，得知高辰複昨日半夜回來的消息，高安榮興奮得不行。

「這小子還算有些良心，知道回來過今年的年節。」

高安榮笑罵了一句，扭頭吩咐一邊的果姨娘道：「去讓人把廚房總管找來，複兒既然回來了，今兒合該做一頓好的。」

果姨娘脆生生應了一句，給高安榮理著衣裳領口，手不由就在高安榮胸口處打圈。

高安榮笑著捉了她的手，道：「別鬧了。」

果姨娘不大高興，哼聲收回手說道：「侯爺怎麼一聽說大爺回來，整個人都正經了許多，這府裡您是一家之主還是大爺是一家之主哪？」

果姨娘沒太多的心眼，也是快人快語，隨口抱怨一句，並沒有其他意思。

但聽在高安榮耳裡卻是另一番味道。

男人總是不希望被人質疑自己的地位。

高安榮厲聲呵斥果姨娘，直說得果姨娘眼淚汪汪，他方才止住，道：「讓妳去做事，還不趕緊著去？」

果姨娘委屈地應了一聲，去讓人尋廚房總管了。

高安榮大早上的敗了興致，起身出了果姨娘的院子，去了茂和堂等著高辰複來給他請安。

只等到快要日上中天了，高辰複和鄔八月才姍姍來遲。

高安榮頭頂上幾乎都要冒煙了，見到長子臉上連半點喜悅都無，劈頭蓋臉就出聲諷道：「喲，你這起了啊？不再多睡會兒？」

昨日高辰複回來得晚，一路上從漠北趕回燕京，一直沒有休息好，後來又和鄔八月說了好一陣的話。回到妻子身邊，他難免心神鬆弛，不知不覺就睡過了頭。

鄔八月瞧著上了日頭，見他睡得熟也沒叫醒他，本想派人來告知高安榮一聲的，又不免想到若不是高安榮在靜和長公主懷孕的時候和淳于氏攪在一起，靜和長公主也不會被人所害，頓時心裡也不痛快，乾脆就沒讓人去知會高安榮，且等著高安榮派人來問。

但她也沒想到高安榮竟然一直等在茂和堂裡。

高辰複睡飽了覺，也養足了精神，聽得高安榮這般言語，他面無表情。

「問你話呢！」高安榮怒喝一聲。

高辰複靜靜地看了他一會兒，忽然開口道：「不知不覺，侯爺也已經老了。」

「你說什麼?!」

高安榮年輕時是翩翩佳公子，雖說人已到中年，卻也聽不得一個「老」字。長子的這個形容，讓高安榮十分不快。

「我說，侯爺已經老了。」高辰複微微抬了下巴。「頭上也有白髮了。」

高安榮讓人捧銅鏡來，他要好好看看，自己頭上是不是真的有白髮。

正吩咐人時，淳于氏帶著廚房總管來了。

淳于氏臉上還繃著笑，熱情招呼高辰複。「複兒回來了？你父親讓人準備了豐盛的——」

「不用了。」高辰複冷聲打斷道。「沒胃口。」

淳于氏一愣。

雖然往常高辰複為人也很冷淡，但對她還是有兩分對長輩的尊重，也從來沒有對她大小聲過，更別說出言打斷她說話。

「這……複兒這是怎麼了？」淳于氏還要語出關心。「是不是昨兒個回來沒休息好？」

高辰複冷冷地望了她一眼，並不搭理她，只對高安榮道：「我來這兒是親口告訴你一聲，我今日要陪著八月，帶著孩子回鄔家。」

高安榮頓時怒道：「你昨晚半夜才回來，連一頓團圓飯都沒和家裡人吃，就要巴著你丈人家去……知道的說你疼妻子，不知道的，還以為你是鄔家的上門女婿呢！」

「侯爺息怒、息怒……」淳于氏忙上前拉著，勸說高安榮息怒，又痛心地對高辰複道：「複兒，你剛回來，就要惹你父親發火嗎？」

她看向高辰複，卻意外地發現，在高辰複的眼裡，她好像是一個死人一般。

高辰複看著她的目光森冷得讓她的心都跟著寒了起來。

「我們走。」

高辰複連與淳于氏說一句話都覺得是浪費時間。

他輕輕攬過鄔八月，轉身就出了茂和堂。

「你給我站住！」

高安榮厲吼一聲，但氣息太喘，頓時劇烈地咳嗽了起來。

高辰複連腳步都沒有頓一下，摟著鄔八月，頭也沒回。

高安榮氣得真想追出去，但當著一屋子的下人僕從，他也顧及面子。

「複兒！」

淳于氏看出高安榮的意圖，往前幾步想將高辰複給追回來，被高安榮叫住。

「讓他走！」高安榮怒喝道：「我倒要看看，他這一走，多久才能回來！」

「侯爺別生氣……」

淳于氏伸手給高安榮撫著胸，嘴上勸著，心裡卻是惶惶不安。

高辰複那眼神……到底是什麼意思？他怎麼好像……好像是知道了什麼似的？

正當茂和堂前邊一片亂的時候，淳于氏身邊的郭嬤嬤急匆匆地跑了過來，焦急道：「夫人，不好了，二爺、二爺他聽說大爺回來了，把、把自己的頭髮給絞了！」

「什麼?!」淳于氏大驚失色，頓時丟開高安榮這邊的事情，忙著要去高辰書的院子。「書兒身邊的人呢？他們怎麼不攔著呀！」

郭嬤嬤急速地回道：「二爺房裡的剪子那些東西全都被夫人搜走了，這次二爺是摔了碗，拿碗邊割了頭髮，一有人靠近就把碎片挪到自己的脖子上，沒人敢動啊！夫人快去瞧瞧吧……」

淳于氏所有的希望都在高辰書身上，高辰書只是殘了腿，又不是不能傳宗接代，雖然他屢次說想要出家為僧，但只要他一天沒有落髮剃度，淳于氏就仍有希望。

這會兒聽到高辰書竟然絞髮了，淳于氏哪還顧及得了高安榮？立即朝著高辰書的院子裡奔去。

一大早就覺得被觸了楣頭的高安榮也只能咬咬牙，同樣趕往高辰書的院子。

郭嬤嬤通知得及時，高辰書的頭髮並沒有完全絞完。

「書兒！」

淳于氏驚恐地搶上前去，顧不得旁的，伸手就去奪高辰書手中的破瓷碗。

高辰書也沒掙扎，倒是乖乖讓淳于氏將手中的危險物品給拿了過去。

「你這是做什麼呀！」淳于氏簡直要哭出聲來。「身體髮膚受之父母，你怎麼能這般輕易毀壞?!」

高辰書面上仍是淡淡的樣子，回答道：「俗物而已，留之無用。」

「書兒！」淳于氏拿帕子抹了抹眼淚。「你這樣……讓母親可怎麼活啊！母親可就只剩下你一個指望了……」

高辰書淡笑道：「母親能做到很多人不敢做也做不了的事情，又何須指望別人？」

淳于氏擦淚的手一頓。

郭嬤嬤見機，忙上前勸道：「二爺，今後可不好做這樣的事情啊！那破瓷碗拿著多危險？要是不小心割破了身上哪兒，侯爺和夫人可是要傷心壞的。眼瞧著快到年節了，二爺可要多體諒侯爺和夫人的心，莫要讓侯府裡再添寒霜了。」

「這天兒也夠冷了，書兒你怎麼還這般傷母親的心哪……」淳于氏捶著胸哽咽哭道：「你這般做，讓母親可如何是好……」

說話間的工夫，後趕來的高安榮也到了。

一眼瞧見高辰書的模樣，高安榮頓時氣不打一處來。

「都是孽子，都是孽子！」高安榮指著高辰書怒道：「你是不是想出家？是不是想出家？我就成全你，你給我滾！都給我滾！」

「侯爺！」淳于氏從來沒有和高安榮大喊大叫過，這一次她再也忍不住了，出聲道：「複兒惹惱了你，你對他發火他沒反應，你也不能將氣撒在書兒身上！書兒是因為……」

「因為什麼？因為他腿廢了，他每日這般要死要活要出家，他就占理了？」

高安榮到底也是武將出身，身上還是有那麼幾分血氣。在他眼中，敢和他針鋒相對、對著幹的高辰複，雖然不孝，到底還是讓他看得起的。而高辰書這樣受了點挫折，都多久了還不能轉換回心情，在他看來那可就是相當懦弱。

現在高辰書鬧著絞髮要出家的事情，讓高安榮打心眼裡覺得這兒子是廢了，沒指望了。

高安榮這樣一想，又看到淳于氏這般護子，一腔憤怒頓時噴向了淳于氏。

「都是妳！慈母多敗兒，妳硬生生把妳兒子給變成了一個懦夫！從前只知道讓他讀書讀書，什麼才情詩書、滿腹經綸……都是些狗屁！讀了一肚子書，遇到點事就成了個慫貨！關將軍刮骨療傷，連眉頭都沒皺一下，他呢？不過就是殘了腿，好歹命還留著，他就這樣尋死覓活一天到晚正經事不做，只知道讓父母雙親操心，這就是他讀了十幾年書讀出來的『孝道』！」

高安榮一口氣指著淳于氏罵了一通，罵完心裡別提多舒坦了。

一屋子的下人奴僕都跪了下來。

侯爺對夫人發火，侯府這是要變天啊……

淳于氏也愣住了。嫁給高安榮近二十載，淳于氏自以為將高安榮了解得清清楚楚，他的脾氣和為人，淳于氏一直以為自己摸得透透的。

可是現在呢？高安榮竟然當著下人的面給她這個侯府女主人難堪！

錯愕之後，淳于氏心裡陡然泛起了怨氣。

她認為，高安榮會這樣對她和高辰書母子倆，無非就是因為高辰複回來了，喬姨娘那個賤人還給他又生了一個兒子。

他不指望書兒給他養老送終，便能這般隨意辱罵他們母子倆了。

淳于氏心裡的怨氣頓時也洶湧了起來。

她咬了咬牙，在這一刻，竟然生出了想要讓高安榮死的想法。

郭嬤嬤伸手碰了碰淳于氏，淳于氏方才回過神來。

想法終究是想法，高安榮現在還不能死，他不能死在高辰複前頭。

淳于氏壓下心裡狂湧的怒氣，但現在的她也沒有那個心力乞求高安榮的「原諒」。

她默默地抱住高辰書的頭，讓郭嬤嬤取梳篦來，她要給高辰書梳理梳理頭髮。

高辰書卻推開了她。

「父親，母親。」

高安榮的一番罵語似乎並沒有撼動高辰書的情緒，高辰書始終一臉平靜。

他淡淡地開口說道：「昨夜大哥已回，父親母親身邊又有喬姨娘所生的幼弟，長大後自也能侍候二老。我欲出家，心意已決，希望父親母親成全。」

「我不同意！」淳于氏頓時尖聲道：「我不同意不同意不同意！」

淳于氏一向以溫婉、柔順等形象示人，能讓她一反常態，也的確是因為高辰書的請求太驚世駭俗。

侯府嫡子竟要出家，傳出話去，不知會讓多少人議論紛紛。

但高辰書只有一句。「我心意已決。」

話音一落，高辰書索性盤腿坐了起來，雙手合十，道了一句。「阿彌陀佛。」
淳于氏心中大慟，雙手下了死勁去抓高辰書的雙手，不讓他將手合十。
「書兒！這是為什麼啊！為什麼啊……」
淳于氏涕泗橫流。原本都還好好的，她也在慢慢勸，想著總能把兒子給勸回正途，可誰知道兒子竟突然下了決心……
高辰書靜靜地望著她。
淳于氏望進了兒子的眼裡，只覺得兒子好像把她的所有一切都給看清了，在兒子的注視之下，她彷彿無所遁形，過往所做過的一切事情，好像歷歷在目……
淳于氏猛地抱住高辰書，心裡的恐慌無止境地蔓延開來。
她覺得……兒子好像真的離她越來越遠……
「母親……」高辰書低聲在淳于氏耳邊說道：「讓兒子，去代您贖罪吧。」
淳于氏面如白紙，頓時覺得幾乎無法呼吸。
他知道！他什麼都知道！

離開蘭陵侯府的高辰複帶著鄔八月坐進了馬車。
他抱著她，兩個人靜靜相依著，很久都沒說話。
馬蹄聲嗒嗒地響著。
鄔八月知道，鄔家的好日子要到頭了。

她想提前通知鄔家的人，但是她找不到理由來解釋皇上要辦鄔家的原因。

鄔八月心裡像是有一把火在燒，又癢又痛，卻毫無辦法，燒得她完全沒辦法冷靜下來。

皇上要鄔家的命啊！

鄔八月緊緊閉了眼睛，想起已過世的段氏。

祖母，您要是仍舊在世，要怎麼辦呢……

鄔八月咬了咬唇，腦中卻靈光一閃，她猛地坐了起來。

太過突然，連行進中的馬車都晃了一下。

「怎麼了？」高辰複忙關切地朝她望了過去。

鄔八月深吸一口氣，雙眼亮晶晶的。

「鄔家……鄔家還有一塊，當年太祖皇帝賞賜給太爺爺的免死金牌！」鄔八月聲調高昂地道了一句，忙捂住嘴，興奮地道：「鄔家還有免死金牌，金牌我收著，我、我可以用金牌向皇上提一個請求，我可以保鄔家不死！」

高辰複眼中的情緒有些鬆動。

「皇上要動鄔家，不可能牽扯上太后。想要撬動整個鄔家，那必然是大案、要案，但也必須有一個證據充分的事件。免死金牌、免死金牌可以饒鄔家一死，鄔家、鄔家的人都可以只為區區平民，放在檯面上的事情，皇上他不……」

「啪」的一聲，鄔八月話還沒說完，馬車似乎被什麼給撞了一下，鄔八月太興奮，沒能控制得住自己的身形，頓時撞了上去。

「呀……」她忙捂住頭，微惱道：「怎麼回事？」

高辰複拉住她，掀開紗簾責問道：「怎麼趕車的？」

馬車卻停了下來，周武看向高辰複，目光有些驚疑不定。

高辰複心口一頓。

嘈雜的禁衛軍過街的聲音傳入了耳裡，高辰複擺了擺手，周武忙讓開位置。

只見一列列禁衛軍持刀拿戟，從容有序地朝著與他們相同的方向小跑而去。正是因為他們突然出現，方才使得街上變擠了很多，馬兒受了些驚、偏了道，撞到旁邊的攤販。

「怎麼回事？」

高辰複沈聲問了一句。彷彿是回應他的反問似的，一禁衛軍小隊的隊長高聲喊道：「輔國公鄔國棟意圖謀反，與鄔昭儀裡應外合，欲弒君扶持五皇子即位！聖上有令，圍困輔國公府，徹查此事，皇差辦案，爾等讓道！靜！」

高辰複臉上頓時一凜，回頭望去，鄔八月面色一片慘白。

自古以來，扯上「謀反」之事，還能全身而退的，幾乎無人。

雖然名義上查的是輔國公府，但實際上，皇上的真正目的，是鄔家。

鄔國梁、鄔國棟乃是親兄弟，查了哥哥，還會放過名滿天下的弟弟嗎？

鄔八月頓時伸手抓住了高辰複的前襟。

「皇上說年節前會了結此事，看來是真的……」鄔八月咬了咬牙。「皇上讓大姊姊入宮，未嘗不是……未嘗不是等著這一天。」

高辰複心裡很清楚，皇上這一招，是要將鄔家一網打盡了。與輔國公府交好的承恩公府、奉恩公府說不定也會被牽扯其中。

「皇上既然發了這樣的聖旨，那就說明他已經設計打點好了一切。」高辰複沈聲說道：「不管輔國公府有沒有這樣的打算，皇上都不打算放過鄔氏一族。」

鄔八月心已經慌了，原本打算回娘家再和父親母親說說話、通通氣，可現在……她怕是連家人的面都不可能見著了。

「我們要怎麼辦？」

高辰複抿抿唇，輕聲說道：「不管如何，我們還是先去鄔家瞧瞧。皇上現在下旨要查的是輔國公府，鄔府那邊，暫時應該還查不過去。明面上的東西總要先擺平了才行。」

鄔八月只能點頭答應，高辰複讓周武催促一下趕車馬夫，更快些趕到鄔家去。

東、西兩府已然分家，但到底還是比鄰而居。東府嘈雜哀嚎聲太鬧，西府自然也聽得清楚，整府人立刻惶惶不安了起來。

前來拿人的可是禁衛軍啊！

「母親。」鄔八月迎上面色凝重的賀氏，扶著她輕聲問道：「父親呢？」

「在裡邊。」賀氏扶過鄔八月的手，看向高辰複。「辰複回來了？之前都沒聽到信兒。」

「回得匆忙，沒有讓人知會岳父岳母一聲，是小婿的不是。」高辰複施了一禮，道：「岳母，我們進去說話吧。」

賀氏點點頭，拉著鄔八月往屋內而去。

鄔居正坐在太師椅上，瞧著還算面色從容。

他向來不是一個會驚慌失措的人，不管遇到什麼事情，他都能夠冷靜自持地應對。

「岳父。」高辰複對鄔居正行了一禮。

鄔居正笑言道：「辰複回來了？」

「是。」高辰複頷首。

「坐。」

四人都坐了下來，鄔居正喝了口茶，輕抿抿唇道：「皇上派人到東府拿人，接下來，就該來我們西府了。你們略坐一會兒，就先回去吧，免得到時候和禁衛軍的人碰上，徒生事端。」

「老爺。」賀氏憂慮地看向鄔居正。「東府真有那麼大膽子扶持五皇子謀反？這也太牽強了……即便是皇上不在，五皇子上頭可還有四位皇子。再者五皇子不是……」賀氏指了指自己的腦袋。「這樣的皇子哪能登上皇位？皇上怎麼就信了呢？」

「威脅到皇上的皇位和性命，對皇上來說，也是寧肯錯殺三千不會放過一個。」鄔居正輕嘆一聲。「咱們皇上還算是明君，東府命運如何，我們也管不了。現在只希望皇上明察秋毫，不要認定我們西府也參與其中。」

賀氏咬了咬唇。「父親和伯父乃是一母同胞的親兄弟，父親在文臣中聲望如此之高，皇上又怎麼會相信我們府中沒有參與其中呢？一旦定了東府那邊的罪……」她越想越是害怕。「到底是誰告密或者彈劾的？還是……宮中昭儀娘娘真的做了這樣的事？」

「誰知道呢？」鄔居正搖了搖頭。「行了，別在這兒自己嚇唬自己。」

鄔居正看向高辰複和鄔八月。「沒事就先回去吧。」鄔居正頓了頓。「希望不會連累到蘭陵侯府。」

高辰複和鄔八月連椅子都沒坐熱，就被鄔居正半「趕」著離開了鄔家。

鄔八月心中惶惶，很是擔憂，在鄔府附近找了個茶樓，也不敢走。

皇上要是將鄔府的人也都拿走，她在這兒好歹還能看見。

高辰複便也靜默地陪著她。

「你說……皇上要真對鄔家動手，不會……就地處斬吧？」鄔八月輕聲問道。

高辰複輕道：「放心，皇上既然放出這樣的罪名出來，就一定會經大理寺層層審查，最後定罪，再決定是否處斬。一時半會兒，鄔家的人不會有性命之憂。」

鄔八月點了點頭，目光卻仍舊閃爍不定。

「可是……入了大理寺的監牢，要審查的話，肯定要訊問。」鄔八月咬咬唇。「訊問的過程中，多半會上刑逼供，那豈不是……會受很多苦。」

高辰複頓時靜默。

會讓大理寺直接審問的案子，多半都是牽涉到高官侯爵的案子。雖然有「刑不上大夫」的古語，但當真問起案子來，又豈會在乎是什麼身分？上刑是較為低劣的手法，卻架不住好用。真正的訊問高手，三言兩語之間就能把你的話給全套出來，逼問得人毫無招架之力。

高辰複不擔心大理寺的人訊問，畢竟鄔家是不可能牽涉到謀反之事。

怕就怕皇上下了暗示，要大理寺屈打成招。

他想得到這個道理，鄔八月又哪兒會想不到？

要讓鄔家敗落的是皇帝，大理寺也得要聽皇帝的話。想要平反？簡直是無稽之談。

二人相顧無言，良久後，鄔八月方才輕聲道：「明明知道家人會蒙冤，我卻什麼都不能說，連辯解都沒辦法辯解一句。」

鄔八月眼睛微微紅了。

高辰複如何不知她的無力？可他也做不了什麼，只能輕輕抱住她，給她安慰。

愛笑的瑤瑤又發出了一記笑聲，鄔八月望向朝霞懷裡的瑤瑤，苦澀地彎了彎唇角。

「還不知事的小娃娃多好，每日吃喝睡，想樂呵的時候就樂呵，想哭的時候就哭。哪像我們……」

高辰複無言以對。

禁衛軍開始押著東府的人走了，鄔八月看見了好些熟面孔，甚至還看到了老邁的郝老太君。鄔陵梅陪在郝老太君身邊。

不知是不是感受到鄔八月強烈的視線，鄔陵梅抬頭望向了她的方向。

鄔八月伸手朝她揮著。

可是距離太遠了，鄔陵梅根本就望不見她，她的目光只停頓了一秒便收了回去。

「老太君也老了啊……」鄔八月哽咽道。

郝老太君這麼大把年紀，到最後竟然還要遭受這樣一次牢獄之災。

鄔八月心裡陡然對鄔國梁生起怨恨之心。

若不是他自私，只顧自己感情不顧家族安危；若不是他自大，以為醜事會永遠不為人知——鄔家又豈會落到現在的地步？就連東府，不也是祖父害他們到如今這般田地的嗎？

東府的奴僕們哭哭啼啼地也被拉走了，然後，禁衛軍去了與輔國公府只一牆之隔的鄔府，開始將鄔府的僕人也拉了出來。

鄔八月別開眼，猛地起身，道：「不看了，走吧……」

高辰複知道她是不想看到家裡人被禁衛軍押解的樣子，點點頭，攬著鄔八月離開了茶樓。

高辰複本打算回長公主府，但鄔八月卻說要回蘭陵侯府。

「三姊姊聽到消息，肯定會找我的。」鄔八月輕聲說道。「我們先回蘭陵侯府，我也要去將免死金牌給取出來。」

高辰複點了點頭，道：「不要慌，事情到現在，也沒有更壞的了。」

「我知道。」鄔八月頷首道：「即便最後……最後不如人意，我也……」

她說不下去。

其實她自己也不知道，自己到時候會怎麼辦。重活一世，她來到這個世間之後雖然波折頗多，但對親人的感情卻深刻而真摯。她享受了他們的好，總歸是無以為報。

左右這一世都是賺來的，如果能夠犧牲自己來救回親人，她並不吝惜自己這條命。

可她沒有那麼大的價值，她一個人的命換不來所有家人的性命。

她根本就沒有那種扭轉乾坤的能力。

在皇權至上的世界裡，至高無上的皇帝便是所有人命運的主宰。

但即便如此，她也不會坐以待斃。

鄔八月緊緊捏了拳。

回到蘭陵侯府不過一刻鐘時間，高辰複還未來得及聽下人稟報他離開之後府裡出的事情，鄔陵桃便來了。

與往常不同，她今日穿得極為素淡，臉上甚至沒有塗抹脂粉，看上去清清爽爽。

「三姊姊。」鄔八月迎了她進一水居，吩咐周武看好一水居的大門。

鄔陵桃緊握著鄔八月的手，眼神飄忽不定。

「八月……」她急迫問道：「妳聽說了嗎？伯祖父謀反，東、西兩府現在都已經被抄家了！」

鄔八月點點頭，道：「我剛從那邊回來，就等著三姊姊來，我們好商量對策。」

第八十三章

「陳王說，皇上是要借此敲山震虎，用一個鄔家來警告所有當權世家。而且……」鄔陵桃咬牙道：「祖父威望太大，朝中多半文臣都要聽他的，皇上這也是要……削祖父的權。所以這一次……不管罪名真假，祖父肯定是難逃一死的。」

說到這兒，鄔陵桃就憤恨道：「祖父乃大夏肱骨，皇上這般對待有功之臣，就不怕臣子們寒心嗎？」

鄔八月張了張口，不知道該說什麼。

「我會央陳王幫忙。」鄔陵桃輕吐一口氣，低嘆一聲。「為何碰上我的喜事，卻是這樣的多事之秋？我真怕……」

「三姊姊有什麼喜事？」鄔八月看向她。

鄔陵桃將手輕輕搭在自己的肚子上。「我……我有孕了。」

「真的?!」饒是在鄔家身處這樣風雨飄搖的時候，鄔八月還是感覺到了欣喜。

「瑤瑤尿在我身上，真的是個好兆頭。」鄔陵桃笑得溫和。

難怪，難怪今日見到鄔陵桃，她沒有塗脂抹粉，原來是有身孕了！

「太好了，三姊姊。」鄔八月由衷為鄔陵桃高興。

鄔陵桃笑了笑，臉色卻又變得凝重了起來。「現在不是高興的時候，要想辦法為祖父平冤才是。東府我們管不了，我們卻總要幫西府洗刷聯同東府謀反的罪名才行。」

鄔八月明知鄔家難逃此劫，卻不能開口對鄔陵桃說。

她只能晦澀地道：「謀反這樣的事，皇上要是打算……」

「不管皇上怎麼打算，此事都與鄔府無關！」鄔陵桃憤恨地說了一句，胸口起伏不定。

鄔八月忙勸道：「三姊姊現在懷有身孕，不要生氣，當心動了胎氣。」

鄔陵桃深吸一口氣，對鄔八月道：「大理寺審案總要有一段日子，趁著這段時間，我們要找人替鄔家、替祖父鳴冤才行。」

「人走茶涼，現在鄔家遭難，大家恐怕都是避之唯恐不及，又有誰會願意沾染上這樣的麻煩事？」

雖知鄔八月說的是現實，但鄔陵桃哪能接受？

「總要試一試……」鄔陵桃深吸一口氣道：「我會讓陳王找找另外幾位王公重臣，妳與軒王妃交好，看能不能尋軒王妃，讓軒王爺幫幫忙……」

鄔八月一怔。

「……我知道這有些為難妳，高將軍心裡指不定也不舒服。可事急從權，如今也沒有別的辦法了。」鄔陵桃定定地看著鄔八月。「八月，我們是鄔家的女兒，不管我們嫁的什麼樣的人、過什麼樣的日子，我們的根是在鄔家。鄔家要是敗落了，我們的日子也不會好過……無論如何，都要盡我們最大的力氣保全鄔家。」

鄔八月緩緩地點頭。

「我這裡，有樣東西。」鄔八月輕聲說道。
「什麼東西？」鄔陵桃忙問道。
「太祖皇帝給的御賜金牌。」
鄔陵桃頓時驚道：「兩府分家的時候，從老太君那兒得來的金牌?!」
鄔八月點點頭。
「對、對！還有那免死特赦金牌！可是……怎麼會在妳這兒？」鄔陵桃皺眉道：「那金牌，不該是祖父收著的嗎？」
要解釋那金牌為何在她手上，倒也要頗費一番口舌。鄔八月含糊道：「是在祖母手裡邊的，祖母彌留的時候，將金牌給了我，我一直忘記交還給祖父了。如今看來，倒也是冥冥之中自有定數。」
鄔陵桃便欣喜道：「沒錯，那金牌在妳手上正好！要是最後真的回天無力，還有這金牌能保鄔家一命！」
鄔八月抿抿唇，頷首說道：「是，要是最後我們做了所有的努力，還是救不了鄔家，也只能依靠這枚金牌了。」
「那妳可要好好收著。」鄔陵桃伸手握住鄔八月。「收好了。」
「三姊姊放心，我明白的。」鄔八月對鄔陵桃點了點頭，輕呼口氣，道：「那麼，我現在就去軒王府，問問軒王爺……能不能幫忙。」
鄔陵桃也趕緊道：「我也去找找別的相熟的王公貴族。事不宜遲，就不耽擱了。我現在就去。」

「三姊姊，妳小心著些，別累著自己。」鄔陵桃匆匆告辭，鄔八月緊跟著叮囑她道。

鄔陵桃只揮了揮手，不一會兒就瞧不見了人影。

高辰複走了回來，鄔八月迎上他，輕聲道：「三姊姊讓我去找軒王妃，看能不能說動軒王爺幫忙說情……」

鄔八月為難道：「我們明知皇上是不會……可是要是什麼都不做，這也不行。」

高辰複沈默了會兒，道：「大理寺斷案不會太草率，我與大理寺丞還有幾分交情，妳先去軒王府，我去大理寺找找人，拜託他們幫忙關照關照，能不用刑，儘量別用刑。」

鄔八月趕緊點頭。

高辰複道：「我辦完事就去軒王府找妳。」

「好。」鄔八月點點頭，抿唇道：「我等著你。」

鄔家下大獄的事在一夕之間傳得整個京城沸沸揚揚。

宮中的各位娘娘家中也自有人想方設法傳遞消息進去，叮囑她們要謹言慎行。

皇上正在盛怒之中，各宮妃嬪自然都不敢在老虎頭上拔毛。

蕭皇后略覺奇怪，本想旁敲側擊問兩句，但話裡剛露了個頭，就被宣德帝給堵了回去。

蕭皇后與宣德帝十幾年夫妻，自然知道宣德帝這是不希望她多問。

但這也表明了宣德帝的決心，宣德帝是一定要問鄔家的罪。

蕭皇后只能嘆息。鄔老這般年紀，全家還要遭受牢獄之災，也著實是運氣欠佳。

鄔昭儀得寵之時，雖然的確有些恃寵而驕，但就她所知鄔昭儀的為人，也應當是沒有那樣膽大包天，竟敢弒君扶幼子即位，除非她是昏了頭了。

可這般一想，倒也覺得鄔昭儀昏了頭也是有跡可循。

自從鄔昭儀生了五皇子，傷了身子又得知五皇子乃是癡兒，鄔昭儀就失了寵，皇上幾乎沒再踏進鄔昭儀的鐘粹宮去。

後來鄔昭儀之父受人彈劾，鄔昭儀言辭激動要面聖求情，又被皇上無情地阻在了門外。

鄔昭儀向來是個好強的女人，連番遭受打擊，或許還有宮中之人眼見她不得寵了而對她百般刁難……

劍走偏鋒想要富貴險中求，也不是不可能的。

「娘娘。」蕭皇后身邊的嬤嬤輕聲提醒她道。

蕭皇后忙回過神來，看向站在華蓋下的宣德帝。

「皇上？」蕭皇后迎上前去。

「朕有些事，要去母后宮中一趟。」宣德帝對蕭皇后道：「鄔家謀反，前朝後宮皆議論紛紛。昭儀鄔氏處朕派了人看著，妳無須操心，但警告後宮各妃，此等時刻不得妄議朝政，乃妳之職責。」

蕭皇后立刻低頭道：「臣妾明白。」

「妳一向識大體。」宣德帝伸手握了握蕭皇后的手。「朕先走了。」

「臣妾恭送皇上。」

蕭皇后半蹲著送走了帝王皇駕，貼身嬤嬤湊近她笑道：「宮中各妃嬪在皇上面前都如走馬觀花一般，自始至終，皇上信任的都只有娘娘，能被皇上放在心上的，也只有娘娘。後宮女人雖多，但娘娘對皇上來說，是獨一分的。」

蕭皇后微微一笑，頓了片刻叮囑嬤嬤道：「讓人去蕭家說一聲，這等時候，讓蕭家不要有任何動作。附議皇上處置鄔家或者為鄔家求情，都做不得。」

嬤嬤略一思索，頓時點頭道：「老奴明白，老奴這就讓人去蕭家傳話。」

蕭皇后頷首，心裡卻又起了些疑惑。

雖然民間都言皇上至孝，對太后敬重有加，但她身為皇后還是知道的，皇上和太后其實母子情淡。在宮中時，除非必要，皇上也只有定點去問安的時候才會得見太后。

皇上去太后的慈寧宮，會有什麼事呢？

蕭皇后不愧是和宣德帝同床共枕十幾年的女人，少年夫妻，伴侶的想法即便猜測不出，但總能發現一些細節和端倪。

此時，宣德帝正坐在慈寧宮後殿，姜太后的鳳榻邊上。

靜嬤嬤跪在床尾，殿裡沒有其他宮人的影子。

魏公公低著頭站在宣德帝身後，拂塵竟紋絲不動。

姜太后得知鄔家一家被皇上派禁衛軍抓了起來、下了大獄的消息後，心亂如麻，竟然跌倒了。為免引起他人注意，這等事情自然不能宣太醫。

姜太后臥了床，還沒等她讓人去尋宣德帝過來，宣德帝便已來到了慈寧宮。望著鳳榻上半躺著的姜太后，宣德帝行了個禮，坐了下來。

靜嬤嬤上前福禮，宣德帝卻沒叫起。

緊接著，魏公公讓殿內伺候的所有宮人全都退了出去。

這樣的陣仗，如何不讓姜太后和靜嬤嬤如臨大敵？

靜嬤嬤跪在地上，渾身微抖。

「皇帝，你這是……」姜太后拿袖籠掩了眼睛以下的部分，裝咳一聲。

宣德帝淡淡地說道：「母后既生了病，為何不傳御醫？」

姜太后頓了頓，道：「沒什麼大礙，哪用得著麻煩御醫。」

「是嗎？」

宣德帝微微一笑，姜太后又問道：「皇帝是有話要同哀家說？內殿裡的宮人怎麼全都出去了？」

「母后若是想讓他們聽倒也無妨。」宣德帝淡淡道：「左右不過是您我母子二人談完之後，多十幾、二十條人命。」

姜太后面色頓時一白。

宣德帝將話說得這般嚇人，在她面前甚至都沒有身為兒子該有的態度，讓姜太后心裡止不住發毛。

她強笑了兩聲，道：「皇帝乃是明君，自然不會隨意要人性命。」

說到這兒，姜太后就想起自己要見宣德帝的目的來。

她緩了緩氣，開口問道：「皇帝，鄔昭儀意圖弒君篡位之事，果有此事？」

姜太后關切鄔國梁的性命安危，並沒有注意宣德帝臉上的表情，她甚至沒有等宣德帝回答便逕自說道：「不管鄔昭儀是否有這樣的意圖，那也是輔國公府的事情。哀家聽說鄔府和輔國公府已經分為兩家，鄔老與其兄輔國公也甚少往來，這件事情想必和鄔老一家是不相干的。」姜太后苦口婆心地道：「皇上如此將曾為帝師的鄔老下了大獄，可是要讓天下讀書人寒心哪！」

宣德帝面帶微笑聽著。姜太后沒有發現他眼中早已滿布寒霜。

直等到姜太后說完話，宣德帝方才輕聲道：「母后，從朕踏進慈寧宮到現在，您都沒有問過一句，鄔家謀反，朕是否有事？卻是一個勁兒地為鄔老開脫，堅信鄔老無罪。」宣德帝緩緩轉頭看向姜太后。「這般急切的姿態，要說母后您和鄔老之間沒有一點問題，朕可真不信。」

姜太后大驚，靜嬤嬤更是差點眼要脫眶。

「皇上，您可千萬不能這樣誤會太后……」

「誤會？」宣德帝輕哂一笑，望著姜太后，語氣淡淡地道：「母后，這可是誤會？」

姜太后面如白紙。

她簡直不能辯駁。宣德帝是她的兒子，她對自己的兒子雖不親近，但做了三十來年的母子，宣德帝是個什麼樣的人，姜太后再是清楚不過。

他來這兒，會這樣跟她說話，就表示他已經知道了，他有足夠的證據知道……

姜太后忍不住吞了口水。然後，她猛地瞪大眼睛。

她迅疾前傾了身子，伸手抓住了宣德帝黃袍的領子，驚恐地望著他，哆嗦地問道：「你知道、你知道鄔老沒有謀反之意，你是……你是設局要害鄔家？是不是？是不是！」

宣德帝不動如山，抬了手阻止要上前來拉姜太后的魏公公。

他輕言細語地說道：「母后說的什麼話？鄔老乃是朕的帝師，他若是沒有做錯事，朕又怎麼會眼睜睜看著他一大家子鋃鐺入獄？平白無故，朕害他做什麼？」

宣德帝伸手拉下姜太后的手，一本正經地說道：「到底是誰害鄔家，母后您自個兒心裡應該跟明鏡似的。」

姜太后渾身都禁不住顫抖起來。靜嬤嬤跪趴在地上，頭也不敢抬。

「你、你什麼時候……什麼時候知道的？」姜太后咬緊牙關，顫聲問道。

「知道什麼？」宣德帝微微一笑。「朕不知道母后在說什——」

「別裝了！」姜太后大吼一聲。「你都問到哀家面前來了，還說你不知道哀家在說什麼?!」

宣德帝輕笑一聲。「那，母后不妨說說，您到底在說什麼？」

姜太后心口一抽一抽得難受。她捂著胸口，好半晌才冷笑著。「這就是哀家的兒……」

宣德帝只微笑著不語，姜太后到底是沈不住氣，但她也不打算說她與鄔國梁之間的事，只冷聲問道：「你打算怎麼處置鄔家？」

宣德帝便是一笑。「母后這才算是問到了點子了。」宣德帝微微前傾了身體。「母后希望朕怎麼處置鄔家？」

「鄔家沒有謀反。」姜太后冷冷地回道。

宣德帝點頭。「的確如此，不過——」宣德帝微微偏頭一笑。「要是朕執意要鄔家人的性命呢？」

「你！咳咳……」

「太后息怒！」

靜嬤嬤聽得姜太后又咳嗽了起來，顧不得旁的，忙要起身前去察看姜太后的情況。人還沒完全站起，宣德帝一個伸腿就將她踢了回去。

「朕還沒有叫起，靜嬤嬤還是跪著的好。」

靜嬤嬤頓時哆嗦著，雙手著地不敢出聲。

宣德帝自己倒是起了身，伸手扶了姜太后一把，讓魏公公端了茶來，伺候姜太后喝了一口潤喉。

姜太后好不容易得以舒服了些，立刻推開了宣德帝。

宣德帝也不在意，撣撣衣裳又坐了回去。

「朕來慈寧宮，就是要和母后說一聲，鄔國梁的命，朕是要定了。」

宣德帝話音剛落，姜太后就激動地怒道：「你敢！」

「朕是天子，有何不敢？」宣德帝微微前傾了身體。「母后要是還念情分，想要保全鄔家其他人，就不要給朕惹出別的是非來。興許朕心情好一些，還能讓鄔家留個後，否則——」

「你當哀家稀罕鄔家其他人的性命？」姜太后打斷宣德帝，冷笑一聲。「鄔老要是命喪黃泉，其他鄔家人的性命在哀家眼裡連螻蟻都不如。皇上拿鄔家人的命來威脅哀家，可真是走錯了路子。」

宣德帝面上一頓，片刻後方才笑道：「原來如此，母后在乎的，只是鄔老而已。」宣德帝嘆了一聲，搖搖頭道：「母后貴為我大夏皇太后，本該憐憫蒼生，卻是拿人命比作螻蟻，視人命如同草芥，當真是應了那句話。」

宣德帝看向姜太后，緩緩說道：「最毒婦人心。」

姜太后知曉自己和鄔國梁之間的秘密已經暴露，在皇帝面前，她也再懶得偽裝。她哼了一聲，說道：「不毒，哀家怎麼能在寂寂深宮走到現在？慈莊皇后也好，岑妃也罷，甚至是先帝……想要權勢、想要上位，就必須踩著一個接著一個人的屍首。」姜太后冷肅地盯著宣德帝。「沒有哀家，何有你這個皇帝！」

宣德帝微微瞇了瞇眼。

慈莊皇后乃是先帝中宮嫡后，趙賢太妃的胞姊，在姜太后入宮之初是最阻礙姜太后的人。病亡。

岑妃乃是先帝後幾年最為寵愛的妃子，陽秋長公主之母，在先帝最後在位的幾年可謂是後宮第一得意人。在陽秋出生後亡故。

先帝……宣德帝愣了片刻神，方才緊盯住了姜太后。

「父皇……是母后……」

「不錯。」姜太后勾了唇角。「是哀家送他最後一程。」

「太后！」靜嬤嬤嚇得腿都軟了，這下要她起，她也是起不來的。

這最大的秘密……太后怎麼能、怎麼能就這般告訴皇上了呢！
先帝那時候也沒多少日子可活，太后大意了，和鄔老談事情的時候被先帝聽了去。太后擔心先帝會迴光返照另立遺旨，便趁著無人，對先帝語出惡毒，活生生將先帝給氣死了。
這件事，本該帶到土裡去的。太后這是氣急了，不然怎麼會在皇上面前抖落此事……
宣德帝霍地站了起來。
他咬著牙。
慈莊皇后和岑妃娘娘之死是否與姜太后有關，宣德帝不在意，畢竟這兩人與他沒有太多交集，他也不會因為這兩人的死而有太多情緒波動。
但先帝乃是他生父，母親殺了父親，這樣的事實他如何能接受？
「……為什麼？」宣德帝手都在抖。
他運籌帷幄、計劃周詳，還從來沒有什麼事能讓他勃然變色、方寸大亂。
可現在宣德帝覺得自己渾身都在不可遏制地發抖。
姜太后彷彿覺得自己贏了宣德帝一般，她哈哈大笑了兩聲，竟然語出威脅。「皇兒，你說，要是群臣知道，弒君凶手之子竟然穩坐皇位，會不會眾臣抗議，要廢帝另立？」姜太后緩緩地坐直，說道：「哀家與皇帝做個交易。你要鄔家其他人死，哀家一句話不多言。但是鄔老，必須是壽終正寢而非死於非命。哀家保全你的皇位，只要鄔老一個人的性命，這買賣、這交易，不可謂不划算。皇帝好好想想，這麼多年，哀家也是有幾分勢力的。」
宣德帝望著姜太后，不知道為什麼，聽到她提起「交易」二字，卻想起了自己在高辰複進宮後同他說的話。

他也是與高辰複進行了交易。這種被迫要接受交易的感覺，太噁心了。

可是，高辰複是臣子，而他是帝王。臣子沒有辦法忤逆君上，而他這個天子，又怎能受人威脅？

「母后。」宣德帝緩緩轉身走了幾步，離了姜太后五步之遙，方才站定，轉過身來，對姜太后輕聲說道：「母后就那麼篤定，朕會受母后的威脅？」

姜太后一笑，正要說話，宣德帝卻說道：「朕忍了那麼久，為了這一天，就是想要在鄔老死的時候，見到他臉上或恐懼、或後悔、或哀求的表情，也是為了要保全母后的名聲和性命。但是，如果朕不再為母后考慮，也不在乎母后您的性命……那朕又何必受母后您的威脅？」

姜太后的笑頓時僵住，靜嬤嬤大叫著道：「皇上三思！皇上三思啊！太后是皇上的生母，弒母……是要遭天譴的啊！」

姜太后故作鎮定道：「哀家不信，皇帝你會……」

「朕當然不會殺了母后。」宣德帝輕聲說道：「可是，要讓母后不能言、不能語，甚至連提筆寫字都不行，朕還是能做到的。」

姜太后面上露出恐懼的表情。

「母后，您千不該萬不該，不該對朕語出威脅。」宣德帝面上一下子狠厲了起來。「您害靜和皇姊，朕都能忍下來，但威脅到朕的皇位，朕忍不了。」

宣德帝看向魏公公。「讓太后睡一覺，將靜嬤嬤帶走。等太后醒來，一切就可塵埃落定了。」

魏公公低著頭應了一聲，姜太后連多叫一聲都沒，只覺得自己漸漸陷入了昏睡之中。在意識還沒完全喪失之前，她聽到宣德帝不甚清晰的話。

他說：「母后想要鄔家人死，朕偏要讓鄔家人活著。母后想要鄔老壽終正寢，朕就一定會讓鄔老受盡折磨，死於非命。」

宣德帝離開了慈寧宮，又前去慈安宮探望了最近精神一直不大好的趙賢太妃。

自趙賢太妃臥病之後，宣德帝就嚴厲囑咐了慈安宮中的人，不允許他們在趙賢太妃面前多言。

是以趙賢太妃不知道鄔家出事，也不知道高辰複已回。

宣德帝親來探望，趙賢太妃心裡也很是高興。

她半躺在床榻上，柔聲道：「皇上日理萬機，朝中事務繁忙，還惦記著我這個老太婆……」說著，趙賢太妃就要給宣德帝行禮，宣德帝立刻伸手扶住她，溫和笑道：「太妃不必多禮，朕年少時多蒙太妃照顧，好歹朕還要稱您一聲賢母妃。」

「這也是皇上重情義。」趙賢太妃笑著點點頭，細聲問道：「皇上今日來，可是還有別的事？」

「無事。」宣德帝道：「就是聽說您身子骨好些了，朕便來瞧瞧。前段日子朕忙於朝務，一直未曾來探望您。」

楚貴太妃在一旁笑道：「趙姊姊，咱們皇上是個有孝心的。」

趙賢太妃便笑著點點頭。

宣德帝也附和著笑，與兩人略聊了幾句，卻是將話題轉到慈莊皇后身上去了。

「朕登基已有十六、七年，母后皇太后的封號，朕想著，要不要再加個謚號？」

宣德帝話音剛落，趙賢太妃就愣住了。

楚貴太妃立刻道：「這可是好事，就是……」她看了趙賢太妃一眼，略小聲了道：「太后那邊，會不會不同意……」

趙賢太妃和楚貴太妃自然是高興慈莊皇后能夠再加謚號的。

宣德帝登基即位之前，慈莊皇后就已經薨逝了。姜太后在太宗皇帝還活著的時候，因其家世出身太過低下，一直都沒能問鼎后位；太宗皇帝活著的最後幾年，他寵愛上了陽秋長公主生母岑妃，對姜太后也略有些淡，要不是姜太后還有宣德帝這麼個兒子，恐怕姜太后也坐不到現在母儀天下的寶座。

趙賢太妃乃是慈莊皇后的胞妹，她當然希望看到自己的姊姊能夠有此榮寵。再者，這對趙家來說，也是一項不可多得的榮耀。

而楚貴太妃向來與趙賢太妃交好，楚家和趙家交情也不淺，趙家受益，楚家當然也樂意。

但就如楚貴太妃所考慮的，皇太后姜氏仍在，提已故慈莊皇后的謚號，對姜太后來說未免有些難堪。

趙賢太妃頓了頓，方才輕聲道：「皇上有這份心，自然是好的，但也用不著如此。」

「趙姊姊！」楚貴太妃輕叫一聲。

趙賢太妃笑了笑，看向宣德帝道：「我也是個老婆子了，趙家這些年安分守己，皇上也多加照拂，沒得因為再給姊姊一份榮耀，從而引得趙家人心裡又多些想法……再者，沒必要因為這樣的事情，讓皇上和太后之間生了嫌隙。」

宣德帝微微低了眼。「朕與太后到底是母子，她便是有些不高興，也不能說什麼。比起她來，母后皇太后自然是更加名正言順些。」

趙賢太妃便是一笑，欣慰道：「姊姊要是能看到，先帝有皇上這般好的兒子，定然會很高興的。大夏江山後繼有人，先帝爺也能含笑九泉了。」

宣德帝心口刺了一下，不經意地試探道：「母后皇太后病故的時候，朕未能在她身邊；父皇臨終病重的時候，朕也沒能在他身邊，如今想想，倒是十分遺憾。」

趙賢太妃輕嘆道：「姊姊她操勞後宮，身子骨一直不好，憂思過重而歿，也的確是十分遺憾。先帝年歲大了，身體不濟，撒手而去，也是莫可奈何……」

一個是自己的親姊姊，一個是自己的丈夫，趙賢太妃提起這兩人也難免目露哀傷。她擦了擦眼角，道：「皇上莫要計較這些，生死有命，富貴在天。」

宣德帝低應了一聲。

再與趙賢太妃和楚貴太妃聊了幾句，宣德帝便也離開了慈安宮，轉而前往大理寺。

魏公公悄無聲息地在慈安宮門口跟了上來。

「處理乾淨了？」宣德帝輕聲道。

魏公公頷首說道：「隔日宮人會發現靜嬤嬤失足落水的屍首。」

「嗯。」

宣德帝點了點頭，對魏公公道：「傳朕口諭，讓禮部推恩慈莊皇后的先妣先考，給慈莊皇后加封謚號『善』。」

魏公公應了一聲，頓了頓，卻是輕聲問道：「皇上，那……太后那邊……」

宣德帝道：「太后身體不適，突中風偏癱，給太醫院開個條子，讓太醫院院首帶人前來診治。」

魏公公心裡暗嘆，點頭道：「奴才明白。」

宣德帝「嗯」了一聲，坐上御輦。

魏公公行在他旁邊，卻聽他輕聲問道：「朕這般做，會不會有違天道？」

魏公公明白，宣德帝是指他讓姜太后再不能言語，甚至不能提筆寫字。對母行凶，的確是大不孝。

但若不這樣做，太后真的為了鄖老而與皇上對著幹，大夏江山都要動搖，危機一觸即發。

「皇上也是為了天下黎民。」魏公公輕應道。

宣德帝便笑了一聲，頷首道：「不錯，朕是天子，為的也自然是天下黎民。」

魏公公乃是宣德帝的心腹，宣德帝知道的，他都知道。

他深受宣德帝的信任，但他心裡也清楚地知道，知曉皇家如此多重大機密，宣德帝死的時候，也絕對不會允許他繼續活著。

他有死的覺悟。

行至大理寺，大理寺內所有人全都出來向宣德帝行禮。
宣德帝勉勵了幾句，讓他們本分做事，其餘人便都散了去，大理寺卿陪伴在宣德帝身後。
宣德帝問起了鄔家的情況。
大理寺卿回道：「輔國公府諸人一逕喊冤，在牢中頗為鬧騰。相對而言，鄔老一家倒是極為平靜。臣也正在查證各方證據，不過，鄔家當中並未查抄出可以證明鄔家有謀反之意的證物。」
宣德帝應了一聲，點頭道：「鄔國梁如今如何？」
大理寺卿心裡一凜。
皇上對鄔老直喚其名，可見是對鄔老已失信任。
大理寺卿斟酌著用詞，道：「鄔家下獄之後，臣吩咐人將鄔國梁單獨關押了起來。臣問訊過他三次，鄔國梁都否認他與謀反之事有關，亦否認知曉其兄計劃拱衛五皇子登位之事。雖說鄔國梁一直否認，但據臣觀察，他顯得十分躁動不安，並多次向獄卒打聽外間之事。」
「是嗎？」宣德帝笑了一聲，問道：「獄卒可有回答於他？」
大理寺卿趕緊道：「自然沒有。」
「那便好。」宣德帝點點頭，道：「朕要見鄔國梁一面。」
「是，臣立刻讓人準備。」
皇帝的要求大於天，大理寺卿不到一刻鐘便回來稟報道：「皇上，地方已收拾好了。」
大理寺卿領著宣德帝到了準備好的地方，鄔國梁身著囚服，挺直著腰桿坐著。

宣德帝頓住腳步，對大理寺卿點點頭，道：「朕身邊有魏公公伺候著就行，其他人都下去吧。」

大理寺卿愣了一下，頓時反應過來宣德帝要和鄔老說的話，旁人是聽不得的。

可是宣德帝的安全……

魏公公伸手做了個「請」的手勢，對大理寺卿道：「皇上的安危，大人不必操心，大人，請吧。」

大理寺卿想著鄔老被鐐銬銬著，對宣德帝的安危應當是沒有什麼威脅，只好躬了身，慢慢退了出去。

房中只剩下宣德帝和鄔國梁。

宣德帝在大理寺卿令人臨時設的座位上慢慢坐下，平靜地望著鄔國梁。鄔國梁嘴唇緊抿，正要開口時，宣德帝卻先出了聲。

「母后中風偏癱，難言難行了。」

鄔國梁頓時瞪大眼睛。「皇上……」

鄔國梁看得很清楚，宣德帝眼中沒有對母親生病所該有的痛心和擔憂。

特意來了大理寺，在他面前第一句提的卻是姜太后，這背後深意，鄔國梁如何不明白？

「皇上……知道了？」鄔國梁嘴抿成一條線，盯著宣德帝。

「是，朕知道了。」宣德帝莞爾道：「鄔老作何感想？」

鄔國梁眼中露出茫然之色，不過那麼短短的時間裡，他便將鄔家逢難的前後之事想了個透澈。

半晌後，他道：「皇上既然知道了，那定是有確鑿證據篤定……罪臣也辯解不得。但……」鄔國梁看向宣德帝。「皇上是明君，鄔家其餘人與此事不相干。皇上要治罪，請莫要罪及無辜。」

宣德帝眼中一沈。「鄔老，你與太后所言，還真是一個北一個南哪！」

鄔國梁一愣，立刻問道：「皇上此話何意？」

「何意？」宣德帝輕笑一聲。「朕是什麼意思，鄔老錦心繡腸，豈會猜不出？」他看向鄔國梁笑道：「太后只在乎你的性命，寧願讓鄔家為此事付出沈重代價，也要你活著。而你，在得知太后中風偏癱、難言難行時，卻只求著朕不要累及無辜。」宣德帝微微傾身。「真是讓朕有些失望呢。」

鄔國梁頓時瞠目。「不可能！太后她一向善良溫婉，鄔家諸人乃是我的親人，她怎麼會……」

宣德帝收了笑，轉而對魏公公道：「鄔老看來是不信。魏公公，你將太后是如何說的，複述給他聽聽。」

魏公公低聲應是，微微弓著背，聲音很輕。

然而那一句句姜太后說出口的話卻重重砸在了鄔國梁的心上。

他猶自不信，掙扎著道：「皇上為何這般詆毀母親?!」

「詆毀？朕讓魏公公說的都是實情。」宣德帝冷笑了一聲。「莫非鄔老覺得，母后身在後宮多年，還能純善如初？」

鄔國梁只覺不可置信，倒是宣德帝覺得詫異。

「你那孫女兒知曉你與母后的關係，母后甚至不惜聯合麗容華陷害於她，敗壞她名聲。你別告訴朕，你對此一無所知。」

鄔國梁頭上五雷轟頂。他一直認為……

見鄔國梁的表情，宣德帝便也不再問了。

他覺得鄔國梁十分滑稽。

「看來果真是人無完人哪。」宣德帝望著呆怔的鄔國梁，輕笑了一聲，緊接著聲音如冰地說道：「慈莊皇后、父皇、岑太妃、靜和皇姊，還有寧嬪，他們的死，都與母后脫不了關係。鄔老你這般聰明，卻是看不懂女人，真讓人覺得可悲。」

寧嬪之死是導致鄔居正被貶漠北的直接事件，而事實上，宣德帝查得寧嬪其實是被姜太后暗害死的。其原因，自然也是因為寧嬪無意中窺探到了姜太后有情郎這件事。姜太后順水推舟，將寧嬪的死安在了鄔居正的「怠忽職守」上，成功威脅了鄔八月。

鄔國梁頹然地低了頭，嘴裡還喃喃道：「不可能，不可能……」

「不可能？」宣德帝一笑。「鄔老要真覺得不可能，現在你不會只是在這兒呢喃這三個字，而是想好了駁論之言，反駁朕所說的話。可是你想不出話來反駁朕，對不對？」宣德帝微微抬了下巴。「因為你的理智已經認定，朕說的是真的了，只是心裡不願意承認而已。」

說到這兒，宣德帝自己都愣了一下。

他發現，原來這所有一切的惡，其實都是姜太后做成的。而鄔國梁，對姜太后所做的一切其實一無所知，在他心裡，甚至篤定姜太后是十分良善之人。

何其諷刺！

屋中有短暫的靜默。

片刻之後，宣德帝站起身來道：「鄔老若是還想鄔家能夠留後，就老實一些，不要學母后，到了絕路還想要反咬一口……到時候，鄔家灰飛煙滅，可怪不得朕。」

「等等……」眼見宣德帝即將踏出屋門，鄔國梁忽地開口道：「皇上要罪臣死，罪臣不敢不從，但仍舊希望，皇上能夠……放鄔家一馬。」

鄔國梁頹然地跪了下來，散著灰白的髮給宣德帝不斷磕頭。「請皇上開恩！」

「咚咚咚」磕頭的聲音在略顯得空曠的屋中十分清晰。

宣德帝思緒萬千。

半晌後，他開口道：「要朕饒了鄔家，不難。」宣德帝轉向鄔國梁。「謀反之事已出，輔國公府朕是留不得了。朕現在給你一個選擇。」

宣德帝重又坐了下來，緩緩地道：「你是願意犧牲輔國公府，救你鄔府一家，還是……犧牲你鄔府一家，救輔國公府？」

鄔國梁怔愣道：「皇上此話……何意？」

「朕的意思是，兩府只能存一。」宣德帝挑挑眉。「你怎麼選擇？」

鄔國梁倒吸一口涼氣。

他看重親情，也一向讓著兄長，現如今讓他做這般艱難的選擇，他怎麼選？

「朕給你一刻鐘的時間。」宣德帝下了最後通牒。

鄔國梁狠狠咬了下唇，唇都被他給咬破了。

他沒有思考足一刻鐘的時間便給出了答案。

「皇上。」鄔國梁道：「人性本自私。」

說完此話，鄔國梁便磕了頭下去，保持著跪磕的姿態。

宣德帝微微一笑，提腳離開。

「皇上。」鄔國梁甕聲甕氣地道：「罪臣……還有一個請求，懇求皇上……成全。」

宣德帝以為鄔國梁想見姜太后，正打算出聲駁回，卻頓了頓，道：「什麼請求？」

鄔國梁道：「罪臣懇請皇上……讓罪臣在死前，能……再見罪臣孫女兒一面。」

宣德帝一愣，霍地看向鄔國梁。「知道你秘密的那個孫女兒？」

鄔國梁道：「是。」

宣德帝警惕地望著他。「你想做什麼？」

鄔國梁道：「罪臣只想當面對她道一句歉……」鄔國梁叩首道：「懇請皇上成全！」

宣德帝凝視了鄔國梁良久，方才道：「朕允了你這個心願，但你要記得，禍，從口出。」

「罪臣謹記。」

宣德帝捏了捏拳，轉身甩袖踏步離開。

鄔八月在軒王府受到了軒王妃熱情的接待。

鄔八月總覺得軒王妃自從生了孩子之後，對她似乎更加真誠友好。她不大明白軒王妃為什麼會有這樣的變化，但這樣的變化對她來說，無疑是一件好事。

聽了鄔八月的來意，軒王妃實話說道：「鄔家之事我不大明白，事情出了不過一日，也露不出多少消息來。高夫人放心，我會同王爺說說，讓他幫忙關注此事，必要時候能為鄔家說上兩句話。至於多的……」軒王妃為難道：「還請高夫人見諒，恐怕我們也幫不了太多的忙。」

比起將人拒之門外，軒王妃肯這樣答應，鄔八月已經十分感激了。她頓時起身向軒王妃道謝，被軒王妃伸手攔住。

「高夫人不用如此。」軒王妃嘆笑一聲，道：「鄔家多事之秋，按理說，不該我多嘴，但為著高夫人，還請恕我多嘴兩句。」

鄔八月頷首道：「王妃請說，我洗耳恭聽。」

軒王妃便道：「鄔家涉及謀反之事乃是大事，遭此劫難，不可能全身而退。高夫人在擔憂娘家親人安危的同時，也千萬要顧及著自身和蘭陵侯府。謀反未成，也並未造成什麼大罪過，且皇上仁慈，並非嗜殺暴君，天下太平，皇上多半會對首腦者從重嚴罰，對不知情者從輕發落，懲戒之餘又示以恩德，彰顯慈悲。在這樣的情況下，或許……高夫人不做什麼，對鄔家來說可能更好。」

鄔八月張了張口。

軒王妃分析得沒錯，最差的結果大概就是滿門抄斬了。皇上要牽連三族、九族，也會擔心這樣可能害了自己的名聲。

她之前是關心則亂。祖父是救不了，能救父親、母親等人，她就知足了。

「多謝王妃提點。」鄔八月對軒王妃拜道。

軒王妃趕緊伸手扶住她說道：「同高夫人說過很多次了，對我不必如此多禮。」

鄔八月輕輕頷首，真摯地道：「謝謝。」

軒王妃一笑，輕輕點頭。

軒王妃留了鄔八月多坐一會兒，鄔八月想著高辰複還未來接自己，便也順勢留了下來，打算等高辰複來了再走。

軒王妃在軒王府裡過得也挺滋潤的，軒王爺沒有別的女人，軒王妃又生了軒王嫡子，地位穩固，高彤蕾已經被摒除在了威脅之外。

「高將軍回來了？」軒王妃端茶的手微微一頓，驚訝道：「怎麼沒聽到風聲？」

「才回來一、兩日。」鄔八月笑道：「他是……嗯，快馬加鞭趕回來的。」

未竟的話中涉及軒王，鄔八月不提，但軒王妃是明白的。

「原來如此。」軒王妃笑道：「高夫人應當很欣慰吧？高將軍能趕在這個時候回來。」

的確，高辰複在這個時候能在她身邊，對鄔八月來說可謂是十分值得欣慰的一件事。

鄔八月便點點頭，道：「易求無價寶，難得有情郎。有他在，我總有個依靠。」

軒王妃道：「真羨慕高夫人和高將軍，你們夫妻這般恩愛，還有一對龍鳳雙生子。京中婦人嘴上酸話多多，但心裡誰不豔羨妳？」

鄔八月便笑道：「別人羨慕也好、諷刺也罷，都不需要在意，只需要自己過得開心自在就行。」

軒王妃若有所思。

聊了約半個時辰，高辰複便趕來了軒王府，卻正好碰上軒王也回府。

軒王爺與鄔八月碰面時有些微顫。

他關切問了句。「高夫人可……還好？」

鄔八月愣了下，平靜地點頭道：「多謝軒王垂詢，一切都好。」

軒王爺便輕輕點頭，與軒王妃一同送了二人離開。

馬車走遠了，軒王爺感慨道：「沒想到表兄竟然已經回來了。」

軒王妃道：「今日高夫人前來，希望王爺能幫忙替鄔家說情。」

軒王妃一邊伺候著軒王脫去外氅，一邊說道。

軒王爺張了張口，道：「我恐怕說不上話。」

「為何？」軒王妃詫異道。

軒王爺道：「太后娘娘病倒了，因母妃常伴太后左右，父皇下令，讓我攜妳入宮，為太后侍疾。」

第八十四章

軒王妃頓時愣住。

「侍疾？」她有些不安。「可……怎麼會輪到王爺您……」

軒王心中也是疑慮重重。

「太后突然中風病倒，事情也很突然。許是最近出了鄔家之事，父皇要顧著朝中大臣，免得朝堂之上再生風波，所以讓我攜妳前去給太后侍疾。」軒王頓了頓道：「父皇至孝，原本這侍疾之事，父皇是要親力親為的。」

軒王妃若有所思道：「王爺您乃是長子，幾位兄弟之中也只有您娶了妻，皇上讓我們前去給太后侍疾，倒也說得過去。不過……」她為難道：「皇上即便不能親自侍疾太后，也可以點幾位娘娘在慈寧宮伺候著。讓我們去，總覺得有些微妙，尤其是現在這種時候。」

軒王妃頓了頓，直言道：「恕妾身多想，皇上這是有些把您摒除在臣子之外。」

「兒臣兒臣，先是兒，再是臣。」軒王爺靜了片刻後道：「父皇怎麼想的，我們不要加以揣測，按照父皇所說的去做就行了。」

軒王妃低應了一聲。

「妳去收拾東西吧，明日我們就進宮。」軒王爺吩咐了一句，軒王妃問道：「孩子怎麼辦……」

「我知道妳捨不得他。」軒王爺笑了笑。「也一同帶進宮去，讓母妃幫忙照看著，她一定樂意。」

軒王妃點了點頭，面上卻是有些勉強。

軒王爺頓了頓，輕輕攬住她道：「也不是不能讓岳母幫忙照看，但傳出去，恐怕又會多生口舌是非。再者，母妃那兒恐怕也不會高興。」

「妾身明白。」軒王妃輕輕低首，道：「妾身一切都聽王爺的安排。」

「委屈妳了。」軒王爺輕拍了拍她的肩，沈默片刻道：「瞧著高夫人的面色倒還不算太糟糕，鄔家出了事，表兄能趕在這個節骨眼上回到京中，對高夫人來說是一件十足的好事。」

軒王妃便看向他。

軒王爺道：「鄔家的事，如果能幫得上忙，我會幫的。妳——」

軒王妃便笑道：「王爺憂慮什麼？不論王爺做什麼，妾身都會支持王爺的。妾身也會同父親寫信，讓他能替鄔家說說話，替高夫人略盡綿薄之力。」

「不用了，不要將岳父牽扯進來。」軒王道：「妳有這份心，我就很感激了。」

軒王將軒王妃擁入了懷裡。

這段日子以來，他們的感情甚至遠比大婚之初還要甜蜜炙熱。

許靜珊篤定，她選的路，對了。

軒王的性子極冷，近乎有些清心寡慾，他心中對鄔八月由愧疚而生憐惜，見到鄔八月受累，他會自責，從而心痛。或許連軒王他自己都弄不清楚對鄔八月到底是什麼樣的感情，但是許靜珊覺得，那不是純粹的男女之情。

他們之間認識之初，就並不是那麼純粹。

這份愧疚會隨他一生，她也會是他一生的妻。

同樣是一生，與其花一輩子的時間來和一個永遠不可能和他在一起的女人相鬥，倒不如順應了他的心思，因他的喜而喜，因他的憂而憂，因他的歉疚而歉疚。

她比他大，便做他的知心姊姊，這樣，或許她能更加貼近他的心。

事實證明，她走對了路。

也許他們永遠成為不了世人眼中的恩愛夫妻，也許將來軒王府還會有其他的女人進來，還會有其他的女人給軒王生兒育女。但許靜珊想，從軒王對她坦誠他和鄔八月之間的舊事時，她這個王妃對軒王而言，就已經是不同的存在了。

她有自信，永遠不會被外來的女人所擊倒。

她不稀罕男人所給予的愛，有信任和尊重便足矣。

軒王妃伸手環住了軒王的腰，輕聲道：「王爺的事便是妾身的事。為王爺，妾身什麼都願意做。」

擁抱的力道頓時又大了兩分。

回到蘭陵侯府的高辰複被高安榮請了去，鄔八月回了一水居，周武仍舊盡職盡責地守在一水居外面。

朝霞經過他時，他想對朝霞笑一笑，朝霞瞪了他一眼，不准他笑。

鄔家面臨生死存亡的關頭，這個時候笑，不是找死嗎？

周武只能端肅著臉。

鄔八月臉上沒了笑，一水居裡伺候的人都不敢露笑，整個院落的氛圍變得十分緊張。

小兒不知母家變故，見到鄔八月還樂呵呵的。

鄔八月抱了欣瑤在懷，見自己的大姑娘笑嘻嘻的小模樣，卻也是笑不出來。

伸了手指給欣瑤抓著，鄔八月問留在一水居裡的肖嬤嬤。「二爺那邊如何了？」

「還在鬧著呢。」肖嬤嬤回道：「二爺要落髮，侯爺夫人攔著，不允許二爺亂來。侯爺發了脾氣讓二爺去出家，這也不過是氣話，現在見二爺真的要落髮為僧，也是捨不得的。」

鄔八月嘆了一聲道：「二爺也著實有些衝動了。」

「可不是嗎？聽說大爺回來，二爺便這般作為……侯爺夫人還不定怎麼怨恨大爺，責怪大爺回來呢。」

鄔八月擺了擺手。「這都不是問題。」她看向肖嬤嬤。「二爺怎麼就一定要出家呢？要說是看破紅塵……二爺不過是經受了一次退婚，現在行動雖然不便，卻也已經習慣了，日常的事情並不算為難。往後娶房妻室，人再樂觀些，也不會過不了好日子。」

肖嬤嬤低聲道：「這老奴就不清楚了，不過自從二爺想要出家的事情傳出來之後，府裡下人們之間私底下有傳，說二爺當時傷了腿的時候，指不定也傷了根。」

鄔八月一愣。

肖嬤嬤繼續輕聲說道：「就是因為傷了根，所以以後多半無子。要是娶了妻，多年無子，那豈不是很容易就能被人知道二爺已經不行了……借著出家這事，好歹還能遮掩住。出家人哪能娶妻生子？」

鄔八月皺了皺眉頭。「府裡有這樣的傳言？」

「也不算傳言，就是私底下會說叨兩句。」肖嬤嬤道：「畢竟這府裡還是侯爺夫人作著內院的主，要是讓侯爺夫人聽見了，事可就大了。」

鄔八月警告肖嬤嬤道：「讓一水居的人管好自己的嘴，別胡說。」

肖嬤嬤道：「大奶奶放心，老奴叮囑了他們的。也就是老奴在大奶奶面前說這麼一嘴。」

鄔八月點點頭。「肖嬤嬤處事有分寸，我是放心的。」

頓了頓，鄔八月道：「侯爺叫了爺過去，多半是想讓爺勸一勸二爺吧。」

肖嬤嬤嘆道：「大爺和二爺雖不是同母兄弟，但大爺對二爺也是極好了。」

高辰書的院子裡，高安榮、淳于氏和高辰複皆在。

高辰複勸了兩句，高辰書卻仍舊當耳邊風。

淳于氏拿他沒轍，這會兒坐在椅子上拭淚，眼睛都已經哭腫了。

高辰複心裡也多少有些煩躁。

「辰書，你也不是小孩了，不要做這樣幼稚的行為。」高辰複冷言道：「父母雙親健在，說什麼落髮為僧的胡話？」

「不還有大哥和三弟嗎？」高辰書笑了一聲，張了張口道：「不對，是四弟。」

淳于氏胸口疼得很。

高辰複知道喬姨娘生的男孩並不是高安榮的骨肉，高安榮只有他和高辰書兩個兒子。目前他身上的事情夠多了，也不打算現在就揭開此事，所以對於高辰書這話，高辰複並沒有出言反駁。

除了他之外，始作俑者淳于氏也是知道這件事情的，但她也沒有說任何話。

「話雖如此，但你做為兒子的責任也是不可推卸。」高辰複冷聲說道：「你讓自己的父母雙親如何自處？」

高辰書又是一笑。「大哥，你也說我不是小孩了。我在做什麼，我很清楚。」他微微偏了偏頭。「大哥你……難道不該是支持我的嗎？」

「孽子！」高安榮怒喝一聲。「你做出這等醜事來，還讓你大哥支持你？你當你大哥同你一樣，腦子壞掉了?!」

高辰書微微一笑，轉過頭去便不再言語。

接下來任憑大家說什麼，他都一副寵辱不驚的樣子。

高安榮怒而甩袖離開，臨走前讓人將淳于氏也給拉走。

淳于氏只能央求高辰複。「複兒，你勸勸你弟弟……」

高辰複冷漠地看了她一眼，淳于氏心裡「咯噔」一下，不敢再多話，默默地離開了高辰書的院子。

高辰複拎了把凳子坐了下來，揮手讓房中的人都退了出去。

「辰書。」他看向高辰書，問道：「你究竟為什麼想要出家？」

高辰書笑道：「大哥，想要出家也需要一個理由？」

「當然需要。」高辰複道：「無緣無故，為何要出家？你還要我支持你，不知道一個前因後果，我如何支持你？」

高辰書便笑了兩聲，半晌後嘆道：「身上罪孽多，想出家誦經唸佛贖罪，換得老天爺給多幾年壽命。這個答案，大哥可能接受？」

高辰複面上一頓。「這算什麼答案？」

高辰書笑道：「可這就是我的答案。」

高辰書的話讓高辰複無比困惑。

高辰書是什麼樣的人，高辰複不是不清楚的，雖然這個弟弟不是他一母同胞，但也是他看著長大的。

他自小就熟讀四書五經，年紀輕輕頗有才子之名，雖然蘭陵侯爺更喜歡兒子舞刀弄槍，做個沙場英雄，但習文求穩，在朝堂上有一立足之地，對就此發展下去的高辰書來說並不是什麼難事。

所以蘭陵侯爺其實還是十分看重這個兒子，乃至於伴駕清風園時，蘭陵侯爺也帶著高辰書前去圍獵，讓高辰書能夠在宣德帝面前多幾分露臉的機會。

只是沒想到高辰書竟然會在伴駕圍獵中遭受重創。

細數這些年高辰書的所作所為，如此心靈剔透的一個男孩，又怎麼可能「罪孽多」呢？

高辰書這番話中必然有別的隱情。

高辰複抿唇道：「辰書，你不要說傻話。侯爺現在是因你的行為而盛怒，那也是完全出自於對你這樣作為的不理解。功勛貴族之中，還從未出過像你這般硬是要剃度出家之人。」他凝視著高辰書道：「你若有什麼心結，說出來，讓大哥幫你分析分析。」

高辰書靜靜地看了高辰複一會兒，忽然笑了一聲，道：「大哥，你這樣挺好的。」

「什麼？」高辰複覺得自己沒怎麼聽明白。

高辰書輕聲道：「我說，大哥你這樣挺好的。有妻，有兒女，身體健康，仕途順暢。」

高辰複皺著眉頭望著高辰書。「辰書，你……」

「大哥，不用再勸了。」高辰書微微一笑。「任誰來勸，我都不會動搖的。出家或許不是唯一的出路，但對我而言，是最理想的出路。」

「究竟是什麼讓你一定要出家？」高辰複緊鎖眉頭，低聲問道：「你說是因為你身上罪孽多，想要出家誦經唸佛贖罪，可我這個大哥看著你從呱呱墜地到現在這般大，從沒有覺得你做過什麼錯事，竟是需要你去出家贖罪的。」

「大哥看不到，並不代表罪孽不存在。」高辰書輕聲道：「有的人，從出生起就是一種罪惡。」

高辰複聽得這話，有那麼一瞬間的恍惚。

同樣意思的話，他似乎在哪兒聽到過。

是了，宣德帝也曾經說過這樣的話。

當時他意有所指，說的似乎是他、高彤絲還有那個出生便夭折的弟弟。

高辰複抿緊唇。「辰書，侯爺嘴上放狠話，讓你要出家便去出家，但他一定不會讓你出家的。這個現實，你需要認得清楚。」高辰複站起身道：「你再好好想想。你口中所謂的罪惡，是不是你犯的罪導致的惡。如果不是，那你現在的所作所為更像是一個笑話。到頭來，終究只會是一場鬧劇罷了。」

高辰複轉身走了兩步，高辰書在他身後說道：「大哥，我要出家，是認真的。」

他輕聲道：「父親可以剝奪我出家的自由，但他沒有勒令讓我繼續活著的權力。我不能決定其他，但至少能決定這條命，是否還有繼續下去的必要。」

高辰複霍然轉頭，但高辰書已經閉上了眼睛，雙手合十，開始誦唸起了經文。

高辰複心裡微涼，克制著怒意說道：「現在你大嫂家出了變故，你的事情我暫且顧及不上。你若還有兩分良心，就不要在這個時候同我添亂。」

高辰書對他說的話毫無回應。

高辰複還待說什麼，趙前卻扣著刀柄上前附耳道：「將軍，宮中密旨。」

高辰複心裡一驚，頓時看向趙前。趙前微微點頭。

高辰複抿了抿唇，看向高辰書道：「我還有些事，先走了。我說的話，你再考慮考慮。」

他步履匆匆地離開了高辰書的院子，一邊低聲詢問趙前道：「密旨在哪兒？」

趙前捧上封好火漆的細竹筒，高辰複回到一水居，用火將蠟融掉了，取出了裡面的黃紙。

密旨上的內容，是讓高辰複帶鄔八月去大理寺，與鄔國梁秘密會面。

接到這麼一道旨意，高辰複有些莫名所以。

他將黃紙也拿給鄔八月看了，並在鄔八月看完之後，便將黃紙拿去燒掉。

鄔八月雙手緊握在一起，沈吟片刻後道：「皇上不會無緣無故讓祖父見我。我覺得……皇上是已經私底下見過祖父了。」

高辰複點頭道：「我也是這般推測。」

他看向鄔八月，略有些為難地道：「妳願意去見他嗎？」

鄔八月很想說自己不願意，但是……

「還是去見見吧。」鄔八月微微低頭說道：「皇上若是見過他，他也就會知道鄔家為什麼會飛來橫禍了。雖然祖母已經不在了，但我還是想代替祖母問一句……祖父他……可有後悔？」

高辰複輕輕點頭，朝鄔八月走了過去，將她溫柔地擁入懷裡。

「不用怕。」高辰複道：「我一直都在。」

一切有宣德帝讓人安排，高辰複和鄔八月進入大理寺十分順利。

他們在地牢中見到的鄔國梁並沒有披頭散髮、狼狽不堪，一身囚服穿在他身上，反而顯得他更有些文人挺直不羈的風骨。

高辰複漠然地看著他。

他知道，鄔國梁是難逃一死了。

靜和長公主的死，始作俑者是姜太后，並非是鄔國梁授意。雖然鄔國梁也逃脫不了干係，但高辰複對他卻並沒有太重的恨。

該得到懲罰的人，懲罰即便遲到，終究會來。

高辰複輕輕捏了捏鄔八月的手。

侍衛打開了牢門，鐐銬嘩啦啦的聲音引得鄔國梁轉身望了過來。

「進吧。」侍衛朝牢房中揚了揚下顎，鄔八月遲疑了一下，方才拎著裙角走了進去。

高辰複也隨之走了進去，靜立在一邊，並不出聲。

「來了？」鄔國梁對鄔八月笑了笑，自己坐回到了牢房中凸起的那一塊石床上。「地方雖然簡陋，但也不是無處落腳。坐吧。」

鄔八月退到一邊，猶豫了一下才坐了下來。

「皇上的確沒食言，真的讓妳來見我了。」

鄔國梁微微一笑，稍側著身子望著鄔八月。「最近過得怎麼樣？」

「不好。」

鄔八月從進牢門起就未曾叫過鄔國梁一聲「祖父」，對鄔國梁的問話答得也十分不友好。

鄔國梁卻似乎並不在意。他笑了笑，像一個包容晚輩的長者。

鄔八月瞧著他那副波瀾不驚的模樣，心裡越發憤怒。

「拜您所賜，鄔家才會有今天。」鄔八月道：「您就沒有一點愧疚之心嗎？」

鄔八月的詰問來得這般直白，鄔國梁卻好像是已經做好了充分的準備。

他點點頭。「是，愧疚。」

「您真的愧疚？」鄔八月輕嘲道：「我怎麼沒看出來？」

「心裡愧疚，不用放在臉上。」鄔國梁微微一笑，頓了頓說道：「八月，妳放心好了，鄔家不會有事。皇上雖然是秋後算帳，但仍舊是一言九鼎。他答應了不會動鄔家，就一定不會動鄔家。」他道：「所以，妳也不用做別的事情，免得讓皇上多心。」

鄔八月不知道鄔國梁和宣德帝達成了什麼協定，但聽鄔國梁說鄔家不會有事，她自然是鬆了一口氣。

「能這樣那當然最好。」鄔八月站起身，道：「如果沒有別的事，那我們就回去了。」她朝前走了兩步。

「等等。」鄔國梁喚住她。「我還有話要說。」

鄔八月便站定，也懶得回頭。

「八月。」鄔國梁道：「一直以來，祖父都誤會了妳。」

他頓了頓，見鄔八月沒什麼反應，方才繼續說道：「當初妳說姜太后陷害於妳，祖父沒有相信……今日，祖父同妳道一句抱歉。」

隔了那麼久，鄔國梁終於知道她並非是滿口謊言。

可鄔八月心裡沒有那種驟然輕鬆、彷彿渾身壓力全都被釋放的感覺。

或許她對鄔國梁的「錯看」已經習慣了，早就不期待鄔國梁會認識到什麼是真、什麼是假。

他的抱歉對她來說，連最起碼的安慰都算不上。

「您不用和我說抱歉。」鄔八月道：「從始至終您最對不起的人，不是我。」

她緩緩轉過身，直視著鄔國梁道：「枉您讀了那麼多書，做過帝師，擔任過主考，卻連做人最起碼的準則都沒能遵守。您最對不起的人，是祖母，您要說抱歉賠罪的話，也該對著天上的祖母說。」

鄔國梁抿了抿唇，半晌後輕嘆一聲。「八月，情之所感，祖父也是……無可奈何。」

「是嗎？」鄔八月輕飄一笑，緩緩搖頭。「不是的，您認為這樣的感情冒天下之大不韙，是以驚天動地、可歌可泣，但事實上，您的所作所為，無恥下流到了極點。那不叫感情，那叫自私。」鄔八月反問鄔國梁。「如今事情敗露，您知道了姜太后的真正面目，您還覺得那份感情在嗎？」

鄔國梁沈默不語。

鄔八月轉身走向高辰複，輕道：「我們走吧。」

她不奢望鄔國梁的心裡能放下姜太后，畢竟他們有那麼多年的感情，而且在這份感情上，還背負了那麼多沈重的東西。

鄔八月也不想聽到鄔國梁的回答。

他若回答「在」，鄔八月會憤怒。他若回答「不在」，鄔八月仍然會憤怒。

一段感情說放就放，不論如何，聽起來都讓人覺得太自私。

高辰複輕輕頷首，正打算與鄔八月離開，卻在抬步前聽鄔國梁說道：「計較這些已經沒有意義，早晚，我們都是死人了。」

鄔國梁看向鄔八月。「八月，我今天尋妳過來，除了向妳致歉以外，還有一事想要囑咐予妳。」

鄔八月站著沒動。

鄔國梁道：「我記得，妳手裡有一塊金牌。」

鄔八月霍然轉身。她有些不可置信地看向鄔國梁，只覺得荒唐無比。

「到現在，您還想著……想著要活命？」鄔八月瞪大眼。「還想苟活於世？」

「不是。」鄔國梁抿了抿唇，半晌後低嘆一聲。「看來，我這個祖父在妳的眼中，只剩下這樣的形象了。」他頓了頓，平靜地道：「我是希望妳用那塊金牌，救下妳二哥和二嫂子。」

鄔八月的二嫂子小金氏是三房早逝的鄔居廉獨子鄔良柯的妻子，小金氏曾經懷過孕，卻因為鄔陵柳出嫁時與其發生衝突，導致孩子早產而夭。

鄔八月對鄔國梁想要救下鄔良柯並不奇怪，但她卻不明白鄔國梁為何特意要用那塊金牌救下小金氏。

鄔國梁輕聲道：「妳大概不知道，妳二嫂子前幾日診斷出懷有身孕了。」

鄔國梁望了望牢房頂，喟嘆一聲。「因為我的緣故，東府這一次在劫難逃。東府子嗣單薄，第五代還未有兒孫存活。我愧對東府，無論如何都要想辦法給東府留個後。」

他看向鄔八月說道：「我罪孽深重，死不足惜。但東府……除了貪戀權勢一些，野心大了一些，卻也並沒有什麼過錯。妳三叔父去得早，三嬸母為人做事一向正直，一把拉拔妳二哥哥長大，且妳二哥也是個老實人，能把妳二哥和二嫂子救下，對他們來說也是一種欣慰。」

鄔八月抿了抿唇，手微微握緊。

她問道：「如果金牌只能救一個人呢？」

鄔國梁呆了呆，輕聲道：「皇上……應該不會容得下東府男丁倖存的。」

鄔八月便道：「那就是說，只能救二嫂子了。可即便救下二嫂子，她懷的是兒是女也不能篤定，如果生了個女兒，東府豈不也沒能留後？」

鄔國梁怔愣了片刻，隨後輕聲一嘆。

「如果是這樣，那就說明……老天爺連讓我贖這個罪的機會都不給，那就讓我到陰曹地府裡，再給東府賠罪。」

鄔八月轉向高辰複，道：「我們走。」

「八月……」鄔國梁輕喚她。

鄔八月腳步未停，緊走幾步已出了牢房。

鄔國梁迅疾地上前兩步，手扶著牢房鐵柵，對著高辰複和鄔八月的背影說道：「我對不起妳祖母，到了黃泉，自會向她賠罪！」

鄔八月身形一頓，高辰複輕輕牽過她的手。

鄔八月抬頭對他一笑。

「走吧。」她輕聲道。

鄔家造反一事在幾日之後就作出了判決。

那是在臘月二十八。

再過兩日就到了闔家團圓的日子。

宣德帝的聖旨一下，令人欣喜盼望的佳節便成為了親人陰陽相隔的一天。

輔國公府剝奪爵位，悉數抄家問斬，鄔昭儀賜死鐘粹宮。

郝老太君因年事已高，乃前輔國公糟糠，宣德帝念其年邁，特赦死罪。

而鄔府因未曾直接參與造反之事，宣德帝仁慈，未追究其連帶之責。

但鄔國梁覺得愧對帝王，在聖旨下達之後，手書一封絕筆，感恩帝王恩德後，遂懸樑自縊。

據說，宣德帝聽聞此事，呆愣片刻，痛心不已。

群臣皆言宣德帝乃愛才之君，對宣德帝歌功頌德，為鄔國梁請命。

宣德帝特封鄔國梁為「文才公」，令當朝學子，皆拜其才。

鄔國梁屍身由大理寺送往鄔家。

大過年的時候，鄔家辦起了喪事。

而與此同時，鄔家呈上開朝太祖所賜免死金牌，懇求宣德帝放過東府鄔良柯和小金氏。

宣德帝拿著此事，頗感為難。

自古以來錦上添花易，雪中送炭難，慣喜歡落井下石的大有人在。

相當一部分朝臣主張要「斬草除根」。

宣德帝如同鄔國梁所猜測的那般，只肯放過小金氏的性命，小金氏僥倖活了下來。

她懷著身孕，身體卻極不好。甚至受了寒涼。

因在牢中待了幾天，又要與夫君陰陽分離，出身優渥卻失去了依靠的小金氏受不了這樣的刺激，出了牢房，整個人就變得瘋瘋癲癲的。
賀氏和裴氏負責照顧她，卻也拿她的瘋言瘋語毫無辦法。
所幸小金氏只是喜歡說胡話，卻沒做出什麼危險的動作。
輔國公府被悉數問斬的時間定在聖旨下達的第二天，也就是臘月二十九。
高辰複和鄔八月悄悄去看了。
鄔八月不是去看輔國公府的笑話。
向來覺得高人一等、高高在上的輔國公府眾人會落到這樣的地步，是鄔國梁害的，這與鄔八月其實並沒有多少相干，但她仍舊覺得有些愧疚。
衣著單薄的囚服，一字排開的輔國公府眾人，在飄揚著雪的日子，面對著劊子手手中磨得鋒利的行刑刀，顫抖、哭泣、喊冤。
鄔八月看向位於右側的李氏和鄔良柯。
李氏似乎也注意到了鄔八月的視線，她朝著鄔八月的方向望了過來。
有那麼一瞬間，鄔八月有些害怕與李氏對視。
然而她們的視線還是對上了。
李氏深居簡出，在鄔八月眼裡是一個傳統的古代婦人。
丈夫早亡，留下稚兒，她艱難拉拔著獨子長大，好不容易獨子長大成人，娶妻生子，眼看著歲月靜好、現世安穩，她坐等著抱孫子要開始享福了，卻天降橫禍。
按理來說，她應該也是哭天搶地，埋怨命運不公。可她看上去仍舊那麼平靜。

她甚至在與鄔八月對視的時候，還微微笑了笑，扯動了嘴角，說了話。

鄔八月不會讀唇語，可在那時候，她卻清晰明白地認出了李氏在說什麼。

她在對她說，謝謝。

或許她已經聽說鄔八月拿了免死金牌想求宣德帝救鄔良柯的事情，她在對她道謝。

鄔八月鼻子泛酸。

高辰複攬過她，輕聲道：「走吧，不要再看。」

「可是……」

「別看了。」高辰複柔聲道：「午時三刻就要到了，再看下去就是斷頭的場面。太血腥，別看了。」

鄔八月緩緩閉了眼睛。

她默默轉過身，任由高辰複帶她離開了圍觀的百姓當中。

「行刑過後的事情……都安排好了嗎？」鄔八月輕聲問道。

「都安排好了。」高辰複說道：「來收殮的人已經等在了刑臺旁邊。」

「嗯。」鄔八月默默地低下頭。

「他們死得很冤枉，甚至在死前也不知道……他們究竟為什麼而死。」鄔八月眼睛微紅。

「我總覺得對不起他們……」

高辰複嘆息道：「不是妳的錯，不要將這樣的責任攬在自己身上。」他輕輕撫著她的背，道：「別露出異樣來，這件事情要到此為止。」

鄔八月輕輕點頭。

「聽說……太后中風了。」鄔八月頓了頓，低聲道：「消息傳出是在祖父死前。」

高辰複低應道：「是，軒王夫婦正在宮中侍疾。」

鄔八月抿抿唇道：「是皇上……」

「噓。」高辰複輕輕捏了捏鄔八月的手。

鄔八月做了一個深呼吸。

行刑官的聲音傳來。

「午時三刻已到，行刑！」

劊子手響亮地應聲。

圍觀的百姓們發出「唔」、「啊」的驚呼。

鄔八月閉上眼，挽住高辰複的手，道：「我們走吧，去看看彤絲。」

高辰複輕聲道：「好。」

與此同時，慈寧宮中，軒王爺和軒王妃正伺候在姜太后榻前。

姜太后閉著眼睛，似乎是已經睡去了。

軒王妃問了宮女時辰，對軒王道：「這個點，輔國公府差不多已經被行刑了吧？」

軒王點點頭，接過宮女抱來的湯婆子，又遞給軒王妃，輕聲道：「雖然這樣說有些冷血，但鄔家諸人能撿回一條命，也是可喜可賀了。」

「太后中風癱病，靜嬤嬤又意外落水而亡，這兩日太后精神不濟，脾氣有些大。」軒王頓了頓，又道：「父皇不允許在慈寧宮中談論這些事，怕太后聽了傷神。」

軒王妃道：「沒事，太后現在正睡著。」頓了頓，她道：「對鄔家來說，全家能保住性命雖然也是可喜可賀，但大過年的卻得辦喪事，以後每年這個時候，恐怕也都熱鬧不起來。明兒可就是三十了。」

軒王妃話剛說完，榻上就有了動靜。

姜太后顫巍巍地抬了手，瞪大著眼睛。

軒王趕緊上前，關切地問道：「太后，您有何吩咐？」

姜太后的手就這般伸在半空中，眼睛瞪得老大，聽得軒王的聲音後便趕緊朝他望了過去。

軒王輕輕扶住她的手，姜太后嘴也顫抖著，看樣子是竭力想要開口，卻無論如何都說不出話。或許是她想要開口說話的願望太強烈，又因為動作太過劇烈，不一會兒，姜太后嘴角便開始有涎流出。

軒王妃接過宮女遞上來的香帕，給姜太后擦嘴角。

姜太后動作緩慢地將頭偏到了一邊去。

動作緩慢，是因為她的動作無法快起來。

但姜太后這樣的舉動表明了她的不喜。

軒王妃無奈地退後兩步，對軒王道：「太后明顯是想要做什麼，我們猜測不出她的意圖來，也沒辦法回應她老人家。」

軒王點了點頭，輕嘆一聲道：「靜嬤嬤要是還在就好了，她侍奉在太后身邊這麼些年，最是明白太后的想法。」

軒王頓了頓，看向姜太后問道：「太后，您是不是想要出恭？」

姜太后小幅度地擺了擺頭，仍舊是瞪著一雙眼睛，目露怨憤。

軒王也無奈了。姜太后無法表述她的想法，軒王也沒辦法猜測出姜太后想要說什麼做什麼，與其留在這兒乾看著著急，倒不如讓開。

軒王招手讓慈寧宮中的宮女過來伺候著，他則和軒王妃避讓到一邊，靜等宮女伺候姜太后洗漱，給姜太后梳妝。

收拾妥當後，宣德帝攜蕭皇后來慈寧宮看望姜太后了。

軒王夫妻給帝后二人見了禮，宣德帝瞧著氣色很好，臉上還掛著淡淡的笑容。

他問軒王道：「在宮裡還習慣吧？」

「回父皇，一切皆好。」軒王躬身，頓了片刻道：「就是……太后有要求的時候，兒臣不大看得明白太后的意思，不知道太后想要什麼……」

宣德帝擺手笑道：「這也怨不得你，太后不能言也不能動筆寫，除非是她肚子裡的蛔蟲，否則如何能知道太后的想法？」

軒王爺應了聲是，氈簾後面有了動靜。

幾個健壯宮女抬著姜太后的座椅走了出來，姜太后正癱坐在座椅上，望向宣德帝的眼中目露凶光。

宣德帝面色如常地給姜太后請了安，蕭皇后寒暄地關切了幾句，問了姜太后身邊兩個嬤嬤情況。

姜太后沒有變成現在這模樣之前，後宮大權是被她緊緊拽在手裡的。大夏後宮本該是由皇后作主才對，但因為有姜太后橫在面前，不肯交權，蕭皇后這個皇后便只能忍氣吞聲，畢竟還有一個「孝」字擋在前面。

所以這婆媳二人也只有表面上的友好而已，蕭皇后為人仁善，不會對姜太后落井下石，但要說她在姜太后中風偏癱之後對她有多孝順關切，指望她「以德報怨」，那也不現實。

她只需要盡到一個兒媳最基本的本分就好。

問完話，蕭皇后便退了出去。軒王夫妻也跟了出去，他們還想要去麗容華處看看兒子。

宣德帝留了下來，接過宮女遞上來的溫水，親自餵姜太后喝。

「母后，明日新年，朝政之事倒也都暫且擱置了下來。今晚宮中會很熱鬧，到時候，朕讓人伺候著母后也沾沾熱鬧喜氣。」

宣德帝左手捧著密瓷茶盞，右手拿著瓷勺，輕輕磕碰一下便有清脆之聲。

姜太后抿著唇，臉上哆嗦著，對宣德帝伸過來的瓷勺視而不見，態度十分不配合。

宣德帝不氣也不惱，宮女上前想要接過手，宣德帝屏退了她們。

「母后，當著宮人的面，您好歹還是給朕一些面子。」宣德帝對姜太后微微笑道：「母后這般，朕也很難過。」

姜太后面上露出嘲諷的一笑。

宣德帝輕輕擱下茶盞，低嘆一聲。

「母后大概還不知道吧。」宣德帝微微抿唇一笑。「今兒是輔國公府滿門抄斬的日子，而前日，鄔老在牢中已經自縊而亡了。」

姜太后頓時眼睛瞪得有如銅鈴。

「可不是朕下旨讓他死的，他是自己甘願死的。」宣德帝輕聲說道。

姜太后哆嗦著伸出手，緊緊拽住了宣德帝的龍袍。單是這麼一個簡單的動作，就讓姜太后做得十分吃力。

宣德帝盯著姜太后泛白的手，語氣也微微有些冷了下來。

「母后是不是想要將這件事歸咎在朕的身上？」宣德帝低聲道：「可惜了，朕沒有逼迫他，他的死，反而是他自己向朕懇求的。」

宣德帝微微偏了頭，說：「鄔老得知母后您做的那些事情，大概對您很失望，此後有關於您的任何一句話都沒有說。他說他給朕一個交代，求朕放過鄔家。朕答應了。就是這麼簡單。」

姜太后的手更顫得厲害，眼裡都出現了紅絲。

「母后您看，您鍾情的男人，也接受不了您這般蛇蠍心腸。」

宣德帝貼在姜太后耳邊說道：「您不在乎鄔家人的性命，鄔老卻是在乎的，他願意用他的死來換鄔家人的生。他沒有再提母后一句。」

宣德帝輕輕拍了拍姜太后的手。「母后，您失望嗎？」

姜太后似乎是用盡了全力方才張開了嘴，發出一聲模糊的音調。

宣德帝拿了香帕擦了擦姜太后的嘴，又問道：「母后，您後悔嗎？」

姜太后怒視著他，似乎並沒有後悔的意思。

宣德帝也不知道自己是不是因此鬆了口氣。

他緩緩起身道：「不管母后做了多少惡事，您也終究是朕的生身母親。這樣也好，母后您就在慈寧宮好好休養著，朕會每日來看您。」

宣德帝舒了口氣，費了好大的力氣才將姜太后抓住龍袍的手給拂開。

「母后，您好好待著吧。」宣德帝讓姜太后躺到了她的座椅靠背上，輕聲道：「等明晚上放焰火，到時候，朕讓人也伺候著母后去看看。」

宣德帝看向魏公公，魏公公會意，喚了宮女們進來伺候。

宣德帝龍行虎步離開了慈寧宮。

第八十五章

高彤絲被高辰複安置在鄰近城門口的一處兩進院內，宣德帝安排監視她的人同她住在一處。

這地方並不嘈雜，很是清靜，但是再清靜的環境也不能安撫高彤絲忐忑不安的心。

尤其是輔國公府造反後被下令滿門抄斬的事情出了之後，高彤絲更是惶惶不安。

對那兩個監視她的人，高彤絲自然也就沒有好語氣。

今日是輔國公府被問斬的日子，高彤絲也是知道的，從一大早，她就情緒低迷。

她有些擔心鄔八月。

鄔八月和她相處了這麼長的時間，高彤絲對她還是了解的。

她很重感情。

輔國公府雖然和鄔府隔著房，但到底也是親人，他們被問斬，鄔八月怎可能不難過？

所以見到高辰複和鄔八月前來看她時，高彤絲只覺得不可置信。

她以為，以鄔八月現在的心情，一定是沒有閒心來關注她的。

「彤絲。」鄔八月對高彤絲露出笑容，臉上的表情還殘留著難過。

高彤絲愣了愣，方才朝她奔了過去，哽咽道：「大嫂，我……讓妳擔心了。」

鄔八月握著高彤絲的手，仔細打量了她好一番，方才笑道：「真好，妳還活著……真好。」

高辰複望了望那兩個宣德帝的人，對他們微微頷首，出聲道：「進去說吧。」

高彤絲和鄔八月攜手進了屋，高彤絲給鄔八月倒了茶。

「在這兒住著，可還習慣？」鄔八月關切地問道。

高彤絲點點頭道：「吃喝不愁，也沒什麼不習慣的。」她頓了頓，道：「倒是大嫂，妳……妳沒事吧？」

鄔八月面上一頓，淡淡地笑了笑，說道：「沒事。」

「……那就好。」一看鄔八月的模樣就不是沒事的樣子，高彤絲理解地點點頭，也不再多問。

高辰複坐下來，看了看高彤絲的氣色，心裡微微放了心，說道：「妳也知道，在明面上，妳已經是個死人了。所以，今生今世也不可能再出現在認識妳的人面前。」

高彤絲對這件事倒是挺容易接受的。

「以前我在玉觀山上時，就已經覺得自己是個死人了。這樣也沒什麼不好，至少，我還不用去面對蘭陵侯府裡的一些人。」

高辰複頷首，道：「妳今後要安分守己，要好好生活。」

高彤絲認真地點頭。

高彤絲還活著的消息不能傳揚出去，所以大年三十的晚上，她只能一個人孤零零地過。

鄔八月也正是想著，明日是年三十，高辰複和她沒有理由待在外面不回侯府，不能陪著高彤絲過新年，所以才在臘月二十九這天來見高彤絲。

姑嫂兩人也有好一陣子沒見過面了。

談到處理高彤絲的「喪事」，鄔八月有些無奈地道：「我就覺得妳還沒死，但那屍首，總是鐵一般的事實，所以也沒辦法同別人說。」她拉住高彤絲的手，哽咽地笑道：「妳還活著，真好，真好……」

高彤絲笑了笑，道：「大嫂別哭。皇舅他派人監視我，怕我有危險的行為，便將我擄了去。」

高彤絲說到這兒頓了頓，道：「其他的事情，大嫂心裡也是清楚的，所以……我們也就不提了。」

鄔八月也不想再提。

姜太后已口不能言、腿不能行，接下來的餘生過起來想必十分淒涼。

而鄔國梁也已上吊身亡。

他們也算是得到了應有的報應，鄔八月當然不想再提及這件事。

「瑤瑤和陽陽呢？大哥、大嫂，你們怎麼沒把他們也給帶來？」高彤絲十分喜歡欣瑤，好一陣子沒見欣瑤了，她心裡念得緊。

鄔八月頓了頓，道：「我們今日出來是……去看輔國公府被行刑，孩子們自然是留在了侯府裡。」

高彤絲一愣，頓時伸手捂住嘴，有些抱歉地道：「對不起啊，大嫂。」

「沒事。」鄔八月搖了搖頭，卻也有些沈默。

高辰複道：「輔國公府的事情暫時也已告一段落，雖然不幸，但也莫可奈何。」

高彤絲點了點頭。

「鄔府沒事便好。」高彤絲輕聲道。

鄔八月不知道該如何接高彤絲這話，只能苦笑了兩聲，越發沈默。

高彤絲問高辰複。「大哥，你打算……怎麼安置我？」

高辰複道：「妳怎麼想？」

高彤絲輕輕皺了皺眉，看向鄔八月。「大嫂怎麼說？」

鄔八月勉強笑了笑，道：「彤絲，妳現在不是平樂翁主了，也沒有了身為翁主會有的束縛，所以妳完全可以主宰自己的人生。新的身分文牒，妳大哥會幫妳準備好。從此天高海闊，妳想去哪兒便能去哪兒，多好。」

鄔八月的語氣中有些羨慕，高辰複聽在了耳裡，瞳仁一深。

高彤絲聽得這話，目光中有些閃爍不定。但片刻後，她卻是頹喪地輕嘆一聲，說道：「大嫂將這件事情描述得很好，可是……我從小在侯府中長大，後來又住在玉觀山上，幾乎沒有和別的什麼人接觸過，這……要是我行走世間，我自己也不放心。」

「當然會安排人和妳一起的。」鄔八月溫柔地說道：「妳作好了決定，妳大哥便會為妳做充分的安排，全看妳想過什麼樣的日子。」

高彤絲便看向高辰複，略期待地問道：「大哥，是真的嗎？」

高辰複點了點頭。

高彤絲吸了吸鼻子，輕聲道：「真好……」

「彤絲？」鄔八月疑惑道。

高彤絲抹了抹眼睛。「我是說，我還有肯為我操心將來的大哥大嫂，真好。」

「好了，別哭鼻子。」鄔八月遞過香帕，輕聲笑道：「等瑤瑤和陽陽大了，我可要和他們說，他們的姑母是個愛哭鬼，讓他們笑話妳。」

高彤絲破涕為笑，擦了擦眼睛，一雙眼睛亮亮的。

「好，我會按照我自己的想法生活的，在大哥和大嫂允許的範圍下。」高彤絲吸了口氣，道：「但是有一點……」

她看向高辰複。「淳于老婦沒死之前，我還不能過我想過的人生。因為，我給自己定下的任務，還沒有完成。」

高辰複看向她，高彤絲的表情滿是倔強。

回蘭陵侯府的途中，高辰複和鄔八月碰到了正在找他們的蘭陵侯府家丁。家丁傳話道：「大爺、大奶奶，鄔家來人，說是鄔家老太君請大奶奶回鄔家一趟，有話要問大奶奶。」

鄔八月愣怔了片刻，看向高辰複。

「老太君找我……」鄔八月心裡沒來由地一緊。

高辰複輕輕擁住她道：「我同妳一起去。」

長者有請，鄔八月不敢不去。

但在這個節骨眼上，在她出嫁前就對她沒什麼好態度的郝老太君找她，鄔八月總覺得心裡慌慌的。

鄔家正在辦喪事，一片縞素，鄔八月進鄔家大門前也換了一身素白衣裳。

賀氏迎上來，擔憂地對鄔八月道：「老太君瞧著似乎心裡憋著火，今日又是妳伯祖父家……總之，妳見著老太君，可切記要謙卑。」

鄔八月頷首，已行到了郝老太君的院子。

二丫讓她進去，高辰複也要跟，二丫攔住他道：「郝奶奶說了，只讓四姑娘一個人進去。」

高辰複微微蹙眉，正打算不理會二丫，鄔八月卻回頭道：「沒事，老太君性子也固執，你進去了，她也不會同我說什麼話的。」

二丫也鼓著眼，催促高辰複離開。

高辰複無奈，只能道：「那我在定珠堂等妳。」

鄔八月點頭，回過頭去做了個深呼吸，方才進了屋去。

輔國公府被滿門抄斬，斬的都是輔國公鄔國棟的嫡親，輔國公府的那些下人，宣德帝為表仁慈，將他們流放去了嶺南之地。

輔國公府的爵位已被奪，宅子自然也被收了去，郝老太君的田園居已不復存在了。

現在郝老太君住在鄔府的主院。

段氏已逝，鄔國梁又新亡，等鄔國梁的喪事辦完之後，接下來鄔府也要分家了。

郝老太君看著自己好端端的兩個兒子先後離她而去，子孫們又各自分崩離析，對她來說，可真是晚年的一大打擊。

郝老太君雖然出身低微，但人不傻，鄔家一夜之間突遭巨變，怎會沒點原因？兒孫們她都一一問過了，誰都不知道為何鄔國棟會生出謀反之心，唯一沒問過的，就只剩下鄔八月了。

而郝老太君執著地認為，鄔八月或許會知道這到底是為什麼。

進得屋去，鄔八月有些揪心地發現，原本精神矍鑠的郝老太君，一下子好像老了十幾、二十歲的模樣，給人一種行將就木的感覺。

鄔八月心裡很沈重。

她俯下身去給郝老太君行禮道：「給老太君請安。」

郝老太君略略抬手道：「起吧。」

鄔八月便起身，郝老太君道：「離我近些。」

她靠近了郝老太君一些。

「天氣冷得很。」郝老太君道：「炕上暖和些。上來坐。」

鄔八月搖頭，自己搬了把凳子坐在火炕邊上，道：「我坐這兒就好。」

郝老太君便也沒說什麼，吩咐二丫道：「妳出去，把門關上，別偷聽。」

二丫有些不樂意。「郝奶奶和四姑娘要說什麼悄悄話，我還不能聽？」

「妳聽話。」郝老太君已經沒有了與二丫玩笑的心思，說起話來也有氣無力的。

二丫只能噘著嘴退了出去，乖乖地將門給關上了。

「八月。」郝老太君拿了菸草桿子，沿著火炕的邊緣輕輕敲了敲，「吭吭吭」的聲音像是敲在鄔八月的心上。

「妳給祖奶奶說說，這一切，到底是怎麼回事？」

鄔八月張了張口。

鄔國梁和姜太后的事情，她是絕對不可能告訴郝老太君，可除了這件事，她也沒別的事能說了。

「可有什麼事情，祖奶奶是不知道的？妳告訴祖奶奶。」郝老太君的語氣中已經含了哭意。

鄔八月微微低下頭，道：「老太君，您也知道……伯祖父連同大姊姊，想要擁立五皇子——」

「放屁！」郝老太君激動地拍了炕上的矮桌。「皇帝糊塗，我這個一條腿就要跨進閻王殿的人可不糊塗！妳伯祖父哪有那樣的膽子？造反？說出去誰信！」

郝老太君嘴也跟著哆嗦了起來。「長房一脈人丁凋零，妳伯祖父和大伯父在官場上也沒什麼人脈，就算他們有這個心想要謀反，也絕對不會是在這個時候！我自己的兒孫，我還是看得明白的！他們這是被人設計陷害了！可皇上只坐視不理，就任由著他們……」

郝老太君眼裡滑下淚來。「可惜我這個老婆子沒處給他們伸冤，連帶著妳祖父也跟著去了……證據確鑿，我怎麼沒看出來，證據怎麼個確鑿法！」

鄔八月抿唇道：「老太君，皇上說什麼，便是什麼……」

「他說什麼不代表就是什麼！」郝老太君激動地看向鄔八月。「我吃的鹽比妳吃的米還多，我看得出來，妳一定知道什麼！」她按住鄔八月的雙肩。「妳告訴我！讓我這老婆子，死也能死個明白！」

面對著這樣的郝老太君，鄔八月心裡有一瞬間的動搖。

得知真相是郝老太君唯一的心願了，要不然就告訴她？郝老太君不是糊塗人，若是知道了真相，她也不會對外說什麼。

經歷了這麼大的打擊，看郝老太君的樣子……恐怕也熬不了幾年了。

但這念頭也只是在鄔八月心裡一閃而過，然後被強行壓制了下去。

不行，姜太后和祖父的事已是過去，此事萬不能再提。

高彤絲身邊有人監視，她和高辰複身邊又豈會少了人？恐怕她這兒開口一說，宣德帝那邊就會知道了。

她不能冒這樣的險，即便這樣做對不起郝老太君。

鄔八月上前一步扶住郝老太君，輕聲道：「老太君，您不要再問了。皇上說的話便是聖旨，他說什麼便是什麼。問得太多，不是好事。」

「妳確實知道些什麼。」郝老太君瞪大了雙眼。「可妳不肯告訴我。」

「老太君，有時候……難得糊塗。」鄔八月輕輕地握住郝老太君的雙手，道：「您相信我，此事到此為止，鄔家才能繼續生存下去。您要是再追究……可能，還不能就此收場。如今的局面，或許已經是最好的結果。」

郝老太君眼中滿布血絲。

她反握住鄔八月的手，正要說話，門外二丫卻砰砰砰地敲了門，逕自走了進來。

見到郝老太君眼裡流淚，二丫愣了一下，方才低聲道：「郝奶奶，收殮國公爺他們的人回來了，靈堂也設好了。之前您讓他們回來就來通知您，二太太遣人過來問，您要不要過去看一看。」

郝老太君怔愣一下，揮揮手，聲音沙啞地道：「妳先出去。」

二丫有些擔心地看了郝老太君一眼，還是乖乖地退下去了。

「不管是因為什麼……」郝老太君低聲說道：「妳伯祖父一家人的命是已經回不來了。我現在只想知道，到底是為什麼……就這麼一個簡單的要求，妳也不肯讓我如願？」

鄔八月沈默良久，還是只能說一句「抱歉」。

郝老太君頹然地收回身，人一下子顯得佝僂了起來。

她說話的聲音幾不可聞。

「雖然我不大喜歡妳……」郝老太君眼睛有些出神。「但是我知道，妳沒什麼心眼，也不會是出賣家族的那種人，妳既不肯說，自然有妳的理由。我再問下去，妳定也是十分為難……」

鄔八月輕聲道：「謝老太君能理解。」

「可是——」郝老太君抬起頭，通紅的雙眼看定鄔八月。「也因為妳不肯說，我想，我是沒有辦法從別的人口中得知真相了。這樣的話，我到死也不會知道，妳伯祖父一家到底是因何而死。我定然，死不瞑目。」

鄔八月咬了咬唇。

憾。

她不知道郝老太君這話是不是威脅，但從她的話語之中，鄔八月只聽到了濃濃的無奈和遺

鄔八月深吸一口氣說道：「老太君，等您到了地下……祖父會親口同您說。」

郝老太君微微抬了下顎。「妳祖父？」

「我話就說到這兒了。」鄔八月起身，雙腿一彎跪了下去，給郝老太君磕了一個頭。

她這是表示，她再不開口。

郝老太君恍惚地笑了笑。「妳走吧……以後，妳也別出現在我面前。」

鄔八月有些鼻酸。

她退了出去，出門時，眼睛的餘光看到，郝老太君出神地望著一個點，眼裡的淚潸潸而流。

門外的二丫聽到動靜，迎上前來問道：「四姑娘，郝奶奶她……」

「妳進去伺候著吧。」鄔八月吸了吸鼻，道：「我去定珠堂那邊看看。」

二丫應了一聲，即刻便朝屋內走了進去。

鄔八月一路來到了定珠堂，靈堂已經搭了起來。

高辰複站在門口，看到她走近，高辰複便趕了上去。

觀察了下她的臉色，高辰複輕聲問道：「和老太君都說了什麼？」

「什麼都沒說。」鄔八月搖了搖頭，輕聲道：「老太君讓我以後……別出現在她面前。」

高辰複聞言，心裡默嘆一聲，攬過鄔八月。「這樣也好。」

是啊，這樣也好。不見到郝老太君，鄔八月也就不用面對她質問的眼神。

她心裡的愧疚，也就不會再進一步擴大。

鄔八月揉了揉臉，道：「同父親母親說一聲，我們差不多該回蘭陵侯府了。」

高辰複道了聲「好」，夫妻二人尋到鄔居正和賀氏。

「父親、母親，我們就先回去了。」

鄔居正點點頭，賀氏對他道：「你在這兒指揮著，我送送女兒女婿。」

鄔居正自然沒有意見，賀氏挽過鄔八月的手，輕聲道：「家裡出了這麼大的事，母親別的不怕，就怕影響到妳和陵桃。如今看來，辰複對妳態度如初，母親就沒什麼可擔心的了。」賀氏微微笑了笑，道：「有這麼一個依靠，真好。」

鄔八月抿唇點了點頭，頓了頓問道：「三姊姊怎麼樣了？」

「唉。」賀氏便嘆了口氣。「我也不知道，她現在在陳王府的日子過得好還是不好？陳王爺不知道會不會因為東府的事情，冷淡妳三姊姊？」

「三姊姊現在懷有身孕……陳王應該不會……」

「話是這樣說。」賀氏心裡卻很憂慮。「陳王兒女也多，妳三姊姊肚子裡的孩子，他不一定重視。以前一直聽說陳王是個見風使舵之人，牆頭草，兩頭倒。鄔家勢力削弱，或許陳王也會對妳三姊姊生意見……」

賀氏和鄔八月慢吞吞走著。「現在家中事情太多，母親也顧不上妳三姊姊那頭。從鄔家出事之後，我們從牢中被釋放出來，妳三姊姊還沒有來過，也沒有什麼信兒。今兒妳既然來了，母親倒是想讓妳抽空去見見妳三姊姊，看看她好不好，陳王府裡的那些姬妾可有反騎到她頭上？」

看了看天色，賀氏道：「現在時辰還早，明日年三十，不好到處走，妳趁著現在先去陳王府看看吧。」

對鄔陵桃的事情，鄔八月自然是義不容辭。

她道：「母親放心吧，鄔家出事之後，三姊姊也來尋過我的，看樣子她倒是沒遭受到什麼不好的事。我這就去陳王府看看。」

「辛苦妳了。」

賀氏點了點頭，一路將鄔八月送到了二門。

高辰複和鄔八月給賀氏道了別，出府上轎，鄔八月說要去陳王府看看鄔陵桃的情況。

「三姊姊懷著孕，不知道她現在怎麼樣了？」鄔八月有些擔心地道。

高辰複輕拍了拍她的肩，道：「別擔心，我們這就去看看。」

陳王府離鄔府也不算遠，沒一會兒便到了。

守門的門房聽說是蘭陵侯府的大爺、大奶奶，當即熱情地將人請了進去。

陳王不在，客人自然該由王妃接待。

不過丫鬟稟報說，王妃身體不適，不便會客。

鄔八月自然不會管這一層，當即便道：「我自己去尋三姊姊。」

她看向高辰複，高辰複頷首道：「妳去吧，我就在主廳等妳。」

鄔八月少來陳王府，她讓人帶了路，一路直達陳王和陳王妃的寢居。

丫鬟進屋稟報，鄔陵桃忙讓人請鄔八月進來。
「三姊姊！」鄔陵桃面色瞧著很不好，鄔八月乍看之下，心漏跳了一拍。
「八月。」鄔陵桃對鄔八月笑了笑，擺手道：「妳們都下去吧。」
其餘丫鬟便都下去了，只留下了如霜、如雪在。
如霜、如雪是鄔陵桃未出閣時的貼身丫鬟，後來她嫁進陳王府，如霜、如雪也順理成章地被陳王收為姬妾，但她們仍舊效忠於鄔陵桃。
「三姊姊，妳這是怎麼了？」鄔八月坐到了床榻邊，揪心地看著鄔陵桃。
「沒事。」鄔陵桃對她笑笑。「我孕吐反應有些大，這段時間整個人一直都不大舒服。」
鄔八月皺了皺眉頭。「真的只是這樣？」
鄔陵桃笑了笑，臉上的表情有些落寞。
鄔八月不指望她說，便看向如霜。「妳說。」
如霜為難了下，大概心裡也是積攢了怒氣，猶豫片刻後，倒也毫不保留地說道：「自從出了鄔家的事情，王爺對王妃就很冷淡，好幾次還說了怕鄔家的事情牽連到他的話，王妃心裡自然難過。後來大概王爺發現，皇上並沒有針對鄔家，態度方才好了些。但王妃懷有身孕，甚為看重小主子，王爺近不了王妃的身，這段時間……常去秦樓楚館那些風月之地，府裡的姬妾借著給王妃請安的名義，常來王妃跟前語出奚落。」
如雪接過話道：「王妃不在意王爺的態度，但王爺的態度對府裡的人來說，那是至關重要的。王爺都擺出這麼一副不在乎王妃的架勢，府裡其他人怎麼會尊重王妃？現在下人們都在議論紛紛，說王妃失了寵，陳王妃的位置指不定也要換人坐了……」

「這等嚼舌根的奴才，捉住了打一頓，讓他們再不敢出聲。」鄔八月有些氣憤。

但她沒想到，一向容不得人輕視她的鄔陵桃卻搖了搖頭，說：「不用管那些個下人。」她握住鄔八月的手，道：「妳放心，我豈會那麼容易就被人給踩在腳下？我現在只是不想爭而已，我得顧著肚子裡的孩子。」

鄔陵桃輕輕按住鄔八月的手，柔聲說道：「妳不用替我擔心著急，我還沒有弱到隨便哪個姬妾都能爬到我頭上來的地步。」

鄔八月憂心道：「可日日有人來妳面前說三道四，妳聽了又怎麼能舒坦得起來？這對妳安胎也沒有益處。」

「她們也不過嚼嚼舌根子罷了。」鄔陵桃冷笑一聲說道：「王府後院裡那一堆女人，王爺早就已經厭棄了，她們深閨寂寞，也只能找我出出氣而已。」她笑望向鄔八月。「我不在乎她們說什麼，除了嘴皮子上占點便宜，她們還能做什麼？」

「那陳王……」

「他最近迷上了一個青樓妓子，這段時間在琢磨著要怎麼把人給贖回來。」鄔陵桃淡淡地說道：「他身邊自然也有我的人，據那探子說，那青樓妓子還是個清倌，王爺他想要做第一個採苞人，已經是花了不少功夫了。」

鄔八月聽得直皺眉頭。

雖然她一直知道陳王好色，可在自己王妃懷有身孕、正是身體不適的時候，他怎麼能顧著秦樓楚館裡的鶯鶯燕燕，將鄔陵桃給忘在一邊？

見鄔八月一臉難堪的表情，鄔陵桃便知道她在替自己不值。

鄔陵桃卻是看得開。「罷了，妳也不用去埋怨陳王如何。他呀，從小就被養廢了，也是爛泥扶不上牆，指望他，倒不如指望他的兒女，我是已經看透了。」

這兒沒有外人，鄔陵桃說起話來也並無顧忌。「當初靠上陳王，說來也是我自己沒有考慮周全。哪怕選一個比他好些的，我還能有些盼頭。成婚以來，我也做了不少努力，想要他能夠有出息一些，可惜他終究是江山易改、本性難移。」

鄔陵桃苦笑一聲。「我是沒什麼遺憾，好歹我也懷有身孕了，不管肚子裡這個是兒是女，我也算有個盼頭，就是有些對不起如霜、如雪。」

如霜、如雪哽咽道：「王妃身體不好，就不要替我們傷心了。」

「女人哪，作不了自己的主，總要生一子半女的，將來自己也能有個依靠。」鄔陵桃拉住如霜、如雪，道：「讓妳們陪嫁過來本就已經是委屈妳們了，陳王那副急色模樣，再要不了幾年，身體定然就會被女人給掏空了，趁著他還能用，妳們把握機會，好歹生個一子半女吧！今後咱們也算有個伴兒。」

如霜、如雪都淌起淚來，鄔八月聽得鄔陵桃越說越不像話，忙止住她道：「三姊姊胡說八道些什麼，別說這個了，惹得大家都眼淚汪汪的。」

鄔陵桃一笑，收回手看向鄔八月。「明日年三十，蘭陵侯府裡的事情應該也很多，妳專程來這兒探望我也差不多了，該回去了。」

鄔八月道：「三姊姊攆我做什麼，我再多待會兒。」

鄔陵桃莞爾，頓了頓道：「今兒……輔國公府的人都被處斬了吧？」

鄔八月面上一頓，輕輕點頭。「嗯，鄔府已經搭起靈堂了。」

「唉。」一向看東府不順眼的鄔陵桃輕嘆一聲，道：「雖然平日裡和東府的關係不好，可聽到這樣的消息，我心裡也不見得有多高興。如今東府……也是覆滅了。」

鄔八月輕聲道：「二嫂子救下來了，她懷有身孕。」

鄔陵桃意外地挑了挑眉，方才輕嘆一聲道：「原來如此，我說怎麼會特意救下她。」

鄔陵桃擺了擺手，道：「罷了，這件事妳就當沒說。二嫂子將來不管生兒生女，恐怕也都不好告訴他，他到底是何出身了。」

「嗯，最大的可能是讓三嫂子養在身邊。」鄔八月輕聲道：「二嫂子受了不小的打擊，整個人也有些……」

話沒說盡，但鄔陵桃自然明白是什麼意思。

她嘆了一聲，倒也沒說什麼。

又坐了一會兒，鄔陵桃惦記著蘭陵侯府的事，又催促著鄔八月離開。

「我上頭的婆婆在宮裡，整個王府裡除了王爺便是我最大，我不需要怕什麼。妳不一樣，妳上面還有公公和繼婆婆，在外面逗留久了，不大好。可別讓蘭陵侯府對妳不滿。」

鄔陵桃正色說道，鄔八月笑了一聲。「侯爺對我本就沒有什麼好態度，再差也就那麼回事。」

話雖如此，但鄔八月還是起身同鄔陵桃告辭。

離開陳王府的路上，鄔八月似乎看到了陳王府的家丁匆匆忙忙地往西街而去。

遣了人去問，回來稟報說，是陳王在皓月樓讓人回陳王府取銀子的，說是皓月樓裡有個清倌今兒要唱曲，陳王想要單獨一個人聽，欲花重金將那清倌包下。

鄔八月聽著直犯噁心。

回到蘭陵侯府時天已擦黑了，蘭陵侯府靜悄悄的，沒什麼人氣。

兩人回到一水居，瑤瑤和陽陽淚汪汪地等他們回來。

單氏低聲問鄔八月道：「怎麼這時候才回來？」

鄔八月笑了笑。「突然多了些事情，路上就給耽誤了。怎麼了，單姨？」

「今兒下晌，三姑娘吃東西噎住了，差點沒喘過氣來。」單氏輕聲道。

鄔八月頓感驚訝。「她身邊伺候的人怎麼這般不經心……那她現在怎麼樣了？」

「現在是沒什麼大礙了。」單氏嘆道：「也是個可憐的孩子。」

高辰複坐在一邊聽著，面上沒什麼表情。

高彤薇會變成這樣，是因為姜太后在賜給鄔八月的布料上動了手腳，高彤薇蠻橫地將那布料給取了去，算是遭受了無妄之災。

不過，高辰複對此卻並沒有太多愧疚，甚至他可恥地發現自己竟然有兩分慶幸。

雖然就算高彤薇沒有要那疋布料，宣德帝也絕對不會眼睜睜看著瑤瑤、陽陽出事。

「爺，要不要去看看彤薇？」鄔八月皺皺眉頭，轉向高辰複。「我們今日出去一天，侯爺那邊想來也頗多微詞。」

高辰複穩穩坐著，道：「天色已晚，還是別隨意出去了。」

「明日臘月三十，該做的準備也還得做……」

「明日再說吧。」高辰複站起身，走向鄔八月，拉過她的手道：「今天妳也累了一天了。」

鄔八月的確也很累了，高辰複催促她去休息，她便也順理成章地去淨身沐浴。

朝霞走向高辰複，輕聲說道：「大爺，周武說有人遞了條子，要與大爺見面。」

朝霞說著便遞上了一張捲成一卷的信紙。

高辰複將之打開，一閱之下，頓時挑了眉梢。

他將紙付之一炬，看向朝霞道：「我出去一趟，等妳們大奶奶出來了，告知她一聲。」

朝霞連忙應是。

遞消息的是宣德帝的人。

高辰複這兩天一直繃著精神，想著什麼時候宣德帝的人會找他。

沒想到竟然是在迫近年三十的關頭。

他知道，宣德帝曾經說了，會在新年之前，將所有的事情一併了結。

姜太后癱了、鄔國梁死了、鄔家垮了……淳于氏一兒兩女都已廢了，看起來壞人似乎是已經得到了懲罰。

但宣德帝表示過，他的父親，蘭陵侯爺，他不會放過。

母親的悲哀，從最開始莫過於就是選擇了蘭陵侯這樣的男人。

母親的死，又哪裡少得了蘭陵侯爺的喜新厭舊？

似乎所有該懲罰的人都懲罰到了，唯獨剩下的便是高安榮。

高辰複心裡沈甸甸的，只帶了趙前和另外幾名護衛，趕到了紙上所寫的地點。

宣德帝的人正等候在那兒。

「高將軍。」來人恭敬地對高辰複拱了拱手，說道：「皇上讓小的將這幾個人交給高將軍。皇上說了，蘭陵侯府的家事，請高將軍務必要在年初一之前，將之梳理清楚，給皇上一個答覆。」

高辰複聽得出來人公鴨嗓一般的聲音，便知面前的乃是一個太監。

他拱了拱手，道了句謝。「煩勞公公跑一趟。」

「高將軍客氣。」

太監回了一禮，揮了揮手，身後幾個頗為健壯的人便將五個人揪了上來。

「這三位是當初靜和長公主臨盆時，被淳于氏收買了的。這兩個——」太監點了點最後低垂著頭的兩人。「她們是當初令夫人有孕後，領了淳于氏的命令，對令夫人下手的人。」

高辰複雙眼一眯。

太監微微笑道：「皇上要小的交給高將軍的人，小的已經全部都交到高將軍手裡了，小的這便告退。」

高辰複微微欠了欠身，看著太監帶著人消失在了夜色之中。

他緊抿了唇，對趙前道：「讓人嚴加看守著。」

趙前尚且還有些震驚——皇上怎麼有辦法抓住害靜和長公主和大奶奶的人？而且看將軍的表現，似乎對此並不訝異。

但趙前畢竟是沈穩內斂之人，短暫的驚疑之後便收斂了情緒，指揮著人將人給帶了下去。

她們的嘴都是被堵上了的，高辰複也並不擔心她們會發出什麼聲音。從她們的神情看來，她們也知道自己是凶多吉少了，有兩個眼裡還流淚了。

高辰複冷冷地說：「自己的命便是命，別人的命便不是命？且讓妳們多活一日。」

高辰複深吸口氣，道：「回蘭陵侯府，把她們關起來。」

趙前低聲應是。

第八十六章

天色已晚，高辰複不打算立刻就對淳于氏發難。

宣德帝的命令很明確，他將人交給高辰複，要高辰複自己解決蘭陵侯府的「家事」，限定的時間只有一天。

高辰複不知道是不是宣德帝也考驗他處理緊急事情的能力。

這個時間，其實說長不長，說短也不算短，端看他怎麼處理。

淳于氏他不用太多考慮，他真正需要擔心的，卻是高安榮。

高辰複對高安榮這個父親失望透頂，但無論如何，高安榮終究是他的父親，他心裡是矛盾的。

等到了明日，塵封多年的真相被徹底揭開，不知道高安榮會不會受到宛如滅頂之災一般的打擊？

這年歲末，蘭陵侯府出的事情已經夠多了。

高辰複心情有些沈重地回了蘭陵侯府，一水居給他留了門。

高辰複再叮囑了趙前一番，讓他務必將人給看好了。

回到內寢室，鄔八月還沒有睡。

她抱著手爐，正就著光在看書。

聽得動靜，鄔八月扭頭看向他那邊，見是他回來了，頓時擱下手中的書，迎了上來，道：「回來了？」

高辰複輕輕頷首，皺眉問道：「天這麼冷，怎麼還不睡？」

「等你呀。」鄔八月答得自然，一邊伸手接過他解下來的外氅，一邊說道：「屋裡有地龍，我穿得也不薄，倒也不算冷。」

鄔八月放好外氅，吩咐值夜的丫鬟捧上一直溫在爐子上的熱奶。

「外頭冷，喝點熱的暖暖胃，別著涼了。」

鄔八月捧給高辰複，高辰複接過飲了下去。

「我去洗漱一下。」他摸了摸自己的臉，大概是趕夜路回來，被寒風吹得有些冰涼。

他向鄔八月示意，在盥洗房轉了一圈才回來。

鄔八月已經令人鋪好了床，被子裡也已放好了湯婆子，她睡到了裡面，只覺得暖融融的。

高辰複身著裡衣回來，吹熄了其他燈籠裡的蠟燭，只留下床尾的壁燈。

紅綃帳裡，兩人抵足而眠。

高辰複心裡裝著事，並沒有睡意。

「睡不著？」鄔八月翻了個身，高辰複輕聲問道。

鄔八月一嘆。「明明是你睡不著。」

高辰複沈默了片刻。

「遇到什麼事了？大晚上的還被人匆匆忙忙叫走，我讓朝霞去問周武，周武也什麼都不知道。」鄔八月枕著高辰複的手臂，埋在他的肩窩。「誰讓你出去的？」

高辰複輕笑一聲，道：「還以為妳不會問。」

「我以為你會主動說。」鄔八月無奈道：「你也是個悶葫蘆。」

高辰複低沈地笑了兩聲，胸腔起伏。

「妳認為什麼人能憑著一張紙條，讓我大晚上的離府而去？」高辰複低聲說道：「是皇上的人約我前去相見。」

「皇上的人？」鄔八月驚呼一聲，忙撐起上半身，問道：「然後呢？」

高辰複便將那些證人的事情告訴了鄔八月。

鄔八月張了張口，輕聲問道：「皇上是要你在明天之內讓這件事塵埃落定？」

高辰複輕輕點頭。

「我想過了。」他道：「母親已經死去這麼多年，且涉及到父親的操守問題，如果將淳于氏害母親的事情揭發得人盡皆知，蘭陵侯府、忠勇伯府都逃脫不了干係。這般一層牽連一層，新年前，肯定是不能讓整件事情塵埃落定了。所以，皇上稱這是蘭陵侯府的『家事』，意在點明我，這件事情不能張揚出去。也就是說，此事要暗中處理，不可廣為人知。」

鄔八月深切地明白家族聲譽的重要，就算高辰複想要將這件事鬧大，皇上不允許，那也只能聽從皇上的意思。

「所以，蘭陵侯府還是蘭陵侯府，忠勇伯府也還是忠勇伯府。不會有別的變化。」鄔八月輕嘆一聲，心裡微微一動，便明白高辰複的失眠是為了什麼。「你是擔心，明日侯爺得知真相，承受不了打擊？」

高辰複點點頭。

姜太后推波助瀾淳于氏害靜和長公主的事情是絕對不能說的，那麼，一切都只能歸咎到淳于氏的身上了。

淳于氏也不冤枉，靜和長公主的死本就是她的計劃，姜太后也不過是將計就計，予她方便罷了。

當初高彤絲口口聲聲說淳于氏是害死母親的罪魁禍首，高安榮從未相信，如果現在高安榮得知的確是淳于氏害死了靜和長公主，那在他如今的認知裡，已經死去的高彤絲無疑會成為心口一道永遠的疤痕。

更讓人難過的是，高彤絲還活在人世的消息，卻永遠不能讓高安榮知道。

因為，宣德帝的目的就是要讓所有不管是直接還是間接，造成靜和長公主死亡的人得到懲罰。

高安榮受到良心上的折磨，是宣德帝想要看到的效果。這一點，高辰複心裡也明白。

「是啊。」高辰複長嘆一聲，摟著鄔八月的手更用力了一些。「不知道他能否承受得起這樣的打擊……」

鄔八月心裡覺得，知道淳于氏的真面目後，高安榮最大可能是讓淳于氏死。別的，他也不能做什麼。

鄔八月輕聲道：「我覺得侯爺能捱過這個打擊。至少他還有你這個兒子。」

高辰複輕哂一笑，低聲道：「是啊，他所剩的也就這寥寥幾個親人了。有可能他還會覺得，事情既然都已經這樣了，那便這樣下去好了。淳于氏再不好，到底給他生了三個兒女。」

高辰複的語氣中有一種淡淡的厭惡感覺。

鄔八月覺得，以高安榮的為人，說不定還真給高辰複說中了。

她不知該說什麼，只能更用力地擁住高辰複，以實際行動告訴他，還有她在他的身邊。

第二日一大早，高辰複就起了身，讓人拎了那幾人到了茂和堂去。

五個人一字排開地跪著，大概知道明年今日就是她們的忌日，幾個人一見到高辰複就直磕頭求饒命。

高辰複自然是充耳不聞。

鄔八月也起了個大早，穿得厚厚的，坐在一邊，手裡捧著個湯婆子望著那幾個人。

都不是長得凶惡的人，竟會做下這樣凶惡的事。

聽她們仍在哭哭啼啼的，鄔八月心裡有些不耐煩。

她說道：「妳們做壞事的時候，可有想過會有今日？善惡到頭終有報，不是不報，只是時候未到。如今可知道，種什麼因得什麼果，妳們還應該慶幸，做下壞事之後，竟然能安然無恙活到現在。」

高辰複輕輕撇了撇茶沫子，道：「同她們不需要這麼多廢話。」

他喝了口茶，看向那五人，道：「留給妳們的時間也不多了，各自想好了，到時候要怎麼樣將事情條理清晰地說出來。說得清楚明白，也就妳一個人的命而已。要是敢跟我耍花招，會有什麼樣的後果，我想，妳們大概不希望聽到。」

幾人身體微抖。

晨光熹微，姍姍來遲的高安榮和淳于氏前後腳踏進了茂和堂。

「呀，這是什麼陣仗？」高安榮驚訝地看向背對著他跪著的幾人，問高辰複道：「大清早的就在這兒訓下人？」

「這可不是什麼下人，這是我的仇人。」

高辰複不鹹不淡地說了這麼句話，在東邊一側的椅子上坐了下來。

高安榮聽得雲裡霧裡，往高座上走去。

淳于氏這兩日因為高辰書鬧著要出家的事情，耗費心神，精神有些不濟，並沒有注意那五人有什麼不對，漫不經心地從她們身邊行過，只是不經意地掃了這些人一眼。

倒是她身邊的郭嬤嬤，一看之下，頓時眼睛都瞪大了。

一直觀察著淳于氏和郭嬤嬤的鄔八月當即抓住了時機。

「郭嬤嬤這是怎麼了？」鄔八月輕聲問道：「可是見著熟人了？」

郭嬤嬤身體的驟然僵直當然也瞞不過淳于氏，淳于氏直覺地認定這幾個人有問題。

聽得鄔八月發問，淳于氏輕輕拉了拉郭嬤嬤。郭嬤嬤微微低了頭，含糊不清地顫抖回道：「什麼熟人？大奶奶是說……下邊跪著的這幾個？」

鄔八月不置可否，輕笑道：「郭嬤嬤心裡清楚。」

「一大清早的，打什麼啞謎。」高安榮不滿地說了一句，看向高辰複道：「今兒年三十了，你可別跟昨日一樣，到處亂走。今兒你就老老實實待在府裡，哪裡也不許去。」

高安榮給高辰複下禁足令，也不過是過過當一家之主的癮。他知道，高辰複不是那麼聽話的人。

沒想到高辰複卻說：「我今日自然哪裡也不會去。」

他微微抿了抿唇，對高安榮道：「侯爺，今日我要給你揭露一個人的真面目。」

高安榮有些不明所以。

高辰複伸手指向跪著的幾人，眼睛卻沒看她們，而是盯住了高安榮，一字一頓地道：「這幾人裡，便有當年在母親臨盆時害母親的人。」

高安榮正端了茶要飲，聽得此話，手一顫，差點沒將茶盞給摔了。

「你剛說什麼?!」高安榮驚呼一聲。

高辰複垂下眼簾，道：「我說什麼，侯爺聽得很清楚了。」

高安榮心裡有些慌亂，隱隱約約好像是猜到了什麼。

「你這什麼意思？」高安榮皺起眉頭說道：「有什麼話，一次說完。」

高辰複抬了眼，盯著下面瑟瑟發抖的五人，淡淡地說道：「從左往右，一個一個，慢慢地說。」

郭嬤嬤顫抖著雙手，忍不住伸手輕輕拽了淳于氏一下，淳于氏用眼角餘光瞄到郭嬤嬤臉色發白，心裡頓覺不好。

「複兒。」淳于氏喚了高辰複一聲，有氣無力地說道：「今日年三十，拋開別的，我們一大家人安安心心地過個年。府裡的糟心事夠多了，就別再生別的事了。有什麼話，新年過了再說吧。」

淳于氏的有氣無力也不是裝出來的，她的確是已經被發生在自己兒女身上的事情弄得筋疲力盡了。

她心裡想著，先暫時混過今日，待問清楚了郭嬤嬤這幾人到底是什麼來頭之後，再行別事。

郭嬤嬤微微鬆了口氣，大概以為高辰複會妥協吧。

「夫人說的是。」高安榮心裡也有些毛毛的，立刻就同意了淳于氏的提議。

高辰複望著眼神閃爍的高安榮，心裡最後的一絲顧忌也都拋開了。

他冷聲對那五人說道：「我方才讓妳們做什麼，妳們是聾了沒聽見嗎？」

那五人頓時齊齊朝向高辰複磕頭，從最左邊開始的那人立刻張口說了起來。

當聽她提到郭嬤嬤和淳于氏時，郭嬤嬤立時出聲道：「大膽！在侯爺和夫人面前，妳竟然敢公然大放厥詞！」

那人猛烈地朝著地上磕頭，直說道：「小的沒有說謊、小的沒有說謊！的確是侯爺夫人身邊的郭嬤嬤拿了銀子來，讓我們在靜和長公主生產時做手腳的！」

高安榮抖著雙唇，試圖拆穿她們的「謊言」。

「妳們是宮中出身，怎麼會、怎麼會為了那麼一點錢財，就對長公主下手？」高安榮妄圖替淳于氏開脫。

聽到他這樣說話，高辰複的眼神僵冷。

鄔八月伸手輕輕覆住他的手背，心裡對高安榮也湧起了一股怒意。

放在尋常，這樣的問句或許只是為了確定而問的，但高安榮的語氣和神態，卻無一不在表示，他不希望這件事情是真的。

不管出於什麼原因，他有這樣的表現，高辰複都不會原諒他。

「侯爺，何不聽她們將話說完？」鄔八月輕聲開口插嘴道：「彤絲言說夫人便是當年害死婆婆的人，侯爺稱沒有證據，並不採信。現在參與當年之事的證人就在侯爺面前，侯爺怎麼能連她們說的話都不聽完就妄下結論？」

高安榮心裡正天人交戰著，鄔八月這話對他來說無疑是導火線。

高安榮頓時喝道：「這哪裡有妳說話的分?!」

鄔八月心下一梗，還不待她出聲反駁，高辰複便寒聲說道：「她是我結髮之妻，是我一雙兒女的生身之母，這兒怎麼沒有她說話的分?!」

高辰複的聲音直往上拔高，鄔八月知道，他的情緒已達盛怒。

不管平日表現得如何不在意，其實他內心深處還是渴望高安榮這個父親的。他就是這樣一個外剛內柔的人。

高辰複的話一說，茂和堂裡頓時鴉雀無聲。

他很少高聲說話，忽然這樣，自然讓人覺得膽寒。

高辰複冷盯著跪著的那幾人，僵冷著聲音說道：「從此刻起，讓她們一個一個將話給說完。

在她們沒有說完之前，任誰多嘴打斷她們說話——」

高辰複朝後伸手，趙前適時遞上了隨身佩帶的跨刀。

高辰複「啪」的一聲，將跨刀拍在了身旁的高桌上。

「說。」高辰複盯著頭一個講話的人說道。

接下來，再沒有人敢打擾跪在地上的五人說話。

「……所有的情況，就是這樣。」

最後一人哆哆嗦嗦地講完話，磕下頭去，涕泗橫流地哭道：「求高將軍和將軍夫人饒命！將軍夫人沒有大礙，也是、也是老天有眼……求高將軍放小的一條生路，放小的一條生路！」

另一人也跟著磕頭道：「求高將軍放小的一條生路！」

這兩人是當初郭嬤嬤安排，與王婆子接觸，讓王婆子給鄔八月下落胎藥的人，他們的確沒有造成什麼嚴重後果，說起來也是罪不至死。

但高辰複卻輕輕抬了手，道：「拖出去，亂棍打死。」

趙前心下一凜，低首應了一聲，立刻有兩個侍衛上前，將人給拖了下去。

她們淒慘的聲音聽得鄔八月耳疼。

鄔八月也有些心驚。

高辰複是她的丈夫，她對他不說百分之百了解，但百分之八十也還是有的。

他的心比任何人都要柔軟，又極講原則。從昨晚高辰複告訴她抓了這幾個人開始，鄔八月一度以為，那兩個拿了錢財要害她的人，高辰複不會要她們的性命。

但沒想到，高辰複卻那麼乾脆地了結了她們。
鄔八月輕輕拉過高辰複的手，高辰複反抓了她的手，輕拍了兩下說道：「不害怕。」
慘叫聲漸漸遠去了，直到聽不見那讓人毛骨悚然的聲音，高辰複才看向高安榮，一字一頓地說道：「那兩個人說的事，不需要去查證，你也可以毫不在意。但剩下這三個人說的話，你且掂量掂量。」
高安榮望著地上的一個點出神。他現在其實已經不知道該怎麼辦好了。
淳于氏也慌了神。
最心驚膽寒的是郭嬤嬤。她沒有將那件事情的相關人處理乾淨，如今竟然被高辰複給抓到了把柄，這可是打蛇直接打到了七寸……
怎麼辦？郭嬤嬤心裡簡直像是有一把火在燒。
她是跟著淳于氏從忠勇伯府嫁進蘭陵侯府的家奴，她上三代下三代現在還都是忠勇伯府的下人，如果因為這件事情，夫人敗了，整個忠勇伯府都會遭到牽連，她的親人會受到什麼樣的待遇，她簡直不敢想……
家裡的親人們可都是簽了死契的啊！
可如果她一人將這些事情給承擔下來呢？
她死了，可是保了夫人，夫人總會看在她的忠心和寧願棄車保帥上，提攜她的兒孫。
郭嬤嬤心裡這樣想著，頓時便打定了主意。
不待淳于氏開口，郭嬤嬤便往前一步，「撲通」一聲跪了下來。

「侯爺。」郭嬤嬤說道：「這一切都是老奴做的，與夫人沒有關係。」

淳于氏心裡一驚，瞪大眼睛看向郭嬤嬤。「嬤嬤……」

高安榮也是一愣，頓時從神遊天外回來，表情是有些扭曲又如釋重負。

「是嗎？原來是妳……」高安榮自顧自地給郭嬤嬤解釋。「我知道，妳一定是想幫著夫人進府，所以才生出這樣的心思，對不對？我就說夫人不是能做出這等事情的人！妳個刁奴，妳好大的膽——」

「她說是她一人做的，便是她一人做的？」

鄔八月簡直想潑高安榮一身冰水讓他好好清醒。她怒不可遏地站起身，打斷了高安榮近乎是自言自語的話。

「侯爺，她一個小小的下奴，怎麼會有那麼多錢財來收買這些人？她拿出來的金銀，自然也是有個來源。這個來源，沒可能是她本人。除了侯爺夫人，需要讓郭嬤嬤去害靜和長公主的人裡面，誰有這樣的家底？」

高辰複冷聲道：「除了淳于氏，倒也還有忠勇伯府一家。」

「再說郭嬤嬤。」鄔八月轉身看著郭嬤嬤。「郭嬤嬤，妳或許是想著要棄車保帥吧，但我要提醒妳，靜和長公主不是普通人，她是先帝的女兒，是當今聖上的姊姊，她是公主之身，是皇家之女！妳對皇家之女動手，害她亡故，妳有多少條命可償？妳償不了，所以妳整個家族都要為妳的愚蠢陪葬！」

隨著鄔八月說的話，郭嬤嬤的臉色變得越發蒼白，最後一臉灰敗之色。

她的心裡已經崩潰了。

高辰複端起茶，用茶碗蓋輕輕磕了磕茶盞。「妳說實話，我保妳一個孫子的命。妳再繼續將整件事攬到自己身上，不說此事最終結果到底如何，我自會報給聖上。妳全族，可能都要死於妳手。」

郭嬤嬤跌坐了下去，面如死灰地朝淳于氏磕了個頭。「夫人，老奴……對不起了！」她顫聲道：「是、是夫人想要做侯府女主人，所以、所以才……」

淳于氏臉上肌肉抽動，一時之間竟然失語。

鄔八月看向高安榮，道：「侯爺，你可聽見了？」

高安榮目光渙散，整個人都癱坐在了椅子上。

「妳還有什麼話說？」高辰複看向淳于氏。

淳于氏緩緩地坐了下來，行動卻如一個老嫗。

「我沒什麼話可說，但是，你不能殺我。」淳于氏聲音嘶啞，眼裡閃過一絲詭譎。「除非你不想知道，你同父同母的弟弟如今怎麼樣了。」

淳于氏話音一落，高辰複瞪大了眼睛。

郭嬤嬤長吐出一口氣。

「妳……妳這是什麼意思?!」高辰複不由自主地往前一步。

淳于氏看向高辰複，冷笑一聲說道：「字面上的意思。」

「妳什麼意思！」

高辰複幾乎想要衝向淳于氏，想要抓住她的衣領，想要劇烈晃動她的身體，甚至想要狠狠甩兩個巴掌給她。

可是他不能這麼做。

「……妳那話，意思是說，那個可憐的孩子其實、其實並沒有死？」高辰複愣神一般地看著淳于氏，心裡泛起絲微的希望。

「是，他沒死。」淳于氏微微揚了下巴，有些挑釁地看向高辰複。「你想不到吧？我本來是計劃好了的，弄死了他們母子，我就能順理成章地嫁進來。可是我在最後時刻改了主意，臨時通知了人，讓人抱了個死嬰，和那孩子交換了。」

淳于氏盯著高辰複，詭秘地笑道：「我要是死了，你就永遠不會知道那孩子的下落了。」

「別聽她的。」鄔八月見高辰複眼中有動搖，伸手抓住了高辰複的手臂，輕聲提醒他道：「她收買的人都在這兒了，如果她真的在這當中做了手腳，她們三人怎麼會不知道？她是騙你的。」

高辰複頓時心定，也覺得淳于氏這番話裡漏洞百出，他不打算相信。

但他正要說話時，淳于氏卻又開口道：「你沒有驗證過的事情，就不要抱有那麼大自信。」

淳于氏看向郭嬤嬤。「郭嬤嬤，妳說是嗎？」

郭嬤嬤忙點頭，道：「大爺，夫人說的是真的，您弟弟真的還活著，真的還活著！」

高辰複看向那跪著的三人，寒聲問道：「妳們說呢？」

那三人面面相覷了一番，最先說話的人慘白著臉回道：「回高將軍的話，我們、我們並不知道這件事……」

「當時，妳們的目光應該都專注於靜和長公主身上了吧？」淳于氏微微一笑，道：「我讓郭嬤嬤收買了的人，總共有四位。這個，妳們應該有印象吧。」

見那三人臉上露出「的確如此」的恍然表情。淳于氏笑了聲道：「妳們三個不知道那件事，第四個人可是知道的，因為我打算放過那孩子的命令，就是下給了她。所以妳們會驚訝靜和長公主竟然會拚全力把孩子給生了出來，妳們怕不能完成任務，心思都落在了靜和長公主身上，聽到有人說孩子夭折，妳們當然不會再把注意力轉移開去。」

淳于氏哈哈一聲笑道：「我就說，那孩子總還會有些用處，沒想到真讓我未雨綢繆說準了！他今日可會成為我的救命符。」

淳于氏收斂了笑意，看向高辰複道：「怎麼樣，你想不想知道你弟弟現在過得怎麼樣，是個什麼樣的青年，可有成親、可有生子？你想知道嗎？」她低笑幾聲。「你要是想知道，可就真的不能要我的性命了。一旦我死了，再沒人知道他究竟在哪兒。」

高辰複眼中的光有些細碎，鄔八月拉住高辰複的手臂，對淳于氏冷笑道：「就算妳說的是真的，既然有這麼一條線，就不怕找不出他來。」

「妳找不出來的。」淳于氏莞爾，像是看小孩子戲耍一般看著鄔八月。「如果他這麼容易就被人找出來了，豈不是枉費我這麼多年的苦心布置？」淳于氏哈哈大笑道：「之前我以為，我放過那孩子是起了惻隱之心，是突然心生善良。可後來我才發現，那是我的危機之心在提醒我，做事總要留後手，不然你們都找到了這三個人，那第四個人，你們怎麼會找不出來呢？」

「妳……滅了口？」鄔八月暗暗咬牙。

「不，還沒等我動手，她就遇到了劫匪，自己死了。」

淳于氏一笑，道：「從此之後，除了我，再沒有人知道那孩子的下落。」

「妳撒謊。」鄔八月還是想從淳于氏的話中找出漏洞。「一件事情只要跟別人牽連，就絕對不會那麼輕易斷了線索。照妳所說，妳的命令可能是直接傳達給她的，要她送孩子到別的地方去，也可能只有她和妳知道那地方在哪裡。可是那人走過的路總會有跡可循，某個地方突然在一夜之間多出一個孩子，也總有線索可查。」

鄔八月冷聲說道：「妳要以這件事來做為威脅我們的籌碼，未免太妄自尊大了。」

她看向高辰複，道：「按照時間來算，就算她說的是事實，那孩子若是能平安長大，如今也有二十歲年紀了。二十歲，已經是一個能獨當一面的青年男子。我們只要查到那第四人是誰，再循著她當年的蹤跡找到那孩子，應該並不困難，並不一定要從她的身上找到答案。」

淳于氏面上的表情始終沒變。「沒想到大奶奶竟然這麼有自信哪……往常大奶奶一言不發的，我倒是小看了妳。」

「我也不需要妳的高看。」鄔八月冷哼一聲，看向高辰複。

她現在只關心高辰複打算如何面對這件事情。

「你怎麼想？」鄔八月問道。

高辰複深吸一口氣，心裡天人交戰著。

他閉了眼睛，半晌後方才睜開眼說道：「淳于氏，我不打算聽妳的擺布。」

淳于氏笑著的臉頓時一僵。

高辰複冷眼看著她。他的個子高，在淳于氏面前，頗有一種居高臨下的感覺。

高辰複說道：「我如果聽妳的擺布，那就必須要保證妳的性命到妳願意透露我弟弟在哪兒的那一天。如果我一直找不到我弟弟，可能會等到妳老死，妳才肯說出我弟弟的下落。我豈會這麼傻，由妳牽著鼻子走？」他冷哼道：「要讓妳開口其實也不難，妳養尊處優那麼多年，也該嚐嚐受刑的滋味。妳覺得，妳能熬得過幾種刑具？」

淳于氏頓時臉色煞白。「你、你敢這麼對我？」

「妳對我母親做出這樣的事情，我還有什麼不敢？」高辰複只覺得淳于氏這話問得好笑。他揚聲吩咐道：「來人，將她帶下去！」

高壯的侍衛將淳于氏給架走了，郭嬤嬤也被人從地上拖走了。

郭嬤嬤一直嚷嚷著，讓高辰複再多考慮考慮，高辰複充耳不聞。

高座上的高安榮一直像是個木頭人似的，呆愣愣的，好像失去了靈魂。

「痛苦嗎？」高辰複輕輕轉身，看向高安榮，輕聲問道。

高安榮毫無反應。

經過今日，他對高安榮已經徹底失望。

鄔八月為難地看向高辰複。「淳于氏說的，要不要去查？」

「當然要查。」高辰複輕輕點頭，閉上眼睛捏了捏眼角。大清早的，整個人卻看上去十分疲憊。

「如果……如果弟弟他真的還活著……」高辰複的手不由自主地放到了心口的位置。「這對我來說，可謂是……可謂是不幸中的萬幸。」

鄔八月有些不能理解淳于氏。

她想不明白，淳于氏為什麼會突然大發慈悲，留那孩子一命。

鄔八月輕輕拉住他的手說道：「我們會用心查。」

高辰複重重地點頭。

「那這三個人……」鄔八月看向跪著的三人。「怎麼處置？」

「一樣，拖下去，亂棍打死。」

高辰複有些冷酷地下了命令。趙前領命，讓人將她們帶了下去。

「走吧。」高辰複對鄔八月道：「今日年三十，我們在一水居過。」

鄔八月朝高安榮看了一眼，心裡一嘆。

自作自受，又能怪得了誰呢？

點了點頭，她跟著高辰複正要離開茂和堂。迎面院子中庭裡，高辰書卻在下人的攙扶下，緩緩朝他們走來。

高辰複停下步子，一時之間，竟有些不知道該怎麼面對這個弟弟。

他並不討厭高辰書，甚至對高辰書，是喜歡的。

辰書他……想必已經知道方才茂和堂發生的事情了吧？

高辰書跨過門檻，面色平靜。

他望著高辰複，輕輕頷首道：「方才發生的事，我已經知道了。」
「辰書……」
「大哥。」高辰書平靜地看著高辰複，又喚了一聲。「大哥。」
高辰複有些受寵若驚。
發生意外之後，高辰書整個人就變得冷冷的，和高辰複相處氣氛也十分僵冷。
他能這般主動地喚他大哥，高辰複心裡無疑是高興的。
「……你還肯喚我一聲大哥。」高辰複低聲道。
高辰書微微一笑。「同父血緣，總斷不了。」
說完，他看向高座上一臉灰敗的高安榮。
「父親。」高辰書輕聲道：「兒子是來和父親辭行的。」
高安榮仍舊毫無反應。
高辰書看了他一眼，又看向高辰複。「大哥，我要去寺廟中修行了。」
「辰書，你……」
「從知道母親是什麼樣的人開始，我就有了這樣的想法。」高辰書淡淡地說道：「大哥，原諒我，沒有勇氣揭穿母親的真面目，可我又沒辦法違背良心，當作對一切都不知道。我釋懷不了，只能遁入空門。」
他輕輕一笑。「用餘生，誦經唸佛，替母贖罪。」

第八十七章

高辰複和鄔八月回了一水居。

鄔八月伺候著高辰複脫下外氅，頓了頓嘆道：「二爺也是個可憐之人……」

高辰複沒有出聲。

他對高辰書並沒有什麼怨恨，知道高辰書為什麼會摔下馬來的真相之後，高辰複更加無法釋懷。

他的內心深處，對高辰書總有一分愧疚。

單氏抱著瑤瑤走上前來，頓了頓說道：「茂和堂裡發生的事情，我方才聽暮靄說了。」

高辰複看向單氏，對她輕輕點頭，道：「單姨放心，不管蘭陵侯府裡面發生了什麼事，都不會影響到您。有我在一天，一定保證讓您輕鬆過一天。」

單氏微微點了點頭，半晌後一嘆，道：「高將軍，你父親想必會遭受到很大的打擊吧？」

高辰複張了張口，想起茂和堂中的高安榮，還有他蕭瑟的表情。

不知道為什麼，他卻沒有太多的感觸。

也有可能，高安榮這些年來的漠視，已經讓他幾乎麻木了。而在真相來臨時，高安榮應對這件事情的態度，成了壓在他心上的最後一根稻草。

高辰複對他的父子之情，已經耗盡。

「嗯。」高辰複輕輕頷首，道：「看他的樣子，的確是遭受到了很大的打擊。」
「那……」單氏遲疑地吐出一個字，看了看高辰複的表情，便又將話給嚥了下去。
反倒是高辰複笑道：「單姨想要說什麼，只管說便是。」
單氏用眼神示意鄔八月，鄔八月攤了攤手，也道：「單姨想問什麼？」
「聽說，二爺也同你父親磕了頭，說要去寺廟修行了。」單氏頓了頓，道：「那現在，你父親豈不是一個人留在茂和堂？也沒人上前去安慰他？」
高辰複輕輕點頭，道：「的確是這樣。」他看向單氏，聲音有些漠然。「那又如何？」
單氏低不可聞地嘆了一聲。
到底是自作孽，不可活。侯爺他會落到今日這樣的田地，也的確怪不得別人。若不是他從一開始就做錯了，又怎麼會有這麼多的後來……乃至現在，他的長子已不把他當一回事。
單氏輕聲道：「今日年三十，我給你們包點餃子。」
「好，多謝單姨。」
鄔八月輕輕點頭，從她手裡接過了欣瑤，目送了單氏離開。
高辰複揉了揉額角，輕聲問鄔八月道：「單姨這般關心他，是不是對他仍舊還有感情？」
鄔八月輕輕搖了搖頭。
「單姨會出口相問，只是因為她心地善良罷了。單姨若是放不下他，在回到蘭陵侯府之後，她的情緒一定會有起伏。你沒回來之前，我與單姨朝夕相處，我看得出來，單姨並沒有什麼改變。她對侯爺是早已心如止水了。」

高辰複點點頭道：「那就好。」

鄔八月頓了頓，問他。「淳于氏那邊……你真打算對她用刑？」

「嗯。」高辰複道：「除此之外，沒有別的辦法了。」

「如果她不配合，咬緊了牙關，不管怎麼樣就是不說，跟我們耗著呢？」鄔八月憂慮道：「皇上不是說了，必須要在新年之前解決這件事，我們還有六個時辰多一點的時間。」

「足夠了。」高辰複道：「淳于氏到底還是忠勇伯府出來的人，她不會不顧及忠勇伯府。我定一個最後期限，讓她告知弟弟的下落，還可饒過忠勇伯府。她要是不說，便送她上黃泉路，我也會盡我所能讓忠勇伯府也一夕敗落。」

鄔八月抿唇道：「那，她要是真不說呢？」

「真不說……便不說吧。」高辰複輕嘆一聲。「知道他還活著，我便心滿意足了，也不用去強求一定要找回他來。」

「爺……」

鄔八月輕輕撫上他的手，高辰複握住了她的雙手，輕聲道：「淳于氏能給他安排一個什麼樣的環境？她那麼惡毒的人，沒有殺了弟弟，也不會讓弟弟快快樂樂地成長。我就怕即便找回了他來，他不健全，或者是一個市井無賴……我寧願懷著美好的希冀，希望他好好活著，過著平凡人的生活。」

鄔八月很能理解高辰複的感受。

「放輕鬆，別把事情都擱在心裡。」鄔八月輕輕靠在了高辰複的肩膀。「還有我在。」

高辰複點點頭。

「對了。」高辰複道：「等新年過了，我就送單姨去漠北。」

鄔八月頓時抬起頭。「這麼快？」

「我之前問過彤——問過初雪，要不要我將單姨送來漠北？初雪想了一宿後回來說，還是不要了。她說單姨是個懷舊的人，年紀大了，又何必為了她到那般的風霜之地。初雪託我好好照顧單姨，替她給單姨養老送終。我是答應了的。」

高辰複道：「只是，單姨找到我，仍舊希望我送她去漠北，讓她和初雪團圓。」

鄔八月點點頭，道：「單姨自然是想和單姊姊在一起的。」她看向高辰複。「可是，這樣一來豈不是違背了單姊姊的初衷？」

「初雪要是見到單姨，也定然會很高興的。」

高辰複莞爾道：「初雪顧及這、顧及那，可都抵不過單姨一句話。單姨同我說——」他頓了頓，輕聲道：「她說，有初雪的地方，才是她的家。」

鄔八月鼻子微微有些酸。「若不是我……」

「好了。」高辰複輕輕揉了揉鄔八月額前的碎髮，輕斥道：「那件事和妳又有什麼關係，只能怪妳們倒楣，竟然被北秦人給抓了去。」

鄔八月伸手抓著高辰複的前襟問道：「那個什麼薩蒙齊，對單姊姊好嗎？」

「挺好的。」高辰複道：「薩蒙齊雖然是出身北秦，也的確十分粗獷，但對初雪倒是沒得說。北秦人男女之間的關係比較混亂，但薩蒙齊這幾年卻只有初雪一個人。」

「也不知道是單姊姊的幸還是不幸……」鄔八月輕嘆一聲，又問道：「你覺得單姊姊幸福嗎？」

高辰複一頓。

鄔八月搖了搖他，又重複問了一遍。

高辰複低嘆道：「我不知道，我只能說，她和薩蒙齊在一起時，總是興致高漲，十分開心，但她一個人的時候，整個人卻顯得異常低落。我沒有主動問過她這個問題，她也沒主動提起過。」

高辰複輕聲道：「或許她也不想徒增煩惱吧。所以單姨到我跟前說，希望我能夠送她去漠北的時候，我一口就答應了下來。我也不希望初雪會越來越寂寞。」

鄔八月輕輕頷首，低聲道：「我好想和單姊姊再見見面，我還沒有報答她那時候對我的維護之恩……」

高辰複道：「總有機會的。」

一個時辰後，朝霞前來稟報高辰複和鄔八月，說淳于氏挨不住受刑，終究還是說了。

高辰複頓時站了起來。

「她怎麼說的？」高辰複問道。

朝霞便將淳于氏所說的一五一十地告訴了高辰複。

「她說人送過去不過兩日，那孩子就又被送走了，原本送的那戶人家也連夜搬走了，聽說是發了大財。趙前派人前去查了，是與不是，應該很快就會有結果。」

高辰複面色凝重，微微攥了拳。「她把我弟弟送給倒夜香的人家？」

朝霞低了頭，輕聲道：「是。」

高辰複的臉孔有一瞬間的扭曲，但同時，他看上去有些緊張。

孩子又被賣了……他會被賣去哪兒？

鄔八月伸了手去和他的手交握。

「淳于氏怎麼樣了？交代完之後，她還說了些什麼？」

朝霞道：「她說，這變故是她沒料到的，她也花了半年的時間讓人去找，不過始終沒有找到那對夫婦的下落。」

「怎麼會一夜之間就跑了呢？」鄔八月沈吟道。

朝霞搖了搖頭，表示她也想不明白。

「別瞎猜了。」高辰複低聲道：「到了現在這個時候，也只能等趙前的人來稟報了。」

很快便有了消息。

「情況屬實，的確有一對來燕京討生活的夫婦曾經住在那地方，他們也的確是倒夜香的，沒有子女。突然有一天晚上，他們家中傳出了嬰孩啼哭聲。不過一日之後，嬰孩兒的啼哭聲卻沒有了。」趙前低聲回稟道：「據那兒住了二十多年的街坊說，那倒夜香的曾經在搬走的當日和街坊們吹噓過，說他們很快就會發財了，所以才有他們一夜暴富後離開的傳聞。」

鄔八月皺眉道：「不對啊……淳于氏找他們養孩子，可能是偶然，那時候他們應該就已經收到了一筆錢。如果他們不是帶著孩子走的，那他們為什麼還要將孩子再賣出去？」

「那說明，他們賣孩子所得的利益，很高。」高辰複沈了眼，冷聲分析道。

鄔八月驚呼一聲。「那他們會將孩子賣給誰？」

屋內一片寂靜。

片刻後，鄔八月輕聲道：「他們抱養孩子不過兩天，能順利將孩子再賣出去，利潤又高，且買主恰好需要這個孩子……那只能是，需要一個剛出生的男嬰的人，拿得出錢的……多半是富貴人家。難道是……偷龍換鳳？」

高辰複的眼神頓時變得幽深。

「查。」他冷然吩咐道。

不管高辰複和鄔八月要怎麼查下去，淳于氏已說出了她能說的所有的事情，她已是活不了了。

新年之前，她必須殞命。

留著她，說不定會牽扯出姜太后的事情來。

淳于氏當初對靜和長公主下手能進展得這般順利，她不會沒有一點懷疑。

宣德帝不會允許這件事情繼續發展下去。

「讓趙前給淳于氏一杯毒酒，送她上路吧。」高辰複這般說道。

朝霞頓了頓，看了眼鄔八月。

鄔八月低著頭，也不知道自己該說什麼。

朝霞只能應了一聲，匆匆出去傳達高辰複的命令了。

「爺。」鄔八月輕輕拉了拉高辰複的衣袖，說道：「我還有個疑問。」

「什麼疑問？」高辰複看向鄔八月。

鄔八月說道：「你覺得，淳于氏做的這些事情，真的只憑了她一個人的本事嗎？」鄔八月搖了搖頭。「我覺得忠勇伯府說不定也參與了其中。」

高辰複頷首道：「我知道。」

「你知道？」鄔八月瞪大眼睛。「可是……沒有見你查下去……」

高辰複沈悶地應了一聲。

看他的樣子，擺明了這件事情另有隱情。

鄔八月低聲問道：「爺，可是有什麼，不能告訴我的？」

「也不是不能告訴妳。」高辰複搖了搖頭，道：「母親的真正死因，恐怕會永遠塵封起來了。一是因為避諱著姜太后，就怕淳于氏害母親的事情爆出來，會引起更多的議論。二，也是為了給忠勇伯府留個顏面。」

「為什麼要給忠勇伯府留顏面？」鄔八月皺緊了眉頭。

「我們可以私底下解決了淳于氏，卻不能對外公布她是死於非命，只能用突然病逝這樣的理由，這是因為……皇上要保護忠勇伯府的名聲，要給淳于肅民鋪路。」

「淳于肅民？」鄔八月更是吃驚。「皇上為什麼……」

「淳于肅民很有膽識，皇上很看好他。之所以沒有讓他位列三甲，是因為欣賞他的才能，想要先把他外派為官，而不是像前三甲一樣，丟到翰林院去和那些酸老頭子過一段日子。」

二甲傳臚，功名沒有狀元、榜眼和探花那般顯眼，的確可以低調而不引人注目地成長為帝王的左膀右臂。

宣德帝有識人之才，能看上淳于肅民也不讓人意外。

鄔八月只能輕嘆了一聲。

高辰複對她笑笑，說道：「沒關係，皇上總會考慮事情的利弊。一個對大夏將來有用的可塑之材，自然比塵封二十年的往事要來得重要。皇上懂得取捨，我也不會糾結。」

鄔八月抿抿唇。

高辰複嘴上說著不在乎，但心裡還是在乎的吧？不然他為什麼會攥緊拳頭呢？

鄔八月伸手握住他的手，無聲地給予他力量。

就這般靜靜地待了一會兒後，朝霞再次匆匆跑來稟報道：「大爺，淳于氏說她會自己喝毒酒，但還想要再見二爺和三姑娘一面。」

高彤蕾被拘在軒王的莊園上，恐怕終其一生只能等著老死了，府裡只剩下高辰書和高彤薇，淳于氏心裡還是放不下自己這兩個孩子吧？

高辰複靜默了良久後，方才道：「二爺和三姑娘那邊就不用通知了，我去見見她。」

鄔八月立刻也道：「我跟你一起去。」

高辰複一笑。「妳這是不放心我？」

「這是夫唱婦隨。」鄔八月輕輕莞爾，沒有遺漏掉高辰複眼角眉梢的那一絲疲憊。

淳于氏受過刑，因為怕到時候她死時，遺容不佳，特意使用從外觀上看不出來的刑罰。

高辰複輕輕跨進廂房的門，見到頹喪地癱坐在地的淳于氏。

只是很可惜的，他卻沒有一點報復之後的舒心愉悅之感。

「怎麼是你……」淳于氏有氣無力地指著高辰複說道。

趙前端了凳子來，高辰複攙鄔八月一同坐下。

「為什麼不能是我？」高辰複看著淳于氏。「妳想要說什麼，與我說便是。」

淳于氏直直盯著高辰複。

半晌後，她輕笑一聲，愴然道：「我後悔了。當初我該聽郭嬤嬤的，把你也弄死。要是那時候我這樣做了，現在也就輪不到你在我面前耀武揚威了。」

鄔八月冷聲道：「妳如今是自食惡果。」

鄔八月的話讓淳于氏頓時哂笑。

高辰複看向鄔八月，道：「我有話單獨和她說，妳帶了人迴避一下。」

鄔八月一頓，見高辰複眼神堅決，只能乖乖地起身離開。

連趙前也退了出去，偌大的廂房中只剩下高辰複和淳于氏兩個人。

「妳就要死了。」高辰複看向一邊桌上放著的毒酒，淡淡地陳述道。

淳于氏輕笑一聲。「我知道，死在你手上。」

高辰複看向她。「我還是有一些疑問。我小的時候，妳為什麼會留我一條命？我長大了以後，卻又千方百計想要置我於死地？」

淳于氏哼笑一聲。「你想知道？那我偏不告訴你。」

「妳告訴我，我可以讓妳死之前做一個明白人，而不是連自己到底死在誰的手裡都不明不白。」

淳于氏眼中頓時劃過一絲驚疑。「你的意思是，我會走到今天這一步，還有別的原因？」

「當然。」高辰複道：「妳也不是笨人，仔細想想便會知道，我和彤絲查了這麼久的證據，之前一直都拿不出來，為什麼忽然就拿出來了？」他一笑。「因為有人幫我。」

淳于氏的眼神游移不定。

「你又何必執著地想知道我為什麼會放過你？」淳于氏的聲音微微有些啞。

高辰複道：「只是想解答自己心中的一個疑問而已。」他看向淳于氏。「說吧。」

淳于氏輕笑一聲，微微一嘆。「其實說到底，我也不過就是一個女人，是女人，就有一個女人普遍都有的缺點，心軟。」

她撥了撥頭髮，有氣無力地道：「你們那時候都那麼小，要害你們，就像是掐死一隻螞蟻一樣簡單。可是，靜和長公主剛出了事，一個孩子表面上已經隨母而去，剩下的兩個，短時間內還是不要出意外的好。只不過沒想到，後來你們頗受趙家的照拂，當時的賢妃娘娘、如今的趙賢太妃常常接了你們進宮去照顧，我想下手，也很難了。」

淳于氏舒了口氣，繼續說道：「我本想過，寵著你們、溺愛著你們，你們總會有自己找死的那一天，又或許，愚昧無知地把我這個殺母仇人當成疼愛你們的養母來尊敬……但事與願違，你們卻並不是那麼好拉攏的。這當中，趙賢太妃教了你們不少道理吧？」她一笑，搖了搖頭。「所以，等你越來越大，也越來越優秀，我就越來越有危機之感。再等你成長下去，恐怕……書兒就徹底沒有戰勝你的機會。說來也真是湊巧，恰好在這個時候，彤絲闖禍了。她捅了天大的樓子，你也遠走漠北。我無數次祈禱讓你不要再回來，最好是死在北蠻人的手裡——可是，你還真是命大，竟然回來了。」

淳于氏望著高辰複。「你為什麼要回來呢？」

高辰複低著頭，平靜如水地回道：「大概是冥冥之中自有定數吧。」

淳于氏冷笑一聲，道：「你也算是言出必諾之人。現在，該你回答我的問題了。」她問道：「誰在幫你？我落到今天這樣的地步，又有誰在推波助瀾？」

高辰複看了看淳于氏，半晌後卻是沒有回答她的問話，緩緩站起了身。

他輕聲說道：「我讓人帶妳下去之後，辰書來了。他拜別了侯爺，說要去寺廟修行，誦經唸佛替母贖罪，如今他大概已經不在府裡了。而彤薇那個樣子，讓她來想必也毫無意義，畢竟，沒必要讓她知道自己的生母是怎樣一個惡毒之人。妳死前留給女兒一個好的回憶，也算是妳的福報了。」

高辰複說完話，轉身抬腳就要走，淳于氏立刻嘶聲道：「你還沒回答我的問題！」

她的手腳被捆縛住，只能在一定範圍內活動。

高辰複頓住腳步，緩緩轉身，看向淳于氏，面色波瀾不驚。

「想要知道答案的心情是不是很迫切？被人無視的滋味是不是不好受？叫天天不應、叫地地不靈的感覺是不是十分糟糕？」高辰複道：「這些都是在二十年前，我母親曾經遭受過的痛苦，連被謀殺的冤屈都不能為人所知，如今，妳也要經歷她那樣的心路歷程了。」

淳于氏目眥欲裂。「你騙我！」

「妳害我多次，我騙妳一次，算起來，還是妳賺了。」高辰複往前一步，居高臨下地看著淳于氏。「我內心的柔軟和良善，從來不會給我的敵人，尤其是妳這個從來沒將我當作真正孩子一樣看待過、愛護過的人。妳說，妳在黃泉路上，會不會碰到正等著妳的，我的母親？」

「高辰複！」

吼叫的聲音被拋在了他的腦後。

一杯毒酒下肚，終是萬事皆休。

新年伊始，蘭陵侯府卻辦起了喪事。

當家主母侯爺夫人突感風寒，在新年頭一天沒熬過去，驟然病逝。

蘭陵侯府一年內兩次掛起了白燈籠，侯府門前，兩個大白燈籠上寫著的「奠」字十分引人注目。

百姓們都在說，蘭陵侯府這一年可真是喜憂參半。

喜事有二，一是侯府二姑娘嫁進軒王府為軒王側妃；二是侯府大奶奶一生生了一對龍鳳胎，女兒還因討了帝后喜歡，而被封為還珠郡主，簡直是無上榮耀。

憂事也有二，一是前段時間平樂翁主遭奸人所害，死於非命；二便是如今，侯爺夫人驟然病逝之事。

不過總體說來，蘭陵侯府的運道還真是不好。

與蘭陵侯府有相同遭遇的鄔家也是如此。這兩家親戚，也算是同病相憐了。

百姓們私底下都這樣說，鄔八月聽到了總會沈默。

淳于氏的喪事，高辰複和她自然是不會去操持的。

高安榮自從得知淳于氏的真面目之後，連話都還沒有與淳于氏說，便得知了淳于氏逝世的消息。他尋到高辰複，質問他，是否是他殺了淳于氏。

高辰複坦然說是。

高安榮當即渾身發抖，顫巍巍抬起手指著高辰複說：「你、你為什麼不與我言語一聲……」

「侯爺像是塊木頭樁子似的，還要如何同你言語？」高辰複冷聲問他道：「知道了淳于氏的真面目，侯爺你難道還打算要放她一馬？」

高安榮眼角微抖。

其實他心裡也並不知道要如何面對淳于氏。

說起來，他雖是世家子弟，豪門出身，也曾帶過兵，能被人稱一聲「將軍」，可他並不是什麼勇猛之將，有時候也懼怕面對死亡。

要他殺淳于氏，說不定也沒辦法下這樣的命令。

高辰複幫他作了決定，他是應該鬆一口氣的。

可是他不甘心。

兒子不知會他一聲就將人給處置了，在這個家中，他哪還有一點家主的地位？

「你、你你……」高安榮怒視著高辰複，半晌後，頹然地放下手。「你總要想清楚，殺了她後，接下來要怎麼辦……」

「還能怎麼辦？明面上做一場喪事，找個她突然去世的理由，這件事就算是過去了。」高辰複冷聲道：「難道你願意將母親是因何而死的真相廣布天下，讓天下人皆知，是因為你引狼入室才害得髮妻含恨而終？」

高安榮渾身一抖。

兒子這個說法，他根本沒辦法辯駁。

他不會意識到，自己就是這般害怕承擔責任的懦弱之人。

「喪事你自己看著辦吧，表面上還是要堵住那麼多人的嘴的。」高辰複淡淡地說了一句，頓了頓後道：「新年過後，我會帶著妻兒搬回長公主府住。」

高安榮愕然地看向高辰複。

「你、你敢……」

「這一次如果你再攔著，皇上也不會站在你那邊的。」高辰複輕聲道：「你以為，皇上會什麼都不知道嗎？」

「你這話是……是什麼意思?!」高安榮略有些驚恐。

望著他這般沒有擔當的模樣，高辰複心裡最後一點不捨也全然沒有了。

「字面上的意思。」高辰複道：「你如果還想安度晚年，就規規矩矩地待著吧。」他微微閉了眼睛。「淳于氏死了，辰書去寺中修行了，我也要走了。偌大的蘭陵侯府就只剩下你一個人，你好自為之。朝霞，送客。」

朝霞應了一聲，行到高安榮身邊蹲身福禮道：「侯爺，請。」

高安榮顫巍巍地站了起來，朝霞伸手去扶，他撥開朝霞的手，面如死灰。

此後，淳于氏的身後事便由侯府的管家料理。

忠勇伯府正沈浸在淳于肅民勇奪二甲傳臚，新年之後即將被派往外地歷練的喜悅之中，對於淳于氏突如其來的噩耗只是愣了一下，並沒有生出任何追究的意思。

淳于氏的喪事便這般平平淡淡地辦了。

軒王妃為表現自己的仁愛之心，得到消息後雖然錯愕，卻還是記得同軒王說了一聲，特意請軒王將被關在莊子裡的高彤蕾接了出來，送她去參加母親的葬儀。

高彤薇就只是哭，跪在靈堂前，從嚎啕大哭到嚶嚶哭泣。

而高辰書卻表現得十分平靜。

在淳于氏死的當天，他就去了寺廟剃度。師父說他塵緣未了，讓他暫時不要作這樣的決定，但高辰書堅持，到底仍是被剃了度。

師父同他說，如果哪一天後悔了，可以還俗。

高辰書說，不會有那一天。

得到淳于氏去世的消息，高辰書回了一趟蘭陵侯府，給淳于氏唸經超渡。

面對高辰複時，他輕聲說：「多謝施主，保貧僧塵世母親之名聲。」

望著光頭的高辰書，高辰複幾乎說不出話來。

見到這般模樣的高辰書，高安榮也是心痛難當。

一直未曾哭的高安榮，也在淳于氏的葬禮上哭了。

別人都以為他是哭自己的繼妻，更沒有人懷疑淳于氏是死有蹊蹺。

忠勇伯府的人更加不會。

喪事辦完之後，新年也已經到了尾巴，高辰複開始讓一水居中的人整理行裝。

高安榮想攔也不敢攔。

自從淳于氏死了之後，他看上去就明顯地衰老了起來，對此感受最深的便是他的枕邊人。

莫姨娘和高姨娘都是早年陪伴在高安榮身邊的老人，如今也是色衰愛弛，高安榮每個月只象徵性地去她們的院子裡坐坐，根本不在她們院裡過夜，最寵愛的是年輕的喬氏和果姨娘。

加上喬氏又生了個男孩，還對高安榮把果兒收房的事一點都不吃味，高安榮自然更加喜歡喬氏，每個月的時間多半都分給了她們兩人。

淳于氏一死，喬姨娘心頭大定。

可看著高安榮明顯變老，喬姨娘心裡也不是滋味。

「侯爺這般念著夫人，夫人在天有靈知道了，也會高興的。」喬姨娘這話說得挺酸的，高安榮聽不出來，還以為喬姨娘這話是說真的。

他頓時不悅了。

可偏偏淳于氏是個什麼樣的人，他又不能和任何人說，否則得知真相的人但凡有點腦子，都能猜得出來淳于氏到底是為何而死了。

所以高安榮也只能悶不吭聲，臉色卻越來越陰沈。

府裡的姨娘們和高安榮待在一起多半都會提此事，高安榮周身的陰沈氣息便也越來越重。

大年十四，高辰複定在了這一天搬家。

他想著今日將事情安排妥當，明日元宵還能帶鄔八月出去遊玩。

走前，高安榮沒來送。

喬姨娘禮數周全，和另外三位姨娘商量了，都來送高辰複。

她們也是有想法的。

除了喬姨娘，其他三位姨娘現在都沒有子嗣。侯爺眼瞧著在侯爺夫人死後就變得十分憔悴，一日比一日衰老，說不定哪天也撒手去了。

高二爺跳出紅塵，剃度出家，喬姨娘的兒子如今話都還不會說，那她們這些姨娘，也就只能靠著高辰複這個侯府長子了。

現在在高辰複面前說話最有底氣的自然是喬姨娘。

她對高辰複和鄔八月十分友好，嘴皮子上下一翻，噼哩啪啦說出來一串全是讚美之詞。

見到她，高辰複方才想起宣德帝告訴他的，蘭陵侯爺早已被淳于氏下了絕子湯的事情。

喬姨娘所生的兒子，乃是與府中下人私通所生。

淳于氏自然是知道這件事情的，但大概是他揭穿她真面目的時候太過突然，淳于氏壓根兒就沒想到喬姨娘身上。

如今淳于氏和郭嬷嬷都死了，這個真相，或許也能被永遠埋藏下去了。

當日宣德帝曾經同他說過，侯爺會得知他有個多麼蛇蠍心腸的繼室。

不過到目前為止，侯爺似乎仍舊不知此事。

不知道皇上是不是打算等到侯爺臨死的時候，再將這個事實告訴他呢？

高辰複心裡默默地想，自己猜想的多半是對的。

被淳于氏調包的弟弟還沒有找到，那麼，他離開蘭陵侯府之後，高安榮便只剩下喬姨娘所生的小兒子了，高安榮勢必會寵愛他上了天。

等到高安榮死前，要是得知自己辛辛苦苦培養的孩子竟然不是自己的兒子……

高辰複閉了閉眼睛。

「喬姨娘，妳和我談談吧。」高辰複說道。

正笑著的喬姨娘一愣，有些遲疑。

果姨娘快人快語，問道：「大爺為什麼只留喬姊姊說話？」

高辰複道：「果姨娘若有子嗣，我也會留果姨娘說話。」

果姨娘輕哼了一聲，不大甘心地賭氣走了，嘴裡還嘀咕。「我總會有孩子的。」

「大爺大奶奶專程留我，不知道……是有什麼話要交代？」

所有人都出去了，屋裡只剩高辰複夫婦二人和喬姨娘。

鄔八月看向高辰複。

這般架勢，夫君他是要和喬姨娘攤牌了。

但既然不是當面揭露喬姨娘與人私通生子的事情，那想必他是另有打算。

「喬姨娘。」高辰複垂著眼，輕聲說道：「妳生的那個孩子，不是侯爺的兒子吧？」

這一句問話，讓喬姨娘頓時心涼到底。

「大、大爺胡說什麼呢……」喬姨娘額上開始冒了冷汗，訕笑道：「大爺是從哪兒聽來，誰傳的這消息？這麼、這麼荒唐……」

高辰複看著她，目光波瀾不驚。

「我說的話是不是真的，喬姨娘心裡自然清楚。」

「當然不是……」

「喬姨娘，在我面前，妳就不要說假話了。」高辰複頓了頓，道：「淳于氏雖然死了，再無人能揭穿妳，但事實便是事實，不是妳否定就能瞞過去的。」

喬姨娘心亂如麻。這件事，夫人怎麼會知道？夫人既然知道，又為什麼不在她懷孕的時候就揭穿她？

喬姨娘想不明白。

大概是從她的眼中看出了疑惑和掙扎，高辰複告訴她道：「淳于氏並不知道妳和人通姦，她只是明確地知道，侯爺不可能再有子嗣。」

喬姨娘頓時一驚，嘴巴大張，半晌後方才反應過來，震驚地道：「難、難道說……」

從淳于氏生了高彤薇之後，她再沒有過身孕，府裡其他姨娘也都沒有身孕，說起來，也的確是侯爺的身體出了問題的可能更大。

侯爺沒有懷疑過她所生的孩子不是他的，而淳于氏卻知道。

唯一的可能就是——侯爺身體出問題，是淳于氏下的手。

「淳于氏生彤薇時傷了身體，以後都不能再生孩子了。她擔心其他姨娘生出兒子來威脅辰書的地位，所以給侯爺下了絕子湯。」高辰複淡淡地說道：「因此，妳的兒子，必定不會是侯爺的骨肉。」

喬姨娘後背上的汗都冒了出來，她腦子一轉，忽然「撲通」一聲朝著高辰複和鄔八月跪了下去。

「大爺大奶奶既然單獨留我講話，沒有將這件事情捅到侯爺面前去，那便是有心要放我與我兒一條生路……」喬姨娘毫不遲疑地朝地上磕了一個頭。「謝謝大爺大奶奶、謝謝大爺大奶奶！」

高辰複靜默不語。

半晌後，他出口道：「喬姨娘，妳進府也有好些年頭了，沒有功勞也有苦勞。侯爺年紀大了，這等事情他要是知道，對他的身體沒有好處。」

喬姨娘直直點頭，哽咽道：「不瞞大爺說，其實這個孩子，我原本沒打算留的……」她抹了抹淚，道：「之前是我糊塗，荒唐之下做下了錯事。我原本以為，府裡這些年再沒添孩子，夫人和莫姊姊、高姊姊是因為年紀大了，所以生不出來；而我也沒孩子，多半是我身子有問題，卻沒想到竟然……竟然懷上了。夫人假仁假義，我一向對她厭惡，想著這孩子不能留，倒不如倒打一耙，讓她吃個啞巴虧……沒想到落胎藥才喝下去，果兒就察覺出不對，愣是求到了大爺大奶奶跟前來……我也只能……」

喬姨娘啜泣道：「到底也是一條命，我也不是心狠之人。孩子保下來了，肚子越來越大，心裡終究生出不捨，最終也只得把他生了下來，想著我今後……也能有個依靠了。」

鄔八月心裡默默嘆息。

喬姨娘的想法雖然自私了些，但換成別的女人，多半也是這樣的選擇。

在這樣的時代，子嗣對女人來說何其重要？

在家從父，出嫁從夫，夫死從子。如果沒有兒子，蘭陵侯爺死後，喬姨娘的日子要怎麼過？

鄔八月看向高辰複。

喬姨娘也看向高辰複。「大爺單獨同我說話，定然對我有所要求。大爺只管提，我無不應的。」

高辰複幾不可聞地嘆息了一聲。

「我既單獨留妳說話，自然是沒有揭穿此事的打算。」

喬姨娘立刻又磕了一個頭。

高辰複頓了頓說道：「侯爺死前，這個秘密妳要守住。侯爺撒手西去之後，妳的兒子，我自有安排。」

喬姨娘抬頭看向高辰複，目光直愣愣的。

那是一個母親的眼神，鄔八月看得明白，她眼中滿滿的都是擔心。

「別想太多，我現在留了他的性命，將來也就沒有立場再將他的命收回去。」高辰複淡淡一笑，說道：「不過，他既然享受了身為侯府小爺的待遇，自然也要做身為侯府小爺該做的事。我搬走之後，蘭陵侯府可就指著他來擔著了。」
喬姨娘一愣。「大爺的意思是……」
高辰複點了點頭。「明面上，他仍舊是我的弟弟，侯爺死前，他身為侯爺的兒子，要孝順他、奉養他。侯爺死後，蘭陵侯府我會留給辰書，不管辰書到時候仍是僧侶還是已經還俗。至於妳的兒子，如果妳教養得好，我會給他一筆錢，讓他另立門戶，給妳養老。」
「大爺……」喬姨娘眼中流淚。「多謝大爺……」
「喬姨娘是個識時務的聰明之人，應當明白什麼事該做，什麼事不該做。」高辰複淡淡地道：「希望妳不要讓我失望。」

第八十八章

離開蘭陵侯府時，鄔八月忍不住朝侯府再望了一眼。

「還有什麼可看的。」高辰複坐在馬車中，抱著陽陽輕聲道：「以後大概也就只有侯府辦喪事的時候，我們才會回來吧。」

「爺的意思是，今後都不打算回蘭陵侯府了？」

「嗯。」高辰複點了點頭。

「可是……」

鄔八月想說，他既然走前還這般叮囑喬姨娘照顧高安榮，那麼他心底深處其實還是牽掛高安榮的，真能直到高安榮死了才回去侯府？

「別可是了。」高辰複對鄔八月微微一笑。「一切都已經過去了。」

算是已經過去了吧……

但高辰複的心情應該仍舊是沈重的。

靜和長公主的死，如果沒有姜太后的暗中相助，淳于氏哪有那麼容易得手？可真正的幕後罪魁，卻沒有辦法向她尋仇。

這對他而言，也是一種挫敗。

高辰複和鄔八月又回到了靜和長公主府。

單氏跟著他們一起回來。

安頓下來之後，單氏再次和高辰複提了要前往漠北的事。這件事，高辰複也是上了心的。

「單姨要走，我自然不會攔著。」高辰複道：「擇個好日子，我送單姨出京。」

「不用你刻意送。」單氏微微笑道：「我在漠北好歹也待過兩年，去漠北不至於人生地不熟。」頓了頓，她道：「有件事，我還想要徵求一下欣瑤母親的意見。」

鄔八月忙上前道：「單姨有什麼吩咐？」

「吩咐談不上。」單氏笑道：「就是想問問妳，月亮……我能不能把牠也帶去漠北？」

鄔八月張了張口。

單氏說道：「之前我一個人在長公主府住著，好一段時間都是和月亮待在一起的。牠個頭大，又是雪狼一族，看上去仍是一頭猛獸，留在燕京城裡，對牠也多半是一種束縛。漠北是牠的故鄉，天高地闊，牠應該更喜歡那樣的環境吧。」

鄔八月有些不捨，可是她不得不承認單氏說的很有道理，畢竟她之前也是這樣打算的。

鄔八月低嘆一聲，道：「好，就如單姨所說。」

「妳是不是捨不得？」單氏輕聲問道。

「自然會捨不得。」鄔八月坦白地道：「可不能因為捨不得，就限制牠今後的人生。月亮還可以活十幾、二十年甚至更長的時間，我也希望牠能夠活得自在些。」

單氏輕輕點頭。

單氏出發的時間定在元宵節之後，高辰複點派了幾人護送她前往漠北。
鄔八月不捨與月亮分離，元宵節那日，心情頗為不佳。
高辰複帶她去看元宵廟會，賞元宵花燈，鄔八月也不怎麼提得起興致來。
月上柳梢頭，人約黃昏後，元宵佳節向來是男女互訴衷腸、相約結伴同行的好日子。
人來人往中，高辰複牽緊了鄔八月的手，與她慢悠悠地漫步街頭。周武和朝霞跟在身後，不時輕笑耳語。
高辰複輕聲說：「妳悶悶不樂的，是因為捨不得月亮吧？」
鄔八月不語。
高辰複道：「既然捨不得，又何必勉強自己？把月亮留下便是。」
鄔八月便輕輕一笑。「都答應單姨了，又怎麼好反悔？」
她嘆了一聲。「我現在的確是有些捨不得，但將來總會漸漸淡忘的。可要是我改了主意將月亮留了下來，這對月亮來說不公平。」
「既然妳能想明白，又何須還對此事耿耿於懷？」高辰複輕輕摩挲著她的手背。「好好一個元宵節，都過得不喜慶了。」
鄔八月莞爾，回頭看了看離他們稍有些距離的周武等人，輕輕示意高辰複低下頭來。
她附耳對他說道：「要不要去看看彤絲？」
高辰複一笑，道：「不用刻意去與彤絲聯繫，這樣的日子，她說不定自己也會戴個面具出來玩的。」

話音剛落，高辰複便頓了下，直直望著前方不遠處。

鄔八月隨著他的目光望了過去。

廟街盡頭搭了個臺子，有幾名僧侶正在布施粥飯。其中容貌最為不俗的，當數高辰書。

「爺要不要近前些去看看？」鄔八月輕聲問道。

高辰複沈默了片刻，搖了搖頭，說：「還是算了。他現在乃是出家之人，不好常去打擾他。」

鄔八月輕嘆一聲，柔聲安慰高辰複道：「看二爺的樣子，如今他過得倒也自在舒心，爺別為他擔心了。」

高辰複笑笑，道：「我知道的。」

兩人便調轉了方向，不朝高辰書那邊去。

走了沒一會兒，卻聽見有人喚鄔八月的閨名。

「八月！」

高辰複和鄔八月轉過頭，只見另一邊街上走過來一對男女。男子乃是鄔八月的表兄賀修齊。

「表兄，你怎麼會在這兒？」鄔八月詫異地問了一句，視線移向了他身邊的女子身上。

女子臉上蒙著面紗，作婦人打扮。夜晚天黑，雖有兩邊花燈照耀，但仍舊看不清她是何模樣。

賀修齊笑道：「同你們一樣啊，夫婦結伴出來遊玩，賞元宵會。」

賀修齊看向高辰複，高辰複輕輕對他身邊的女子行了個禮，道：「小皇姨。」

賀修齊便挑眉，問道：「高將軍只同拙荊見禮，卻將我無視，怕是有些不妥當吧？」

鄔八月也對女子行了個禮。「見過陽秋長公主。」

隨後她拉了拉高辰複。「同表兄見禮。」又看向賀修齊笑道：「表兄好。」

高辰複忍俊不禁，對賀修齊點了點頭。「賀兄。」

「嘖，果真是嫁出去的女兒，潑出去的水。」賀修齊笑了笑，倒也不在稱呼上糾纏。「相請不如偶遇，既然碰到了，那不如一同轉轉？」

高辰複沒有意見，鄔八月便也頷首，笑道：「表兄看上去比我們要更熟悉這一片，有表兄引路，自然再好不過。」

賀修齊莞爾道：「妳就拐著彎說我時常混跡市井坊間吧。」

賀修齊和高辰複走在前，鄔八月便和陽秋長公主行在後。

「前邊好像有一個猜燈謎的臺子，邊上有個酒樓，我們不如去那兒坐著瞧瞧熱鬧。」賀修齊建議道。

高辰複和鄔八月都無異議，陽秋長公主更是夫唱婦隨。

男人步子邁得大，走得便更快些。

不一會兒的工夫，鄔八月和陽秋長公主便落在了後面。

她們也不急，路上也有各式各樣好玩的，慢慢走著去，正好也賞了路上的市井風情。

鄔八月和陽秋長公主不熟，陽秋長公主也甚少說話，她們兩人行在一處顯得很安靜。

半晌後，還是鄔八月先挑起話題，笑問道：「長公主應是頭一次賞民間的元宵會吧？逛一圈下來，感覺如何？」

陽秋長公主便微微一笑，聲音雖然還是挺沙啞的，但能從她的語氣中聽出對生活的滿足之意。

「挺好的。」她說：「聽說宮裡每年元宵也很熱鬧，總是能讓那些宮女們津津樂道好些天。不過我想，應該沒有民間這樣豐富多彩吧。」

鄔八月面上一頓，輕輕笑道：「民間更隨興些。」

她差點忘了，陽秋長公主在宮裡一向是避居在解憂齋的，幾乎是大門不出二門不邁，宮裡就算辦元宵會，她也不會去。

人多的地方，她不會主動鑽。

鄔八月抿了抿唇，笑道：「這般看過去，這條街上倒是有很多好吃的。」

陽秋看向她，鄔八月對她偏頭笑道：「我是個嘴饞的，也向來不理會那些說民間吃食粗賤的話，看到這些琳琅滿目的小吃，我倒是有些流口水了。長公主勿怪。」

陽秋訝異地抬了抬眉，面紗上方的眼睛彎了起來。

「不會。」她頓了頓，說：「私下裡，妳就喚我表嫂吧。」

鄔八月一愣，陽秋有些不好意思地道：「要是認真論輩分，妳少不得要同高將軍一樣叫我一聲皇姨……我其實比你們都要小……」

鄔八月莞爾，點點頭道：「只要表嫂不嫌棄。」

「當然不嫌棄。」陽秋搖搖頭，遲疑了下，還是伸手輕輕挽住鄔八月的手臂，低聲說：「我也沒吃過民間的東西，妳要是嘴饞……也帶我去嚐嚐民間小吃的味道。」

鄔八月自然願意，兩人便這般甩掉了各自的丈夫，開始逛起了廟街。連猜燈謎的臺子她們也不去了，專挑有吃食的地方去。

碰上有雜耍的便停下來看看，過了癮便丟上幾個小錢。

一路逛下去，兩人之間的陌生也少了很多。

陽秋長公主看上去十分放鬆，甚至在沒有意識到的情況下說道：「早就聽說妳是個很好相處的人，果然妳脾氣溫和，人又很有耐心，一點都不難相處。」

鄔八月一頓，輕聲問道：「誰和表嫂說的啊？表兄嗎？」

「不是，是彤絲。她——」

高彤絲的名字剛說出來，陽秋長公主就意識到自己說錯話了。

她忙閉上嘴，尷尬地沈默了片刻，轉移話題道：「誒，前面好像有人在套圈兒呢！我們去瞧瞧？」

鄔八月心領神會，也沒有再追問陽秋長公主有關高彤絲的事。

但她心裡默默地想，陽秋長公主是不知道高彤絲還活著的。提到高彤絲，她會不會傷心呢？果然，此後陽秋長公主心裡似乎就裝了事，看上去十分低落。

兩人再逛了會兒，鄔八月提議去與高辰複、賀修齊會合，陽秋長公主便點了點頭。

賀修齊所說的猜燈謎的臺子並不算小，周圍圍了許多布衣釵裙的老百姓。

鄔八月和陽秋長公主行上酒樓三層，賀修齊和高辰複正坐在窗口品茗笑談。見到她們回來了，賀修齊揚眉笑道：「還以為妳們走丟了呢。」

鄔八月一笑。「我和表嫂去逛了逛周邊的民間小吃，有些流連忘返了。」

陽秋長公主抿抿唇，朝賀修齊遞上一個牛皮紙袋，輕聲說：「你喜歡吃核桃酥，給你帶了些。」

賀修齊頓時眉眼都彎了起來，讓開自己身邊的位子示意陽秋長公主坐下來。

鄔八月也坐到了高辰複身邊。

賀修齊攤開牛皮紙袋，拿出裡面還冒著熱氣的核桃酥來，笑道：「是現做的。」

陽秋點點頭。「我嚐過了，很好吃。你嚐嚐？」

賀修齊毫不猶豫地就塞了一塊進嘴裡，嚼了兩下滿意點頭。「好吃。」

鄔八月端茶喝了一口，卻聽賀修齊問她道：「八月，妳怎麼沒給高將軍也帶點吃的啊？」

鄔八月怔了怔，見賀修齊眼裡難掩戲謔，不由好笑。

她咳了咳，輕聲說道：「油炸之物太油膩，甜品之物太甜膩，他都不愛吃。」

鄔八月也對賀修齊揚了揚眉，看向高辰複笑道：「夫君要是想吃什麼，等回府了，我親自給夫君做。」

高辰複輕笑一聲，點點頭道：「好。」

賀修齊嘖嘖兩聲。「真是如膠似漆啊。」

鄔八月笑道：「表兄和表嫂不也一樣？」

話音剛落，窗外便傳來歡呼聲，原來是猜燈謎的活動已經開始了。

鄔八月朝外望去。

臺上自然是十分熱鬧，一盞盞燈謎被捧上了臺，在不接受他人幫助的情況下，連答對三題方可進入下一輪。

今晚的頭彩是明晃晃的五兩銀子，平民百姓們自然會為了這筆不菲的進帳而絞盡腦汁。

高辰複和賀修齊都是有才學的人，尤其是賀修齊，臺上的人每報出一個燈謎的謎面，他便能迅速地答出謎底，陽秋長公主一直用崇敬的眼神望著他。

高辰複飲了口茶，在賀修齊再次答對一個燈謎後，忽然開口問道：「賀兄對今後有何想法？」

賀修齊的目光有瞬間的停頓，卻仍舊是望著窗外，看著窗下攢動的人頭。

「繼續做我的富貴閒人嘍。必要的時候，養精蓄銳，厚積薄發，靜待時機。」賀修齊微微一笑，道：「我不著急。」

高辰複若有所思。「倒是沒想到賀兄是個慢性子。」

「有多大的能力，就做多大的事。」賀修齊輕聲道：「不急。」

賀修齊一副言笑晏晏的模樣，倒是讓高辰複不知道該怎麼說了。

看他的模樣，的確是一點不著急的。

賀修齊端了茶，向他示意一笑。

陽秋長公主也跟著端了茶，輕抿了一口，看向窗外，眼睛卻忽然瞪大，雙手撐了桌似乎就要起身，好像是看到了什麼不可置信的事一樣。

「表嫂，怎麼了？」鄔八月忙問道。

陽秋長公主指著窗外，愣了愣，又重新坐了下來。

搖了搖頭，她苦笑道：「沒什麼，許是我眼花，看錯了。」

「妳一向沈穩，看到了什麼讓妳驚訝成這樣？」賀修齊疑惑地問道。

陽秋長公主微微垂首，輕聲道：「沒什麼……」

這擺明了是不好說，賀修齊便也不再問。

鄔八月卻是好奇，往窗外望去，找了找可能會讓陽秋長公主詫異的緣由。

這一看，她也愣住了。

陽秋長公主看到的，應該是彤絲吧……

高辰複料想得不錯，高彤絲也來逛元宵燈會了。

她也真是不知道遮掩一二，怎麼不戴個面紗遮一遮呢？

正無奈著，賀修齊卻是「咦」了一聲。

鄔八月以為他也看到高彤絲了，心下一緊，正要開口，賀修齊卻指著窗外道：「是明焉呀！」

高辰複和鄔八月便朝著他指的方向望去。

「這小子今兒也得了閒，竟然出來玩了。」賀修齊站起身，對高辰複笑道：「我去叫他上來。」

高辰複沒有意見，鄔八月也點了點頭，笑道：「還真是相請不如偶遇了。」

這時，下邊的熱鬧聲更大了，擠在一起的人頭一晃動，剛剛還在眼皮子底下的明焉竟然就不見了。

鄔八月瞪大眼睛去找，高彤絲的人影也不見了。

她舒了口氣，附耳輕聲同高辰複言語了幾句。

高辰複點點頭，對她安撫一笑，輕聲道：「沒事。」

賀修齊下去走了一圈，沒有尋到明焉的身影，垂頭喪氣地上來了。

「奇了怪了，剛剛下去的時候還看準了他的位置，怎麼一眨眼的工夫，這人就不見了？」

鄔八月笑道：「明公子許也是被這邊的熱鬧給吸引來的吧，看了看覺得沒意思便又走了，這也不稀奇。他又沒有見到我們。」

賀修齊輕哼了一聲，連聲道可惜，笑嘆道：「還想說能多一個人聚在一起聊聊，平常可沒有這樣的機會。」

高辰複心裡還是關心明焉的，他頓了頓，問賀修齊道：「明焉現在在皇上面前做四品帶刀侍衛，可還適應？」

「有什麼不適應的？」賀修齊笑道：「他就是個習武胚子，說句不好聽的，他在皇上面前做事，也是混口飯吃而已。現在四海昇平、海晏河清，也沒人謀反——」

話說到這兒，賀修齊梗了一下，下意識看向了鄔八月。

鄔八月對他微微一笑。「表兄只管說你的，不用看我。」

賀修齊尷尬地道：「抱歉啊，八月，我不是有意的。」

「都說了，表兄不用在意。」鄔八月笑了笑，偏了偏頭道：「表兄的意思是，皇上身邊很是安全，明公子這個帶刀侍衛並沒有什麼實際用處？」

賀修齊點了點頭。「是這個意思。不過明焉倒也算是享受現在的情況。」

「喔？」高辰複微微挑眉。「怎麼說？」

賀修齊道：「明焉他之前倒是野心勃勃的，想要謀一個好差。不過現在心態又有了變化。」

他思忖了下，道：「我覺得他是變得更加成熟了。」

高辰複微微一笑，飲了口茶。「能變得更成熟也是件好事。他畢竟年紀也不小了。」

說到這兒，高辰複倒是頓了頓，問賀修齊道：「你們之間的感情很好，他有沒有同你說過，他現在可有成家的打算了？」

賀修齊皺了皺眉，思索了片刻，道：「男女情愛方面的事情，他倒是沒有提過。我也沒主動問過。自從他進宮做御前帶刀侍衛之後，我與他見面的機會也很少了，畢竟他多半時間都是侍奉君前，而我連宮裡都少有進去。」

高辰複若有所思地點點頭。

「這位客官，裡邊請！」

小二熱情的聲音引得高辰複和賀修齊回頭。

賀修齊的表情更是驚訝。「肅民？你怎麼來了！」

來人正是今科二甲傳臚，眾大臣眼中最理想的乘龍快婿，淳于肅民。

高辰複的眼神頓時轉為幽深。

「我在下邊往上望的時候正好看見你，便上來看看是不是偶遇故友了，沒想到還真有這麼巧。」淳于肅民一個彎身，嬉笑道：「下官見過陽秋長公主，見過駙馬爺。」

起了身，他又向高辰複和鄖八月示意道：「高將軍，高夫人。」

高辰複還了一禮，面上的笑容淡淡的。

高辰複不是那種遷怒於人的人，然而畢竟淳于氏害靜和長公主的事情必定有忠勇伯府參與其中，卻礙於淳于肅民，皇上不打算追究整個忠勇伯府，故此要他對淳于肅民有什麼好臉，倒也是難為了。

好在淳于肅民似乎並不將這樣的事情看在眼裡，高辰複對他不熱情，他也並不失落。

賀修齊請淳于肅民落坐。

高辰複若有所思地道：「你們和明焉倒是要好。」

賀修齊笑道：「是啊，年紀相當、志趣相投，一見之下便是引為知己。」

「說到明焉，我方才好像也瞧見他了。」淳于肅民一笑，道：「似乎是在跟一個女子爭執。」

「女子？」賀修齊揚眉道：「誰？」

「夜色太暗，看不大清楚。」淳于肅民道：「也不知道是不是明焉。」

「多半是了。」賀修齊笑道：「我方才在這上面也瞧見他了，還說下去找他上來，不過下去找了一圈就沒見到人影了。你既瞧見了他，那定然便是他。」

說到這，賀修齊便笑道：「他和什麼女子爭執？」

淳于肅民搖搖頭。「沒看清，那女子個子挺高挑的。」

賀修齊頓時哈哈大笑了起來，玩笑道：「該不會是看上人家了吧？」

淳于肅民也是一笑。「要真是如此倒也不錯，你都成親了，下一個可就該輪到他了。」

鄔八月聽著他們你一言我一語地調侃著明焉，忽然想起了鄔陵桃。

不知道三姊姊如今和明焉可還有交集……

廟街另一邊相對冷清的地方，一男一女正面對面地站著。

男的正是明焉。

而那女子，不是別人，正是高彤絲。

「平樂翁主怎麼會……」

「噓……」高彤絲比了個噤聲的手勢，臉上的表情有些不安。「今天你遇到我的事情可千萬不能和任何人說，記住了？」

明焉皺了皺眉頭。

平樂翁主不是被賊人所害了嗎？怎麼還會活著？既然她還活著，那為什麼不回蘭陵侯府去，反而千方百計要隱藏著自己還活著的事實？

「你別猜，反正你也猜不出來。」高彤絲咬了咬唇，道：「不讓你洩漏此事是為你好，你記清楚，如果你洩漏了這件事，你連命都保不住，你可別拿自己的命開玩笑。」

「翁主這般說，我自然該遵循，可是……」明焉也是個好奇心旺盛的人，不讓他知道的事情，他就偏想要知道。「翁主好歹要給我一個解釋……」

「還有什麼好解釋的！」見明焉勸不聽，高彤絲都有些急了。「你就只當作今日從來都沒有遇見我不就行了嗎？還問這麼多做什麼？知道得越多死得越快，這話你難道沒有聽過？」

明焉往前踏了一步，高彤絲後退一步，惱道：「你是不是說不聽？你再這樣固執，興許你的命今兒就得交代在這兒。」

明焉便不動了，狐疑地看著高彤絲。

「翁主為何詐死？」

「讓你別問了！」高彤絲發怒道：「從猜燈謎那兒到這兒，這一路上我跟你說過無數次了，讓你不要再多問，你怎麼就聽不進去呢?!」

高彤絲話音剛落，不遠處便走來了兩個穿著夜行衣的人。

一眨眼的時間，他們就停在高彤絲的身後。

「姑娘，該回去了。」其中一人盯著高彤絲對面的明焉，輕聲說道。

高彤絲猶豫了一下，還是伸手攔道：「他是個無足輕重之人，別殺他。」

「此事，我等作不了主，姑娘也作不了主。」

明焉皺了皺眉，手已經按在了腰間。

可他隨即一愣。今日元宵他本就是出來散心的，自然沒有帶上往常隨身所佩帶的劍。沒有武器，真要打起來，他就是赤手空拳。

感受到對方身上的氣勢，明焉知道他們不是好惹的，不好惹的人，還是不惹為妙。

明焉輕輕吸了口氣，聽高彤絲要如何應對。

「新年伊始，難道你們就要枉造殺孽？」高彤絲怒哼一聲。「此事只要你們不吭聲，我也不吭聲，他也不吭聲，就不會有人知道。」

那兩人面面相覷了片刻，還是最先出聲那人盯了明焉道：「今日之事，你可能守口如瓶？」

明焉點了點頭。

那人身上的氣勢便收了一些回去。「你最好記住，今日你什麼都沒看到，否則一旦洩漏出去半個字，我即刻讓你身首異處。」

「姑娘，我們該回去了。」

另一人輕輕拉了高彤絲一把，高彤絲在明焉複雜的眼神之中，悄無聲息地離開了廟街。

再也感受不到那股威脅的氣勢之後，明焉方才粗喘了一口氣。

他的眼神有些深邃。

平樂翁主身上有什麼樣的秘密？她為什麼明明還活著，卻要讓別人都以為她已經死了呢？

如果她是想要逃出侯府，不再被平樂翁主這個名號給限制住，那隨後跟來兩個身懷武功的高手又是怎麼回事？

顯然，平樂翁主正處於別人半監視半保護的狀態下。

她身上肯定有蹊蹺。

明焉自認為不是一個會思考的人，他撇開腦海中的思緒，已經開始琢磨著這件事要不要伴駕的時候和皇上提一提。

別人可以不提，但皇上是大夏至高無上之人，與他提應該沒有關係吧？

這個念頭一從腦子裡閃過，便被明焉給抓住了。

他打定主意，等回宮之後，定要在皇上面前提一提此事。

新年一過，高辰複便和鄖八月送走了單氏。

當然，這件事他們並沒有通知高安榮。

臨上馬車前，單氏拉著高辰複和鄖八月，頭一次笑得燦爛非常。

「我這就走了。」單氏說道：「你們要好好過日子，夫妻之間要相互扶持。」

鄖八月鼻頭微微紅了。

「單姨，如果有機會，我會去漠北看您的。」

「最好別。」單氏衝她一笑。「那種氣候惡劣的地方，還是別去為好。」

「單姨。」高辰複任由單氏拉著他的手，說道：「我寫了信，等您到了漠北，會有人幫您安排，讓您和初雪見面的，您要一路平安。」

「好。」單氏不住地點頭，將高辰複和鄖八月的手交握在一起。「這些日子，辛苦你們了。」

「單姨說哪兒的話，是我們該謝謝您才對……」

鄖八月吸了吸鼻子，眼睛微微彎了起來，以一張笑臉送別單氏。「您去了漠北，就能和單姊姊團圓了。單姨，替我問單姊姊好，您告訴她，我心裡會一直念著她的。」

單氏拍拍她的手。「好，我會轉達給她。」

單氏看了看天色，望望高辰複，又望望鄔八月。「時辰不早了，我這就走了。」

鄔八月扶著單氏上了馬車，高辰複又叮囑了護送的人幾句，兩人才站到了車窗邊。

「回去吧。」單氏揮了揮手，臉上笑著。「我會好好照顧月亮的。」

鄔八月點了點頭，看向單氏後面的馬車。

馬車裡裝的是月亮的鐵籠子，月亮這會兒慵懶地趴臥著，鄔八月走了過去，往籠子裡伸過手去。

月亮探過頭來，輕輕挨著鄔八月的手。

「再見，月亮。」鄔八月輕聲道：「你該回到屬於你的自由之地去。」

單氏離開後，鄔八月失落了兩天。

高辰複看出了她的不捨，卻也沒有好話能安慰她。

單氏這一走，恐怕今後真的就不會再回來了。

這日輪到高辰複休沐，他見鄔八月仍舊心情欠佳，便提議和鄔八月一起出去走走。

鄔八月想了想，道：「趁著這個時間，還是去見見彤絲吧。」

淳于氏死後，他們還沒有見過高彤絲。

高辰複嘆了一聲，道：「和彤絲見面，少不得又要提那些不開心的事。」他摸了摸鄔八月的額頭。「妳最近情緒一直不好。」

鄔八月拉下他的手莞爾一笑。「的確是這樣。單姨走了，你總要留給我一些適應的時間。」

「那去見彤絲……」

「不礙事的。」鄔八月搖了搖頭。「有些事情，總要給彤絲一個完整的交代。」

她看向他。「你也不希望彤絲繼續蹉跎青春吧，她還年輕呢。不再受仇恨的束縛，她才能過她自己的人生啊！」

高辰複輕嘆一聲，點了點頭。

「妳啊，總是替別人著想，也不為自己想一想。」

鄔八月莞爾一笑。「彤絲可不是別人。」

夫妻倆到底還是去見了高彤絲。

高彤絲正忐忑不安著，他們要是再不來見她，她就要不顧一切衝進長公主府了。

「大哥、大嫂，你們可算是來見我了！」

一見到二人，高彤絲立刻撲了上去，面色急惶。

鄔八月安撫地對她笑笑，說：「妳也知道前段時間一直挺忙，大家的注意也都集中在侯府和妳大哥的身上，我們抽不開身。」

高辰複坐了下來，本以為高彤絲著急的是要他們解釋淳于氏的事。

誰知道他還沒開口，高彤絲就急促地低聲說道：「我知道你們抽不開身，也擔心你們身邊有人盯著，所以都不敢讓人給你們送信……」她往前更湊近了些。「大哥大嫂，我元宵節那天出去玩，碰到一個人，是大哥從前的屬下，叫明焉的。他知道我還活著……」

高辰複一驚。

「妳讓他保守秘密了嗎？」

「我讓他當作沒見到過我，也威脅過他，知道的多對他而言不是好事，就是不知道他聽不聽我的忠告？」高彤絲雙手絞在一起，說：「舅舅派來監視我的那兩個人當時就想殺了他的，是我給攔住了，他應該也知道這是一件危險的事。只是，他是御前帶刀侍衛，和舅舅離得很近，我在想……他會不會直接將秘密說到了舅舅那兒去，更不知道舅舅會怎麼處置他……」

她頓了頓，又緊張道：「還有，那兩個舅舅派來監視我的人不知道會不會告訴舅舅這件事，現在也不知道那明焉是否已經將這個消息洩漏出去了……」

高彤絲看向高辰複。「大哥，你可有聽到什麼風聲？」

高辰複搖了搖頭。

「明公子應該不是那種散布謠言的人。」鄔八月看向高辰複。「彤絲既然也已經警告過他了，甚至他還收到性命威脅，應該也知道這不是一件可以公諸於眾的事。」

「我看他就是個腦子不大清楚的。」高彤絲絞了絞帕子，咬了下下唇。「冥頑不靈得厲害。」

「好了。」高辰複沈穩地說道：「暫時是沒有聽到有關這樣的傳聞，我會留意的，妳不用擔心。即便出了事，妳也當作不知道就好。」

高彤絲點了點頭，輕呼了口氣。

「大哥這般說，我就安心了。」她微微笑了笑，喝了口茶，道：「大哥大嫂今日來，是要和我說淳于老婦的事吧？」

高辰複和鄔八月都點了點頭。

高辰複道：「淳于氏已死，母親的仇也算是報了，妳可以放下這一樁心事了。」

高彤絲忿忿不平地道：「我知道她死了，蘭陵侯府都發了喪，這麼明白的事情不用大哥跟我說。」她定定地看向高辰複。「大哥該跟我解釋的是，母親當年去世的真相為什麼沒有公布出來？如果是在真相得以大白的情況下死的，又為什麼會有父親對她的死悲痛欲絕的傳聞？還有，忠勇伯府為什麼一點都沒受到影響？」

高辰複無奈地道：「不公布母親的死因，是因為這件事還牽扯了侯爺。皇家公主之死是因為他引狼入室，蘭陵侯府也難逃一死。我雖已不想認他為父，卻也不得不考慮高家的名聲。」

高彤絲吸了口氣，倒也勉強能接受這個回答。

「那為什麼淳于老婦死，他會這般悲痛欲絕？」

鄔八月輕聲道：「侯爺他當然不是為淳于氏的死而哭，得知真相後，侯爺也巴不得淳于氏死。」

鄔八月在這兒撒了謊。

事實上，高安榮寧願相信淳于氏沒做過這些。

鄔八月道：「侯爺在靈堂上表現得頹喪而老邁，被人美化成了他是經歷喪妻之痛，難逃陰鬱。其實，他只是知曉真相後覺得痛不欲生。何況，那時候又有二爺出家為僧的事情，對他來說，是雙重打擊。」

高彤絲冷笑道：「活該，現在淳于氏三個子女沒一個有好下場的！」她覺得很解氣，卻還是對於百姓認為高安榮和淳于氏鶼鰈情深有些耿耿於懷。

「那忠勇伯府呢？」高彤絲看向高辰複。「既然沒辦法用淳于老婦害母親的這件事來打擊忠勇伯府，大哥你可想過要怎麼處置忠勇伯府？」

酈八月無奈地道：「彤絲，妳大哥現在沒辦法動忠勇伯府。」

「為什麼？」高彤絲瞪圓了眼睛。

「因為皇上要重用淳于肅民，忠勇伯府暫時得留著。」高辰複淡淡地道：「皇上要給淳于肅民鋪路，忠勇伯府目前就不能出現問題。」

高彤絲頓時憤恨不已。「那大哥就這樣看著忠勇伯府興旺起來？那個什麼淳于肅民的，就不能廢了他?!」

酈八月輕嘆一聲。「淳于肅民是二甲傳臚，狀元榜眼探花之後，數他最有前途。這個節骨眼上，妳大哥要是去動忠勇伯府，皇上也會多想的。」

高彤絲咬咬牙。

「何況，要動忠勇伯府總要有個理由吧?淳于氏的事不能說，短時間內要抓出忠勇伯府的小辮子也不大容易。」

儘管知道酈八月說的都是實情，可高彤絲仍舊覺得心中不平。

「彤絲。」酈八月拉過她道：「妳大哥也有他的苦衷，有些事情不是說做就能做的。」

姑嫂倆都看向高辰複。

高辰複點點頭，道：「可以確定的是，淳于肅民的父親、淳于氏的兄長淳于泰興，這些年來是一直幫著淳于氏的。淳于氏做的事情，他不說全部知道，但大半都了解。這個人，我不會放過。」

「那忠勇伯府的其他人呢？」高彤絲無奈地嘆了一聲。「大哥，你總是那麼心軟。」

高辰複並不言語。

「好吧，既然大哥應了，那這件事便先這麼打算吧。」高彤絲有些疲憊地揉了揉額角。「不過，母親的仇現在可還不算完。」

高辰複抿了抿唇，道：「現在，最重要的已經不是母親的仇了。」

「怎麼？難道大哥打算把母親的仇放到其他事情之後？」高彤絲怒視著高辰複道。

「不是這樣——」鄔八月忙道。

「那是什麼？」高彤絲搶白道。

高辰複抬了抬手，道：「淳于氏死前為了苟且一命，說出一件事。」他看向高彤絲。「辰凱還活著。」

第八十九章

靜和長公主在次子出生之前就已經想好了名字，叫高辰凱。

後來，孩子出生後便被告知夭折，這個名字當然也就用不上了。

淳于氏生下高辰書後，高安榮本打算就將高辰凱的名字套用給高辰書，是淳于氏覺得彆扭，心裡不大暢快，才打消了高安榮的念頭。

乍然聽到「辰凱」這個名字，高彤絲有些回不過神。

「辰凱……是誰？」高彤絲張了張口，眼中的確有些困惑。

鄔八月輕輕推了推她，道：「還想不起來嗎？那個原本據說是出生後不久就夭折了的，你們的弟弟。」

「什麼?!」高彤絲震驚地站了起來，不可置信地看看鄔八月，又看看高辰複。「這怎麼可能……這不會是真的！大哥，這是真的嗎？」

高彤絲雙目泛紅，緊盯著高辰複。

高辰複輕輕點頭。

「是真的。」他道：「目前為止，我去查證的事情，和淳于氏說的都能對得上。」

高彤絲的心一鬆一緊，腿都軟了，一下子又跌坐了下來。

「竟然是真的，小弟他還活著……」

高彤絲又是哭又是笑，好半晌之後，才伸手胡亂地擦了擦自己臉上的淚水鼻涕，雙眼矇矓地看著高辰複問道：「大哥，找到他了嗎？」

高辰複搖了搖頭，將淳于氏是如何將高辰凱調包，又如何會失去了高辰凱蹤跡的緣由講了一遍。

「我已經讓人盡全力去找了，不過，找到他的希望還是很渺茫。」高辰複輕輕嘆息，說道：「八月分析過，覺得如果那倒夜香的夫婦真的是將辰凱給賣了的話，能夠在短時間內靠賣孩子而掙一大筆錢，辰凱多半是被人賣給了急需男孩兒的富貴人家，可能是偷龍換鳳。」

高彤絲看向鄢八月，鄢八月對她點了點頭。「否則，我想不到第二個原因。」

高彤絲拍了拍胸口，道：「那大哥大嫂可要想辦法將小弟給找出來啊！」

「如果真如八月所猜測的那樣，那現在辰凱他過得說不定很好。若找到他，告訴他他真正的身分，對他來說，或許也是一種傷害。」高辰複道：「又或許，八月她猜錯了，其實辰凱過得並沒有我們想像中那麼好。若是這樣，他或許早就已經學壞……找不到他，對他、對我們，也許更好。」

「大哥，你怎麼能這麼想？他是我們的弟弟啊！」高彤絲睜大眼睛，對高辰複方才那番話難以理解。「那是身為大哥的你能夠說出口的話嗎?!」

高辰複閉了閉眼。

鄢八月上前拉過高彤絲的手，道：「彤絲，妳要理解妳大哥。小弟與你們有血緣關係，但終究缺這十幾、二十年來的陪伴，如果他有自己的家人，讓他背棄自己的家人，對他來說又何嘗不殘忍？其實只要知道他過得好不好、幸不幸福、快不快樂，那就已經夠了。」

「不，不夠！」高彤絲低吼一聲。「既然缺失了二十年的親情，那就應該把那二十年的親情給找回來！」她盯著高辰複。「大哥，你一定要找到小弟，一定要找到他！」

高辰複有些無可奈何。「如果他所處的環境，家境良好，他為人正派，家庭和睦幸福，妳也要與他認親嗎？」

「要！」高彤絲毫不猶豫。

「那如果他所處的環境，到處都是髒污，而他也早就已經因那些髒污而感染，為人虛偽，是個壞傢伙，妳也要與他認親嗎？」

高彤絲仍舊毫不遲疑。「要！」

她看著高辰複。「不管辰凱變成什麼樣，我都認他是我的弟弟。他是好人也好，是壞人也罷，他只是我的弟弟。我有可能放棄自己的弟弟嗎？不，這怎麼可以？我盼望了很多年，母親沒有死，弟弟沒有死，他們都還能與我們好好生活在一起……好不容易，這種不切實際的願望竟然能實現一個，你可知道我有多高興？你怎麼能讓我說服自己不與他相認？」

高彤絲深吸了口氣。「大哥，你和大嫂先回去吧。小弟的下落，就麻煩你們全力以赴去尋找了。」

高彤絲因為高辰複的一些話而心生不滿，下了逐客令。

高辰複心裡有些悶悶的。

鄢八月輕輕拉了拉他，開口緩和氣氛道：「彤絲，瑤瑤——」

「大嫂想拿瑤瑤做和事佬的話，還是算了。」高彤絲輕聲道：「瑤瑤等下次大嫂來見我的時候，再抱來讓我看看吧。」

鄔八月只能應聲。

離開高彤絲的住處，鄔八月輕輕拉住了高辰複的手。

「我沒事。」高辰複輕聲道：「我和她的想法不一樣，我也早有預料了。」

「彤絲知道了辰凱還活著的消息，會不顧一切找到辰凱的吧？」鄔八月看向高辰複。「這下你不想找他，也得找他了。」

「嗯。」高辰複淡淡地點了點頭。「找一個如今不知名姓、不知樣貌，只知道大概年歲的人，無異於是大海撈針，哪有那麼容易？慢慢找著看吧。」

鄔八月微微一笑，偏頭看著高辰複，輕聲道：「爺也是很想見自己親弟弟的吧？」

高辰複頓了頓，輕聲道：「知道妳還問？」

「呵。」鄔八月輕哂，挽過高辰複的胳膊，說道：「所以，找辰凱的事，爺心裡可不能有負擔。能找到固然好，畢竟不管他是一個什麼樣的人，都是你的弟弟。」

高辰複輕嘆了口氣，半晌後，對鄔八月笑笑，道：「行，我知道了，我會用心找的。」

高辰複找人自然不會含糊，但就如他所說，找一個甚至連最基本的特徵都沒有的人，哪有那麼容易？

「我們還是有切入點的。」鄔八月輕聲道：「辰凱如今大約二十歲，是一個年輕的小夥子，這是其一。其二，假設辰凱的確被偷龍換鳳了，那麼燕京城中富貴人家裡二十歲上下的年輕男子，都有可能。」

她看向高辰複。「要不要先從這兩個條件中篩選出一些符合的人？」

高辰複點點頭，道：「目前也沒有別的辦法，說不定歪打正著了呢？」

鄔八月彎了彎眼睛，高辰複沈吟片刻卻道：「應當找的是二十年前的富貴人家，而不是現在的富貴人家。當年富貴，如今或許也會變成貧窮。」

鄔八月趕緊點頭，頓了頓道：「讓人查一查辰凱出生那段時間前後，燕京城中的新生兒，應該就比較一目瞭然了。」

「衙門中有戶籍，不過……」高辰複有些為難道：「便是我的官職不低，也不能越俎代庖去翻看衙門裡的戶籍檔案。」

鄔八月抿了抿唇。

「爺。」她輕聲問道：「辰凱的事，你不打算告訴皇上，對嗎？」

高辰複淡淡地應了一聲。

「告訴皇上，讓皇上幫忙找嗎？」他搖了搖頭。「還是別抱著這樣的想法為好。」

「你是擔心，皇上再橫插一腳，對辰凱興許不是好事。」鄔八月輕嘆道：「可沒有皇上的授命，你也翻閱不了戶籍的檔案。」

「沒事，辦法總是人想出來的。」高辰複一笑，想了想道：「我只是翻閱、找一個人，並不是要把城中人的戶籍帶離衙門。只要能說服衙門裡的管事人讓我查閱，那應該不成問題。」

鄔八月笑道：「那倒是，爺你再怎麼說，好歹也是一個官不是？」

高辰複無奈地笑著點了點頭。

只是，說起來容易，做起來難。

衙門中燕京城裡人的戶籍檔案資料很多，且不齊全，幾年前，衙門中曾經走水，還燒毀了一部分戶籍資料。想要將符合條件的人找全，並不容易。

儘管如此，高辰複仍舊在倖存的資料中，找全了符合條件的。

滿滿兩頁紙，總共有三十來個人。

「接下來，我們去篩選篩選，看看有什麼人絕對不會是辰凱。」高辰複道：「剩下的，再慢慢核對。」

「可是……」鄔八月疑惑道：「這要怎麼評斷絕對不會是辰凱的人？」

高辰複笑道：「看長相。」

「長相？」

「外貌和他的父母長得像的，多半就不是辰凱。剩下和其父母長得不大像的，或許有可能。」

「原來是這樣。」鄔八月點點頭。「這要一個一個看過去……倒也挺麻煩的。」

「沒關係，總要走這一步。」

高辰複花了半個月的時間核對了所有人。

除了剩下五、六個的確和父母不大像的，其他的都被排除了。

「這幾個……」高辰複有些若有所思。「要判斷他們有無可能是被調包的孩子，還是要看看二十年前有沒有這個必要吧？」

「像這個就不大可能。」鄔八月隨即道：「他上面有三個哥哥，他的母親不缺他這個兒子來鞏固地位。」

「這個也沒必要。其父原本就是上門女婿，直到現在在家中的地位都還比較低，他的妻子何至於特意去弄個兒子？」

「那這個也沒必要了，夫妻恩愛，丈夫無妾，妻子只得一子，要真是抱來的別人的孩子……可能太低。」

「那……這裡邊就沒人了。」鄔八月望著最後一張放下去的紙，輕聲說道。

線索到這兒就斷了。

「說不定……幾年前那場走水，衙門裡燒毀的戶籍資料中有我們可以參考的資訊。」鄔八月安慰高辰複道：「戶籍資料燒毀，總是要補上的，且先去查查已補上的資料，如何？」

高辰複輕嘆一聲。「畢竟是二十年前的資料檔案，燒毀之後要補上，又哪有那麼容易？」

雖是這樣說，但高辰複還是親自往衙門跑了一趟。

不過遺憾的是，從已經恢復的資料中，也沒有找到符合高辰凱的有關資訊。

「這下可不好找了。」高辰複看向鄔八月，道：「彤絲那兒，恐怕該說我是故意不去找的。」

「我會幫著你和彤絲解釋。」鄔八月嘆息一聲。「也有可能是我猜測的方向錯了。」

鄔八月直覺高辰凱應該是被富貴人家抱去了，十有八九就是偷龍換鳳的戲碼，但現在這樣的情況，她又止不住對自己產生懷疑。

趁著某日出了太陽，鄔八月帶了瑤瑤、陽陽去見高彤絲。

高彤絲一見瑤瑤就抱著不撒手，鄔八月便抱著陽陽，看她心情不錯，同她說了找高辰凱的經過。

「……雖然是一無所獲，但這也不能怪妳大哥，他也已經盡了全力了。」

鄔八月看著高彤絲沈下來的笑臉，道：「妳大哥其實也很想知道辰凱過得好不好，但要找一個二十歲上下，不知樣貌特徵的男子，談何容易？」

高彤絲抿抿唇道：「可以去找當年那兩個倒夜香的啊！他們當初住處附近的人，總還有記得他們名姓樣貌的，找到他們，再從他們口中問出小弟的下落不就行了？」

鄔八月頷首，道：「我們也想到過這個方法，可是當年他們才帶著錢財跑掉，那時淳于氏也花了時間讓人找，卻沒能找到他們……現如今再找，恐怕更是不好找。」

「那也得找！」

「彤絲，妳莫生氣，妳大哥已經讓人去打聽那對夫婦了。」鄔八月嘆道：「妳別這樣，妳大哥正在盡全力找，妳不要給他壓力。」

高彤絲撇過臉，面上仍舊生氣，但心裡還是有點慚愧。

鄔八月也不拆穿她，和她說了一會兒瑤瑤、陽陽的趣事。

「現在長公主府裡也只有我和妳大哥住著，冷清得很。」鄔八月輕嘆道：「單姨也走了，平日妳大哥不在，偌大的府裡就只我一個人待著，要不是還有瑤瑤和陽陽，我可真待不下去。」

高彤絲一笑。「如果不是我不能出現在人前，我倒是想去長公主府裡陪著大哥大嫂。」她頓了頓，問道：「大嫂，妳說單姨走了？」

「嗯。」

鄔八月點頭，將單初雪的事情和高彤絲說了一遍。

「單姨說，有單姊姊的地方才能叫做家。她如今也是了無牽掛，只剩下單姊姊一個……」

「大嫂叫什麼單姊姊。」高彤絲無奈道：「她是妳的小姑子。」

鄔八月莞爾道：「這般說，妳是認可她是妳大哥的妹子了？」

高彤絲哼哼了兩聲。

高彤絲不認淳于氏所生的子女，之前也不承認單初雪這個妹妹，直到後來和單氏生活在一起，或許是因為對單氏有所改觀，便連帶著也承認單初雪的身分。

「她都追著大哥去漠北了，還救過大嫂，連大哥也認她當妹子……我還反對什麼？」高彤絲沈吟片刻後道：「大嫂，漠北風景好嗎？」

「風景？」鄔八月張了張口，道：「夏秋時節是什麼樣我不知道，不過寒冬臘月的，千里冰封、萬里雪飄，倒是十分震撼。」

她笑問：「怎麼，妳想去漠北看看？」

「那也說不準呢。」高彤絲笑道：「之前大哥大嫂說的，我現在身上沒有平樂翁主的身分壓著，就是一個普普通通的小老百姓，想去哪兒去哪兒，想怎麼玩就怎麼玩，只要不觸犯律法……

我要是想走遍整個大夏呢，漠北當然也能去。」

鄔八月便笑道：「妳也是個有計劃的。那現在妳可有最基本的打算？」

「打算？」高彤絲看向鄔八月。「自然是先把辰凱找到。」

鄔八月一頓。話題又繞回來了。

「找人總不是今日說找，明日就能找到的。」鄔八月抿了抿唇，輕聲道：「彤絲，不要催促妳大哥。」

「知道了。」高彤絲略微不滿地道：「大嫂已經說過了。」

鄔八月嘆道：「這是嫌我老了，話多了？」

高彤絲頓時輕笑一聲。

「我又不是大哥，大嫂別跟我撒嬌。」

她輕握著瑤瑤的嫩胳膊，搖了搖道：「當心我讓瑤瑤笑話妳。」

「我的女兒笑話我，我有什麼怕的。」鄔八月莞爾，隨後正色道：「辰凱我們會努力去找，妳就好好待著，耐心等著。一有消息，我們立刻通知妳。」

「嗯。」高彤絲點頭，嘆息道：「大嫂放心吧，我已經吃過不經思考就行動的虧，不會再犯了。」她眨了眨眼睛。「再犯，說不定就是真死而不是假死了。」

「胡說八道。」鄔八月忙伸手掩住她的嘴，埋怨道：「大新年的說這種話。」

「新年早過了。」高彤絲笑了笑。

仲春時候，尋高辰凱的事情卻有了新的進展。

原本對於倒夜香的夫婦不抱希望，沒想到竟然打聽到了他們的消息。

大概是天助高辰複，兩年前，那對倒夜香的夫婦竟然回到了燕京。

趙前手下的人拿了他們二十年前的畫像，在酒樓和同伴們吃飯閒聊時，巧合遇到滄桑了許多的兩人。

拿出畫像一比對，夫婦倆都和畫像上很是相似。

趙前的手下立刻跟蹤這對夫婦，並且讓人回去同高辰複和鄔八月稟報。

彼時高辰複正在宮中，鄔八月聽到消息後，當機立斷讓趙前將人控制了，帶回來問問。

趙前的手下都是些冷面人，跟那對夫婦說有人要見他們，並不多言。

那夫婦二人也是貪生怕死之輩，只能硬著頭皮乖乖跟著趙前的人走。

等到被蒙著眼睛帶到了鄔八月面前，他們連看都不敢看鄔八月一眼，徑直就跪了下去直喊著饒命，連聲說當初只是「一時糊塗」，想著那孩子不跟著他們，還能過更好的生活云云。

鄔八月一聽這話，自然知道是找對人了。

「起來吧。」

鄔八月也是心軟之人，見他們兩人都已老邁，瞧著也都佝僂著背，便知他們至少近幾年過得並不如意。

讓人給他們看了座，她道：「我家老爺不在，不過，我也能給你們作了這個主。只要你們好好回答我的問題，老老實實把你們知道的都告訴我，當年的事情就既往不咎，不追究你們的責任。」

夫婦倆連聲道好。

周武和朝霞一左一右站在鄔八月身後。

鄔八月便開口道：「當初那孩子，在你們身邊也待了兩天。」

「是是，是兩天沒錯。」那老婦連連點頭。

「那妳可知，他身上可有什麼特徵？」

老婦想了想，道：「回夫人的話，他左邊屁股上有個紅色胎記，不過想必娃娃長大了，胎記也就消失了。」

「那痣一類的呢？」

「沒有。」老婦搖頭，道：「那娃娃白白嫩嫩的，渾身上下就沒痣。」

鄔八月皺了皺眉，那老婦卻又「啊」了一聲。「不過那孩子頭髮生得好，頭頂上有兩個旋。」

鄔八月點了點頭。身體特徵方面，倒是沒有什麼好問的了。

她又道：「那你們可知道，當初是哪家人將他從你們手裡買去了？」

這下，那老頭開口了。

「夫人，這種事情，主人家怎麼會親自出面……主人家是不會出面的，我們自然不知道到底是誰買我家娃兒。」

鄔八月心裡不悅。「什麼叫『你家娃兒』？」

「是是是，小的說錯話、說錯話，該打、該打……」

老頭兒頓時伸手抽了自己幾個嘴巴子，鄔八月看不過去，擺手道：「行了，別打了，好好回答我的問題。」

「是是是……」

鄔八月覺得還是那老婦說話中聽些，便看向她，問道：「不知道是誰買的孩子，那你們可知道那家人的一些資訊？」

老婦連連點頭。「那天來抱娃兒的人和小的挺聊得來的，說是要等消息，再看要不要抱孩子走，小的就和她閒叨了幾句。她說她家主人也是要生孩子，盼著生個兒子能進門，讓她家老爺的正室不得不接納她家主人。後來消息來了，讓她抱孩子走，她才給了銀子抱了娃走，讓我們趕緊著離開燕京城。」

鄔八月眉頭皺得更深。「妳的意思是，把孩子抱走去養的，是某個富貴人家的外室？想要拿男孩來威脅進富貴人家的大門？」

老婦連連點頭。「小的送她走，還聽到來報消息的人嘀咕，大概是她家主人生是生了，但生了個女娃，夭折了……」

「外室……」鄔八月若有所思。

讓人將這對老夫妻給送走，鄔八月招了朝霞來分析。

「如果是外室，那範圍又能縮小些，能不能找找那日出生的人的紀錄？」

「大奶奶，怕是不大好找。」朝霞輕聲說道。「既是外室，那便是見不得光的。況且抱了男孩去，到底有沒有成功蒙混了正房，進得府裡去，也並不確定。總歸是一件醜事，找起來……不那麼容易。」

鄔八月輕輕頷首，嘆息一聲。「這事明明是範圍越來越小，卻沒想到情況越來越複雜。」

「那……下一步，大奶奶打算怎麼辦？」

「有這麼個消息，總不能不找。」鄔八月沈吟片刻，問朝霞道：「燕京城中，養外室的男人多不多？」

「這可不好說。」朝霞直言道：「一般來說，除非是看上的女人身分太低賤，根本不能過門，否則男人可以納妾進府去，又何必養在外頭？除此之外，便只能是家中正室容不得人，只能養外室。」

鄔八月想了想，道：「那應該是那外室的身分太低。」

「大奶奶如何篤定？」

「妳想啊，那外室要換兒子，不就是為了要進府去，好有個名分嗎？如果男人家中正室是個母老虎，那外室總不至於這般不聰明，硬要往槍口上撞吧？帶著兒子進府去，且等著被母老虎收拾嗎？」

朝霞點頭，卻又道：「也不排除是那男人瞞著她。」

「是有這個可能，但可能不大。如果真是這樣，想必那男人即使見她生了兒子，也不會讓她帶著孩子進府去。外室仍舊只能是外室。」

鄔八月嘆息一聲。「戶籍管理上疏漏很多，來往燕京內外的百姓那麼多，外室更是隱蔽……這怎麼好找？」

鄔八月擺擺手，吩咐朝霞道：「妳先讓人打聽打聽，有沒有外室帶子登堂入室、博了名分的？」

朝霞點頭，領命而去。

鄔八月只覺頭疼。

雖然事情有了進展，找起來卻是相當不容易。

高辰凱啊，你到底在哪兒？

高辰複回來後，鄔八月將那對老夫妻說的話原原本本地講述了一遍，加上了自己的分析。

「已經讓人去打聽有沒有外室帶著孩子登堂入室的，能不能找到……現在有點要靠運氣了。」

鄔八月遞上摺扇，高辰複攤開搧了搧涼，說道：「之前又哪兒不是在碰運氣了？」他笑了一聲，卻是頓了頓，道：「妳說……抱走辰凱的，是一個男人在外養的外室？」

「沒錯。」鄔八月頷首，見高辰複有些怔愣，便輕聲喚了喚他，道：「爺，還好嗎？在想什麼呢？」

高辰複甩了甩頭，回過神笑道：「沒什麼，就是突然想到，明焉的娘也是外室，沒等到進府就撒手去了。」

鄔八月心裡突地一緊。

「明公子？」她看向高辰複。「明公子……多大年紀？」

高辰複愣了愣，看向鄔八月，梗了一下才說道：「和辰凱……應該差不多。」

「那，生辰呢？」

「生辰……」高辰複搖了搖頭。「我不知道，明焉他也沒有說過。」

話說到這兒，兩人都沈默了下來。

半晌後，高辰複聲音略沙啞地道：「我……尋個機會問問他。」

鄔八月點了點頭，看向高辰複，實在是有些不放心。

「爺，如果真的是明公子……」

高辰複抿了抿唇。「是與不是，問問便知道了……」

「明公子的母親已經去世了，他……」

高辰複點頭，道：「如果生辰對得上，只需要問問他母親，便知明焉到底是不是辰凱。但如今他母親已逝，可能……就算生辰日子對上，也沒辦法確定了。」

鄔八月心裡隱隱覺得，如果生辰對上了，那十有八九，明焉就是高辰凱。

死無對證又如何?在證據都指向明焉的情況下，他的身世昭然若揭。

鄔八月有些為難地看向高辰複。

他現在的心情肯定相當複雜。

此後，高辰複的確不怎麼說話。沈默了兩日後，在一天早上出門前，他突然對鄔八月說道：

「我今日會進宮，我打聽過了，今日是明焉當值。我會找機會問問他，他的生辰日子。」

鄔八月頷首。

高辰複頓了頓，道：「但是，即便他的生辰日子對得上……我也不打算和他說此事。」

鄔八月微微一愣。

「明焉的母親是一個很溫柔的女子，明焉一直很懷念她。明焉的父親，也是一個十分疼愛他的人。他們都已離世……」高辰複輕聲道：「明焉若知道他不是父親母親的骨肉，想必……」

鄔八月嘆息一聲，理解地頷首道：「不論你作什麼決定，我都支持你。」

高辰複輕輕捏住鄔八月的雙肩。「所以，不管結果如何，這件事情都要保守住秘密，不要告訴他人。」

鄔八月輕輕點頭。

皇宮一如既往的幽靜。

宣德帝下了朝，心血來潮邀了幾名大臣逛御花園。

談起漠北關如今的和平，北秦各部落和大夏之間簽署的和平協定，宣德帝便覺得心情大好。

「陛下，聽說第一批礦品已經開始採集了，很快就能組織起來，運往冶煉之地。」有大臣微微躬身笑道：「陛下此決定，功在當代，利在千秋，實乃萬民之福啊！」

宣德帝不是好大喜功之人，但身為君王，當然還是希望臣子們嘴裡說的都是好話。歌功頌德的溢美之詞，誰不愛聽？

一路上，臣子們舌粲蓮花，將宣德帝誇得笑不攏嘴。

高辰複微微落後一些，刻意走在了明焉身邊，碰了碰明焉的手肘，輕聲說道：「我有話與你說。」

明焉愣了一下，放慢了步調。

終於，君臣行在前，高辰複和明焉落後了他們一截。

「高將軍有何貴幹？」明焉低聲問道。

他已經褪去了當年的不諳世事和輕狂，雖然語氣中還有一些因為不甘心而產生的怨憤。

高辰複並不同他計較，輕聲問道：「你生辰是什麼時候？」

「什麼？」明焉以為自己耳朵出了問題。「你問我、我的生辰？」

高辰複臉色也有些尷尬。

明面上已經鬧翻的人，忽然開口問對方的生辰日子，怎麼想怎麼讓人覺得是在示弱和示好。

明焉自然也是這樣想，臉上的笑容頓時怎麼都掩蓋不住。

「你問我的生辰？」他又重複了一句，手捂住嘴，眼睛都彎了起來。

「有這麼好笑？」高辰複沒好氣地輕聲說了一句，道：「說吧，你生辰是什麼時候。」

明焉笑夠了，方才摸了摸後頸，道：「高將軍陡然問我這個問題，還真是讓我受寵若驚啊……」

調侃了幾句後，明焉才漫不經心地報出自己的生辰。

高辰複一聽便愣住了。

「高將軍？高將軍！」明焉伸手在他眼前晃了晃。「怎麼了？怎麼這表情？皇上那邊已經走遠了，我們趕緊跟上去吧。」

他剛往前走了一步，手腕卻被高辰複抓住了。

「明焉。」高辰複望著地面，並沒有看他，只是說道：「元宵節那日，你見到彤絲了，是吧？」

「彤絲……」明焉一愣，腦子裡光一閃，頓時道：「你是說平樂翁主？她真的還活著?!」

他瞪圓了眼睛。

「看來你還沒有同皇上說。」高辰複輕聲說道，有如釋重負的感覺。

明焉點點頭，道：「每次卡在喉嚨裡想要說出口，但又自己嚥了回去，沒能說出來……」明焉看向高辰複。「高將軍，你也知道令妹還活著……」

「嗯。」高辰複點頭，道：「你既然知道了，希望你能保守這個秘密。要是皇上知道了，今後事情就會很複雜……不，『複雜』是對我們來說的，對你來說……應該是危險。」

明焉哂笑道：「怎麼做妹妹的說得嚇人，做哥哥的還是說得那麼嚇人……」

「言多必失，你該明白，多說多錯的道理。」高辰複輕吸了口氣。「你之前沒說，那我希望，你能夠一直不說。」

明焉有些不甘心，但高辰複說話的語氣十分正經，想必真的是忠告。

「好，我知道了。」明焉心裡有些不痛快，道：「你找我就是為了說這個？元宵節後你怎麼不找，拖到現在。」

高辰複靜默著，半晌後才點了點頭。「一直有事耽擱，又想著你不是多話的人，沒聽到什麼風聲和消息，我就放了心。久而久之，把這件事給忘了。」

明焉若有所思。「這個倒還說得通。那你還問我生辰做什麼？」

「……我隨便問問。」高辰複道。

明焉這下板起臉了。

「你是不是去了漠北之後回來腦子壞掉了？問話找不準重點，還忘性大。」明焉抱怨了一句，甩下話道：「陛下走遠了，趕緊跟上啊！」

高辰複望著明焉的背影，眼睛漸漸泛紅。

宣德帝和其他幾位大臣相談甚歡，君臣和睦，高辰複卻是沈默寡言，顯得格格不入。雖然他一向是寡言少語之人，但像今日這般心事重重的時候，卻也不多。

宣德帝注意到了，等遣散了其他臣子後，便單獨留了高辰複說話。

勤政殿內，宣德帝坐在御案後面，提筆練字。

高辰複低首站在桌前兩步遠的位置。

「複兒。」宣德帝輕聲說道：「你今日似乎有心事，甚至不能掩蓋住凝重的表情，可是有什麼事情發生？」

宣德帝身邊只留了魏公公，再無旁人。

高辰複沈默了下，心裡天人交戰。

雖然他囑咐鄔八月，要她保守此秘密，可宣德帝這般神通廣大，說不定已經知道高辰凱仍舊還活著的消息。

這時候要是還瞞著宣德帝，無異於自找死路。

但要是宣德帝不知道呢？得知辰凱還活著，宣德帝會怎麼對辰凱？

高辰複擔心的便是這個。

他想了想，輕輕抬頭看了一眼宣德帝。

帝王面沈如水，根本猜不到他的心思。

「看來，你果真有事瞞著朕。」

宣德帝是什麼人？能忍生母偷人二十年，一邊鞏固自己的勢力，一邊掃除礙眼之人，毫不手軟……他對別人的觀察，簡直入木三分。

高辰複跪了下去，道了一句。「臣死罪。」

「你還未說到底是什麼事，便扣上一個死罪。」宣德帝一笑。「就不怕朕真的把你給斬了？」

高辰複心裡微涼。

宣德帝這話雖然是笑著說的，但誰聽了不會脊背發冷？

姜太后之事就像是懸在脖子上的一柄大刀，高辰複從來不認為，這件事真的就能過去，他也一直在想後路該如何走。

「說吧。」宣德帝沈聲問道：「到底出了何事，讓你連『臣死罪』這三個字都出來了。」

高辰複深吸一口氣，緩緩地道：「臣最近得知……臣之早夭幼弟，原來還活於世間。」

既然說了，他只能將前後經過娓娓道來。

從淳于氏為保命將這消息講出來開始，到今日他詢問得知明焉的生辰，幾乎可以確定明焉便是那個孩子為止。

「……臣今日心神不寧，便是因為此事。」高辰複低首道。

他話音一落，勤政殿中便悄無聲息。

也不知道過了多久，宣德帝方才擱下了手中的白狼毫，沈聲說道：「你起來吧。」

「臣……謝皇上。」

高辰複慢慢起身，宣德帝看著他，道：「你確信，朕的御前侍衛便是你親弟？」

他搖頭，道：「臣今日只是問了他的生辰，他的身分情況、生辰日子的確和辰凱合得上。至於他是否的確為臣親弟……還有待進一步的確認。」

宣德帝沈吟道：「懷疑明焉的，只你一人？」

「……臣妻也知此事。」高辰複低聲稟道。

宣德帝輕笑一聲。「你們夫妻倆還真是，知道什麼，彼此之間毫無秘密。」

這話說得有些嘲諷，高辰複知道宣德帝是在影射姜太后之事，他當然不會傻得去接話。

「行了。」宣德帝說道：「既然有這個懷疑，那便順著這條線查下去就是。確認的事情，朕會讓人去看著辦，你等著結果吧。」

高辰複一愣，宣德帝道：「怎麼？不放心將此事交給朕去查？」

高辰複趕緊道：「臣不敢。」

「那不就得了？」宣德帝擺手道：「下去吧。」

高辰複心下一梗。事關他的親弟弟，他豈能就這般撒手不管？

他硬著頭皮，跪下道：「皇上，臣斗膽多問一句。若是真能確定明焉便是臣早夭之幼弟高辰凱，不知皇上打算如何……如何處置辰凱？」

「處置？」宣德帝哼了一聲。「朕就是那般嗜殺之人不成？他若是你幼弟，那也是朕的外甥，朕重用他還來不及，又豈會處置他？」

高辰複心下非但未鬆懈，反而更加繃緊了。

「皇上，臣……不打算告知他此事。」

「喔？」宣德帝揚眉道：「你是說，你不打算和他相認？」

「回皇上，是。」

「為何？」宣德帝奇怪地道：「你不想與他兄弟團圓？」

「他……」高辰複低聲道：「從前在漠北時，他稱呼臣為小叔。他一向敬重他的父母雙親，若是知道自己的身世……臣擔心他無法接受。」

「如果他真是你的弟弟，事實便是事實，又豈是欺瞞就能混過去的？紙終究包不住火。」宣德帝意味深長地道：「朕可以答應你，等查出來，確定他的確是朕的外甥，這件事情由你告訴他。你若不告訴他，朕也不會讓人瞞著他。」

高辰複咬了咬唇。「皇上為什麼一定要將此事告訴明焉？」

「為什麼？」宣德帝冷笑一聲，又提起筆，漫不經心地在生宣上揮毫。「複兒，你怕是忘了，你父親可還活得好好的。」

高辰複心下一冷。

「蘭陵侯府裡的那個孩子不是他的骨肉，這個消息，你還沒告訴他吧？不然他如何還能活得這般清閒自在？」

宣德帝笑了一聲。「要是明焉果真是你的弟弟，那豈不正好？告訴他生身父母到底是誰，你父親恐怕會迫切希望他能夠認祖歸宗。可惜啊，明焉的性子，朕也是知道的，要他接受這樣一個父親，怎麼可能？」

高辰複暗暗捏了捏拳。「皇上……只打算報復蘭陵侯爺嗎？」

宣德帝挑了挑眉。「明焉也是個做事的好苗子，朕沒理由把他變成一個棄子。」

高辰複頓時磕了個頭。

「臣……還有一事，要稟告皇上。」

宣德帝有些意外。「還有何事？」

「臣想了許久，覺得臣理應留在漠北，見證北秦和大夏長久和平共存。」

高辰複伏在地上，聲音鏗鏘有力。

宣德帝面色凝重了起來。

他知道高辰複這個舉動是什麼意思。

漠北那地方，苦寒、荒涼，是兩國交界之地，也是最亂的地方。高辰複曾去那兒歷練過幾年，完全能夠知道那裡的惡劣，可是他現在卻求著要去漠北，為的自然是捨富貴而保平安。

宣德帝輕輕停了手，沈聲問道：「你一個人去？」

「……皇上若是仁慈，還請允許臣攜妻帶子，扎根於漠北。」

「好一個『扎根』！」

宣德帝有些心安，卻又沒來由地有些惱怒。

他面色微沈。

在還沒有坦白明焉之事前，高辰複對這條「後路」還是有幾分疑慮。

他自然是不怕留在漠北那樣的地方，但他的妻兒要在那兒度過十年、二十年甚至更長的時間，他是不捨得的。

燕京城多好，繁華、熱鬧，想要什麼便能有什麼。而漠北呢？大漠孤煙、長河落日，風景是壯觀，卻太貧寒。

富貴人生誰不想有？他哪裡捨得妻兒與自己一道受苦？

可高辰凱仍活在世，他不得不為自己弟弟謀一條後路。

總要讓皇上對他放心才行，對他放了心，才能保證高辰凱的平安。

高辰複不知道自己這個電光石火之間作出的決定到底對不對。

他唯一可以肯定的是，自己的妻子，那個說會支持他的小女人，一定也會一如既往地認同他的選擇。

即便對她來說，這個選擇有些自私。

「你是打算留在漠北不回來了？」宣德帝冷聲問道。

高辰複緩緩說道：「皇上需要臣做什麼，臣義不容辭。」

是死是活，的確只在宣德帝的一念之間。

宣德帝捏了捏執筆的手，冷聲說道：「你下去吧，朕會考慮一二。」

「臣，多謝皇上！」

第九十章

高辰複退出勤政殿後，宣德帝方才擱了筆。

「複兒是打定主意，想要遠離燕京這個是非之地了。」

殿中除了他只有魏公公一人，這話，自然也是和魏公公說的。

魏公公輕輕頷首。「高將軍也算是有失有得。」

「懂得為自己謀後路，也懂得為他人謀後路……有些可惜了。」宣德帝輕嘆了一聲，看向魏公公道：「複兒對那鄔氏，看來的確是動了真感情。把這二人湊在一起，也不知道朕當初作的選擇是對還是不對？」

魏公公輕聲道：「皇上自然是對的。」

「也是。」宣德帝哼笑一聲。「朕乃九五之尊，又哪會有不對之說？至少在朕仍活於世時，沒人敢說朕一句不是。」

魏公公輕輕低了頭。

宣德帝沈吟半晌，方才吩咐道：「讓人去徹查明焉的身世，尤其是他年幼時身邊的人，看看還有沒有人知道他是否是被人抱養的孩子。」

魏公公應了一聲。

宣德帝又沈默了會兒，忽然說道：「朕去愨妃那兒坐坐。」

魏公公愣了愣，道：「皇上，您昨兒個同皇后娘娘說，今兒午晌要去陪皇后娘娘用膳……」

「朕知道。」宣德帝道：「朕去懿妃那兒坐坐，然後擺駕坤寧宮。」

魏公公忙低首道了句是，心裡卻在嘀咕。

皇上說去懿妃娘娘那兒，為的是懿妃娘娘，還是五皇子？

帝王心思難猜，但魏公公卻不得不猜測一二。

自從鄔昭儀生下五皇子後，皇上對鄔昭儀的態度便有了變化，乃至後來讓懿妃娘娘抱了五皇子去養、賜死鄔昭儀，皇上未曾表現出一絲不捨。

如今看來，皇上的內心深處，或許還是有鄔昭儀一點地位的。

「魏公公，還在等什麼？」宣德帝看向魏公公道。

魏公公回過神，躬身讓道。

出了宮，高辰複徑直回了長公主府。

有大臣相邀，想要和他套套關係，被高辰複婉言拒絕了。

鄔八月正教著兩個小傢伙說話，瑤瑤很配合母親，跟著開口，雖然發音並不標準。陽陽則是不開金口，淡定地望著自己的母親和姊姊。

「大奶奶，大爺回來了。」

朝霞輕聲提醒了一句，鄔八月起身相迎。

「爺今兒回來得有些晚。」鄔八月笑著上前接過外氅，吩咐肖嬤嬤讓廚房那邊擺飯。

高辰複低聲道：「皇上留我說了些話。」

鄔八月手上一頓，抿了抿唇。一提到宣德帝，她難免有些忐忑。

「沒事。」高辰複輕輕拍了拍她的臂膀，坐了下來，逗弄兩個孩子。

鄔八月陪著他用過午膳，夫妻兩人回房休息。

路上，高辰複輕輕牽著鄔八月的手，像是閒聊一般地說道：「要是如今，讓妳帶著孩子隨我一同去漠北，妳願不願意？」

鄔八月一愣。

高辰複不會無緣無故提起這樣的話，做夫妻已有一年半多的時間，她哪會不知？他既然這般提了，那說明他的確是有這個打算。

鄔八月愣過之後便笑道：「難不成你要去漠北，還能把我和孩子們撇下？」

她笑望向他。「之前你去漠北，我就擔心等你回來，會不會給我帶回來幾個姊妹，現在你再要去，我能跟著去，自然樂意。」

高辰複一笑。「都同妳說過了，不會有別人。」

鄔八月莞爾。

高辰複嘆息道：「妳真願意隨我去？」

「願意。」鄔八月點頭。「你是我的夫君，你去哪兒，我沒有不跟隨的道理。孩子們也不能離開你這個父親的教導。」

她頓了頓，問道：「幾時出發？」

這下輪到高辰複愣怔了。

「你既然都提了，定然是有這個打算的。」鄔八月輕聲說道：「這樣也好，燕京也算得上是個是非之地。我們去漠北，再將彤絲也帶去，天高皇帝遠，我們只說彤絲是你機緣巧合之下認的乾妹子，今後不但能繼續和彤絲生活在一起，孩子們也能名正言順地喚她一聲姑母。」

高辰複摩挲著鄔八月的手掌心。

「我是有這個打算，且已經和皇上提了。」他輕聲說道：「今日我問過了明焉，他的生辰……和辰凱離開那對夫婦的日子，對得上。」

鄔八月頓時停住腳步。

「也就是說……明公子極有可能便是辰凱？」

「嗯。」高辰複輕輕頷首。

「皇上看出我情緒異常，問我心中有何事。我想了想，擔心皇上其實早已知道此事，問我也不過是在試探我對他的忠誠……所以也就將實情告訴他了。」

鄔八月忙問道：「那皇上怎麼說？」

「皇上說，證實的事情，他讓人去辦，我只需要等著他的結果便是。」高辰複頓了頓。「皇上對侯爺仍舊有怨言，他說，如果證明明焉便是辰凱，必得告訴他這件事情。我不說，他也會讓人轉告明焉。」

鄔八月沈默了。

這和高辰複原本打算的背道而馳。

「……那，現在怎麼辦？」

「能怎麼辦？」高辰複輕嘆一聲。「先等皇上的消息吧。」

他沈默了片刻，輕聲說道：「這般想來，我曾經和辰凱也是十分親密，雖有叔姪之稱，卻也將他當作弟弟一般疼愛……或許，這也是冥冥之中的一種緣分。」

鄔八月對他笑了笑，勾著他的手臂。「往好處想想，多一個親人的感覺，其實也不賴的。」

高辰複輕笑著頷首。

宣德帝的調查很快就有了結果。他遣人告知高辰複，明焉的確便是高辰凱。

得到消息的那一剎那，高辰複說不上是歡喜還是如釋重負。

宣德帝的意思是讓他儘快告訴明焉這件事。

高辰複和鄔八月帶著孩子先去見了高彤絲。

「大哥、大嫂，這時候你們怎麼來了？」高彤絲納悶地請了兩人落坐，狐疑地問道。

夫妻倆對視一眼，高辰複輕聲開口道：「找辰凱的事情……有消息了。」

「真的?!」高彤絲欣喜若狂，立刻從凳上站了起來，急切地問道：「他怎麼樣？過得好不好？這個年紀應該娶親了吧，可有兒女了？他為人怎麼樣？」一連串的問話脫口而出。

高辰複沈默了片刻，方才輕聲說道：「明焉……便是辰凱。」

「……什麼？」高彤絲一愣，眼珠子都瞪大了，好半晌才有些不敢置信地道：「明焉就是辰凱？」

鄔八月點頭，輕聲道：「我們順著這個消息往下查，明公子的確便是辰凱。」

「這……這怎麼可能……」高彤絲不可置信。「這也太巧合了吧！」

高辰複點頭。「或許這便是冥冥之中自有定數。」

高辰複雙手相叉，頓了頓道：「今天來找妳，是有事情要和妳說。」

高彤絲還處於震驚當中，有些呆呆地點頭，道：「大哥是來告訴我辰凱的事，我已經知道了……」

「除了這個，還有別的事。」高辰複輕聲說道：「皇上要我將這件事情告訴明焉，我打算明日邀請他來府裡，同他說明此事。到時候……妳也來，我們兄妹三個也能團圓了。」

高彤絲怔怔地看著高辰複。

「另外……」高辰複也沒停歇，既然說了，便將所有的打算都和盤托出。「我已經同皇上提了，打算前往漠北長駐。」

「長駐……」高彤絲頓時回過神來。「什麼叫長駐？」

「就是在漠北為官，可能要在漠北待一輩子了。」高辰複輕輕一笑。「帶著妳大嫂和孩子們一起。」

「舅舅已經同意了？」高彤絲有些難以接受。

「皇上還沒有表態，不過……我想皇上應該不會拒絕我這個請求吧。」

高辰複輕輕一笑，道：「我今日就是要和妳說這些的。或許一下子事情有點多，要妳一下接受有些困難，但……這畢竟也是我為我們兄妹幾個最後做的打算。」他頓了頓，道：「蘭陵侯府那邊……我已經管不了了。」

高彤絲舔舔唇，有些失神地道：「大哥和大嫂去漠北，那……我怎麼辦？辰凱又怎麼辦？」

鄔八月輕輕拉過高彤絲的手，柔聲說道：「妳可以以『義妹』的名義和我們一同去漠北。在漠北，我們可以做為家人一起生活。至於辰凱……明公子他如今是御前侍衛，前途無量，皇上想必不會苛待了他。」

高彤絲咬唇問道：「他的身分能不能公開？他能不能認祖歸宗？」

鄔八月看向高辰複。

她也在想這個問題。高辰凱出生即夭，隨靜和長公主同逝，這是早就公開的事情，突然來個人說是高辰凱，該如何向世人解釋？

高辰複道：「他若是想認祖歸宗，編一個理由總是能做到的；他若是不想認祖歸宗……也沒有人能勉強得了他。」

高辰複道：「等我們聚在一起了，再說此事吧。」

高彤絲只能點頭。

第二日春光爛漫，鄔八月一大早就起身，讓人準備一桌不豐盛但精緻的宴席。

高辰複去邀請明焉。

明焉有點彆扭，不是很想來。

他只以為高辰複是要和他修復關係，但畢竟他們關係破裂的原因有點難以啟齒，現在的明焉想到要去長公主府，勢必會見到鄔八月，便覺得尷尬，希望避開這樣的難堪。

高辰複卻執意邀請他，說有重要的事和他說，這才讓明焉勉強答應了邀約。

日落黃昏，明焉和高辰複抵達了長公主府。

鄔八月已經遣退了人，高彤絲也已經悄然等候在宴客的廂房。

明焉進來時，鄔八月和高彤絲都站起了身。

「平樂翁主?!」明焉看向高彤絲，微微瞪大了眼睛，看向高辰複。「……這陣仗可有些嚇人了。」

高辰複低聲道：「先坐吧。」

明焉將信將疑，有些尷尬地和鄔八月見了一禮，方才坐了下來。

「叫我來到底有什麼事？來的路上，一點口風都不露。」明焉盯著高辰複。「這會兒連平樂翁主都在……」

高辰複頓了頓，先給明焉和自己斟了一杯酒。他端起酒杯，道：「先乾了這杯。」

「……尋常情況下，你都不飲酒的。」明焉眼中更是懷疑。「你說喝酒誤事。」

高辰複點點頭，示意明焉端起酒杯。

明焉到底還是端了酒杯，高辰複乾脆地跟他碰了一下，一飲而盡。

明焉有些驚。「……這到底是怎麼了？今兒什麼日子？」

高辰複不語，高彤絲卻是激動地道：「兄弟相逢，姊弟相認，一家團聚的日子啊！」

高彤絲盼著給靜和長公主報仇已經盼了那麼多年，如今沒想到仇報了，還有意外之喜——親弟弟竟然還活於世。

不知道此事便罷，一旦確定了此事，見到面前身量頎長、長相端正的弟弟，高彤絲哪裡憋得住？

她激動地行到明焉的面前，男女大防都不顧了，伸手抓住了明焉的雙手，眼中一瞬間湧上了熱淚。

明焉被嚇到了，有些六神無主地看看高彤絲，又看向高辰複。

「辰凱……」高彤絲哽咽地道：「你還活著……老天保佑，母親保佑，你還活著……」

「這怎麼回事？」明焉尷尬地要推開高彤絲，臉上染著紅暈，眸中滿是不解和疑惑。

高辰複輕嘆一聲，示意鄔八月去把高彤絲拉回來。

鄔八月這才輕聲哄著高彤絲。「他在這兒，我們先坐下來，慢慢說。」

高彤絲望著明焉，眼神熱切而疼愛，這讓明焉十分不自在。

「高將軍，這怎麼回事？」明焉撣了撣衣裳，抿唇問道：「什麼叫做『兄弟相逢，姊弟相認，一家團聚』？我與你們可不是一家人。」

高彤絲頓時要出聲，鄔八月忙拉住她，搶先說道：「明公子，此事說起來有些複雜，你先聽我們說……」

在高辰複娓娓的講述中，明焉總算是明白了他原本的身分。

「……不可能！」他猛地站了起來，連凳子都往後邊倒了，指著高辰複怒聲道：「你胡說！」

「我沒有胡說。」高辰複輕聲道：「從得知辰凱還活著的消息後，我們便一直在尋找，沒有放過一點蛛絲馬跡，最終是找到了你這兒，且也已經核實過了。你……的確就是辰凱。」

明焉胸口劇烈地起伏，顯然並不能接受這個事實。

明焉的父母都已逝世，因他是外室所生，所以也一直沒有入大院族譜。如果他想要認祖歸宗，其實也很容易，只需要回到蘭陵侯府，得到了高安榮的認同之後，上報先祖族中，他便能改名換姓，有了又一個身分。

但看明焉現在的情況，他顯然連這個事實都不肯接受。

「我知道你一時半會兒是無法理清這件事的。」高辰複輕嘆一聲，道：「沒有關係，你可以回去好好想想。」

高彤絲頓時不樂意了。「大哥，什麼回去好好想想？他是辰凱啊！既然找到了辰凱，自然是要讓他認祖歸宗，再好好給母親上一炷香才行。」

「彤絲。」高辰複低聲叫了高彤絲一句，說道：「明焉不是小孩子，他有自己的想法，妳不要用妳的立場來要求他。」

「什麼叫做我的立場？他是我們的親弟弟！」高彤絲頓時站了起來，盯著明焉說道：「辰凱，我也打聽過了，你從前可不是什麼正兒八經的少爺公子，你的身分還讓你受盡白眼，可如果你是蘭陵侯爺和靜和長公主的嫡子，是當今皇上的外甥，你的地位可就不一樣了！你立刻就和普通的人區別了，你有我們做為親人，認祖歸宗還有什麼可猶豫的？」

明焉低垂著頭，雙目有些失神。

高彤絲急了，連喚了他幾聲。

半晌後，明焉方才出聲道：「平樂翁主……我叫明焉，不叫辰凱。」

高彤絲怔住。

明焉緩緩抬起頭，看向高辰複。「即便真是你所說的那樣，那麼殺母之仇已經報了，也沒有什麼需要我做的。可是……蘭陵侯爺，你讓我怎麼去面對他？縱是生父又如何？」

明焉這話中的語氣，很是怨懟。

因為蘭陵侯爺風流花心，才讓淳于氏有機可乘。姜太后的順水推舟不能說，所有的怨怪便都要歸到淳于氏身上，導致靜和長公主生產之時遭人算計的罪魁禍首，便只能讓高安榮和淳于氏擔了。

這樣的父親，讓明焉如何接受？還不如他這二十年來所認為的生父。

「……我尊重你的選擇。」高辰複輕聲說道：「你若是願意認祖歸宗，蘭陵侯府總會有你的位置，你若不願意——」

「舅舅不會答應的！」高彤絲憤慨地說道：「舅舅知道你是他的外甥，他不會允許你繼續頂著別人的名字和身分生活。你是皇親國戚，不是外室之子，你必須回蘭陵侯府認祖歸宗！」

高辰複擰了眉，卻不知道該說什麼。

照宣德帝不想讓高安榮餘下的人生好過的想法，辰凱這顆棋……他是一定不會不用的。

「好了，彤絲。」鄔八月伸手拉住高彤絲，柔聲說道：「今日是與明公子——」

「辰凱！」高彤絲打斷道：「大嫂妳別叫錯了，是辰凱！」

「好，辰凱。」鄔八月無奈地點頭，道：「今日是和辰凱相認的日子，不管他的決定如何，你們終歸都是血濃於水的家人，可不能吵起來。我們好好吃一頓飯，今後的事，今後再說。」

高彤絲想起高辰複同她說的，要攜妻帶子去漠北的事情，總算是將心裡那股氣壓了下去。她也放低了姿態，對明焉說道：「辰凱，我們不談別的，先好好吃一頓吧。」

鄔八月則在一邊打圓場。

饒是如此，這頓飯吃得還是十分尷尬。

高辰複寡言，少有動筷。明焉突然得知這樣的消息，自然也是驚愕萬分，也是沒有什麼胃口。高彤絲因為不喜明焉不答應認祖歸宗的事，心裡也憋著氣不好受，吃得很少。

整頓飯下來，居然是鄔八月吃得最多。

碗碟撤下去，剩了很多，鄔八月吩咐朝霞讓人分給府裡的奴僕，給他們加點菜。

香茗沏上，鄔八月還在努力活躍氣氛。

明焉卻起了身，道：「天色已經晚了，我先回去了。」

高辰複也站起，沈吟片刻後道：「好，我讓人送你，你路上小心些。」

「府裡又不是沒有屋子，你留下來住不行嗎？」高彤絲伸手拉住明焉，咬了咬唇說道：「辰凱，認祖歸宗有什麼不好？你總能——」

「翁主。」明焉低聲喚了她一句，說道：「現在，還是喚我明焉好了。」

「你……」高彤絲微微瞪大雙眼，有些難以置信。

明焉同高辰複道別，視線移到鄔八月的臉上時卻是頓了頓，道：「高夫人，能否送我一程？」

鄔八月一愣，高辰複和高彤絲也看向明焉。

鄔八月為難地道：「這……恐怕不大好。」

她看向高辰複。

明焉也看向高辰複。「高將軍，我只是想單獨與尊夫人說幾句話。在長公主府裡，我總不能做什麼逾矩之事。」

高辰複目光微沈，沈吟片刻後道：「我與八月一道送你，你想與她單獨說話時，我避開一些，可否？」

明焉便是一笑，點了點頭，鄔八月也勉為其難地答應了。

單獨和明焉相處時，鄔八月總有些彆扭，明焉曾對她有意，還因此和高辰複鬧翻；後來明焉入了陳王府做了陳王的侍衛，又和鄔陵桃產生了感情。

如今明焉又成為了她丈夫的弟弟，她的小叔……

這樣一個身分屢屢變化的男人，鄔八月雖不至於躲著他，卻也不敢和他走得太近。

「沒有高將軍在，高夫人似乎連話都不大好意思和我說。」

明焉望了望落後他們一些距離的高辰複，輕笑一聲說道。

鄔八月抬了抬下巴，儘量平靜地道：「你如今也可喚我一聲嫂子。」

「呵。」明焉一笑。「從前讓我喚妳小嬸，如今倒是成了嫂子。」

他側頭看向鄔八月。「人卻沒有變。」

「我也沒有想到，會有這樣不同尋常的事情，但總是一件好事。」
鄔八月微微抿唇一笑，看向明焉。「不管如何，總也多了好些親人。」
「有的親人，不要也罷。」明焉微微一笑，說道：「妳不用提防著我。我承認從前我年少輕狂不懂事，但如今，我早已不是漠北關的那個明焉了。」
鄔八月若有所思，輕聲問道：「你是不打算和蘭陵侯爺相認了？」
「沒那個打算。」明焉閒閒地道：「平樂翁主不是說了，皇上也知道這件事情，皇上知道了，蘭陵侯爺多半也不會不知。但知道了是一回事，我不想認祖歸宗，沒有牛不喝水強按頭的道理，誰能押著我去認祖歸宗不成？」
「那……你怎麼打算？」鄔八月問道。
「從前如何過，以後便如何過。」明焉頓了頓，道：「我若是認祖歸宗，束縛便也多了，不可能有如今這樣的自由，別人看我，也總會帶了一些我不喜歡的目光。我不想這樣，我也有我要保護的人。」
鄔八月一愣。
明焉頓住腳步，沈吟片刻後，對鄔八月說：「我雖然沒有認他們為哥哥姊姊，但我肯叫妳一聲嫂子。」
鄔八月有些受寵若驚。「你怎麼……」
「嫂子。」明焉輕聲道：「妳閒著沒事的時候，多去陳王府走走吧。」
他轉身面向鄔八月，鞠了一躬，道：「有勞妳了。」

送走明焉，鄔八月有些若有所思。

高辰複與她慢慢步行回去，倒也沒有出聲相問。

明焉和鄔陵桃之間產生的一段情，鄔八月沒有同高辰複說過。畢竟是有關鄔陵桃的隱私，就算是高辰複，鄔八月也沒想過要告訴他。

回到寢居，洗漱過後，鄔八月輕聲問高辰複。「他不願意恢復蘭陵侯高姓，皇上那兒會不會給他施壓？」

「興許會吧。」高辰複輕嘆一聲，道：「不過，他若打定了主意不願意，皇上也不可能強迫得了他。但侯爺是一定會知道這件事的。」

鄔八月輕嘆一聲。

高辰複道：「今後如何，我們也管不了了。明日我遞一份摺子，再次向皇上請示前往漠北。既然已經在皇上面前提出過了，就不要再拖著了。這時節走，倒也正好。」

鄔八月一笑。「早有這樣的打算，還能留著單姨，讓她和我們一同去。」

高辰複微微頷首。「只是沒想到世事會這般變化。」他嘆了一聲。「前去漠北，也是不得已而為之。」

「皇上他……會放心讓我們去漠北嗎？」鄔八月憂慮地看向高辰複。「我們……總也是知道姜太后秘密之人，皇上他……」

高辰複搖了搖頭。「我既然這般提了，皇上當然能猜測得到我的意思，就是要避開燕京城這個是非之地，也不在皇上面前時時晃悠，提醒他姜太后之事。皇上如果同意，自然是打算放過我們；皇上如果不同意……」

高辰複沈默了下來。

皇上若是不同意，就不知道他心裡還有什麼打算。

郞八月輕輕拍了拍高辰複，靠在他肩頭道：「不論如何，我們總在一起。」

高辰複挽過她，微微用力將她擁緊。

請示宣德帝的事情，很快有了答案。

宣德帝並沒有多說什麼，見著了高辰複的摺子後，他令人請了高辰複進宮，詳談了半個時辰，答應派高辰複長駐漠北，調解大夏與北秦之間的關係往來。

為此，宣德帝特意封了高辰複一個漠北司馬的職位，相當於正三品官。

朝堂上對此倒也沒有議論紛紛，與北秦以礦品為媒介而交好之事，本就是高辰複率先提出來的，促成大夏和北秦友好往來的，也是高辰複，高辰複對漠北一帶的了解自然不淺。如今讓高辰複去漠北掌權，那也是水到渠成、自然而然的事情。

消息一出，高辰複便吩咐郞八月開始整裝行李，準備前往漠北了。

「明公子那邊……」夜晚時分，郞八月正在擬著要帶去漠北行裝的單子，忽然出聲問道。

高辰複點點頭，道：「還沒有動靜。」

「彤絲怕是耐不住了。」郞八月輕嘆一聲。「她已經遣人來跟我遞過兩次話了。」

高辰複抿了抿唇，點點頭說道：「嗯，我知道。不過有皇上的人看著，她也不敢輕舉妄動。」

鄔八月想了想，說道：「侯爺那邊，你要不要先去告知他一聲？」

高辰複身形微頓。

「還是算了。」他道：「我與他也沒什麼好說的。」

頓了頓，又道：「還是不要多此一舉的好。」

鄔八月嘆息一聲。

事關骨血親情，高辰複卻用「多此一舉」四個字來形容，可見他對蘭陵侯爺有多失望。

失望也是應當的，換作是她，恐怕對蘭陵侯爺更是難以原諒吧。

出發前往漠北的時間定在入夏時節，在此之前，高辰複有很多事情要交代，鄔八月也要和親人們一一道別。

首先想到的人，便是鄔陵桃。

陳王府和往常沒什麼兩樣，不過聽說陳王爺新納了兩個美妾。

街頭巷陌傳言，說陳王新妾乃是煙花女子，認了某小官為義父，才被陳王抬進了陳王府，陳王妃對此卻似乎沒有意見。

鄔八月抵達陳王府，門房聽說是來見王妃的，態度有些怠慢。待得知是高司馬夫人時，門房才畢恭畢敬地請了鄔八月入府。

這種變化，讓鄔八月心都揪了起來。

待見到鄔陵桃，鄔八月更替她委屈。

「三姊姊，怎麼瘦成這樣了……」

鄔八月輕握住了鄔陵桃的手。

雖已入夏，但天還是微微涼，鄔陵桃衣著並不單薄，但整個人看起來卻是瘦了一圈。

「害喜，反應有些大。」鄔陵桃笑了笑，輕撫著凸起的腹部，道：「這孩子頑皮，連帶著我也吃不下太多東西。」

鄔八月咬著下唇，坐到了她對面。

「三姊姊，是不是陳王待妳不好？」鄔八月輕聲問道。「我看陳王府裡的那些個下人，待人接物也十分敷衍。」

鄔陵桃笑容略淡了些。「他對我好不好，我沒所謂。至於下人，還不是見鄔家遭難，覺得我這個王妃不可靠了。」

「三姊姊……」

「沒事，我看得開。」鄔陵桃道：「我現在也不爭什麼，好歹我王妃的位置還坐得牢牢的，也沒人越得過我去。」

她頓了頓，道：「王爺有心想要將府裡的大權交給他現在寵愛的那個妾，我豈能答應，遂了那狐狸精的願？我已經寫信進宮，讓裕太妃作主了。」

「裕太妃會幫著三姊姊嗎？」

「裕太妃好歹也是陳王生母，姜太后沒癱之前，裕太妃對姜太后唯唯諾諾；如今姜太后興不起什麼風浪了，裕太妃當然巴不得能翻身作主。作皇上的主她是不行的，但作陳王的主，她自然願意。裕太妃再是對我不滿，也不會願意讓一個煙花女子在陳王府裡作威作福。」鄔陵桃輕笑一聲。「女人要靠男人的寵愛不假，卻不能只靠男人的寵愛。煙花女子只學了如何取悅男人，卻沒有學如何制衡內宅，終究不過是曇花一現罷了。」

鄔八月微微鬆了口氣。「別的都罷了，只希望三姊姊能好好的。」

「放心。」鄔陵桃輕輕拍了拍鄔八月的手，頓了頓，道：「什麼時候啟程去漠北？」

鄔八月張了張口，低嘆一聲。「三姊姊知道了？我還想著今日親口來告訴妳的。」

「這麼大的事情，我如何能不知？」鄔陵桃笑道。「離開這兒也好，漠北天高地闊，妳也能自由些，燕京城裡那些個流言蜚語的，總算能拋諸腦後了。」

鄔陵桃的笑讓鄔八月有些失神。

她變了，變了好多。

鄔八月莞爾，輕輕點頭，道：「嗯，遠離是非之地，倒是不錯。我們都已經準備得差不多了，隨時可以啟程。」

鄔八月對鄔陵桃笑了笑，頓了頓，伸手遣退了屋中的其他人。

「怎麼了，有秘密的事同我說？」鄔陵桃笑道。

鄔八月點點頭，附耳對鄔陵桃說了明焉的事。

「……什麼?!」

鄔陵桃瞪大眼睛，顯然也覺得這個消息匪夷所思。「此話當真？」

「千真萬確。」鄔八月輕聲道：「明公子不願意認祖歸宗，爺也由著他。不知道現在明公子是否改變了主意。不過，蘭陵侯府那邊沒什麼動靜，我想，侯爺他應該還不知道吧。」

鄔陵桃沈吟了片刻，方才說道：「他既然不願意，那便由著他吧，總沒有強按著他去認祖歸宗的道理。」

她問鄔八月。「這事還沒有傳揚開去？」

「嗯。」鄔八月頷首道：「爺不是多話之人，皇上雖然知道，總不可能散布此事。」

「那就由著他吧。」鄔陵桃道：「位高對他來說也不一定就是件好事。畢竟，他頂著明焉這個名字生活也已經有二十年了。」

鄔八月柔柔地看著鄔陵桃。

「望著我做什麼？」鄔陵桃一笑，道：「覺得我變了？」

「是啊。」鄔八月輕輕點頭。「若是從前，三姊姊妳一定會說，明焉真是不識好歹，有那樣唾手可得的大好前途，卻不去認祖歸宗。可現在的妳，也學會了不強求他人。」

鄔陵桃喟嘆一聲。

「以前……很多事情是我想岔了。」她溫柔一笑。「爭那麼多，到頭來其實也沒什麼意思，反而將自己給束縛住了。不過——」

她看向鄔八月。「我還是那句話，我不後悔。」

鄔八月莞爾。「三姊姊的性子還是沒有變，至少對我，妳夠坦蕩。」

她輕輕握了握鄔陵桃的手。「三姊姊，妳要好好的。」

「放心吧。」鄔陵桃笑道：「在這陳王府裡，我還不至於輸到一敗塗地的地步。」

鄔陵桃輕輕摸了摸肚子。「就算是為了這個孩子，我也不會允許自己輸。」

從陳王府回來，肖嬤嬤匆匆同鄔八月稟報，說蘭陵侯府來人遞了話，說是侯爺病重，讓高辰複和鄔八月帶著一雙兒女回去瞧瞧。

「喬姨娘讓人遞的話，應該不假。」鄔八月覺得莫名。「但侯爺好好的，怎麼在這個當口生病？」

肖嬤嬤搖了搖頭。

「會不會是……聽聞大爺要去漠北，侯爺心中不願意？」鄔八月抿抿唇。「那也不至於用『病重』兩個字吧？」

懷著這樣的疑問，鄔八月先讓人去打聽了一番。

第九十一章

「說是……」肖嬤嬤有些難以啟齒。「說是侯爺被女人掏空了身子……」

鄔八月一愣。

高安榮生性風流，但至少還是懂得節制的。這二十年中，有淳于氏在中間橫著，高安榮並沒有表現得太惹人矚目——就算是如今，蘭陵侯府中也只有四個妾室，比起其他皇親國戚要收斂得多。

忽然聽說高安榮是被女色掏空了身子，鄔八月無論如何都不敢相信。

「千真萬確。」肖嬤嬤低聲說道：「侯爺大概是因為侯爺夫人離世，所以……自暴自棄了。」

肖嬤嬤找的這個理由倒也說得通，依著高安榮的性子是極有可能的。

「……真是荒唐。」鄔八月輕嘆一聲，讓肖嬤嬤遞個消息去鄔家。

早前她是已經讓人通知了鄔家，明日要去鄔家拜別親人的，蘭陵侯爺來這麼一齣，明日自然是不能成行了。

待高辰複回來，鄔八月婉轉地告知了他這個消息，道：「爺，我們現在就去侯府吧？」

高辰複斂目，臉上有些陰晴不定。

鄔八月輕輕捏了捏他的手，他才反應過來，低聲道：「走吧。」

車馬是已經備好了的，一路行到蘭陵侯府，知道了消息的喬姨娘帶著果姨娘一同來迎。

果姨娘一臉不高興，給高辰複二人請了安，道：「大爺、大奶奶可回來了，趕緊給侯爺作作主，一把年紀了還狎妓，傳出去像什麼話？」

果姨娘向來是有話就說，從不憋著，喬姨娘也拿她無可奈何。

「大爺、大奶奶，裡邊請吧。」

喬姨娘尷尬地拉過果姨娘，躬身讓道。

鄔八月對她們二人點點頭，邊走邊問道：「妳們都出來了，侯爺身邊誰在伺候著？」

「莫姊姊、高姊姊她們還在侯爺邊上伺候著，也不缺我們倆。」喬姨娘低聲回道：「她們是老早就跟在侯爺身邊的，老實可靠。」

鄔八月頷首，輕嘆一聲。「侯爺出門，妳們怎麼也不攔著？」

「誰知道侯爺老不休，跑去那些地方啊！」果姨娘說起這個，臉上竟帶著一種「羞恥感」。「莫姨娘和高姨娘年紀大了，伺候不了他，我和喬姨娘可正是青春年華，哪兒不如青樓裡那起子狐媚子了？侯爺真是荒唐，狎妓狎出事來了吧！」

鄔八月聽得耳朵燒。

果姨娘還待抱怨，鄔八月忙止住她道：「好了，現在說那些也沒用，還是先去瞧瞧侯爺吧。」

高辰複雖走在前面，倒也聽著後面的對話。他出聲問道：「大夫怎麼說？」

喬姨娘趕緊回道：「請了太醫院的太醫來瞧，太醫說侯爺身體虧了，精氣外洩，讓侯爺今後得靜養，那個……禁止……」

高辰複點了點頭，再不開口。

喬姨娘尷尬地笑了笑，又道：「大爺，妾身說句話，大爺不要多心。妾身覺得，侯爺突然這般病了，其實不只是因為這個原因……」

高辰複掃了喬姨娘一眼。

鄔八月低聲道：「喬姨娘的意思是……」

喬姨娘道：「大爺、二爺接連離府，侯爺心裡也不好過。昨日侯爺出門時還好好的，今兒回來就面如死灰一般。侯爺往常不這樣的……妾身覺得，許是在這當中，侯爺還受了某種打擊，不然侯爺要是有這樣的變化，妾身早就發現並告知大爺、大奶奶了。」

高辰複靜默不語。喬姨娘話說到這分上，也不敢再開口了。

一路行到了嶺翠苑。

淳于氏雖然已經不在了，但高安榮還是住在嶺翠苑，這兒的擺設和淳于氏還在的時候沒有多少分別。

莫氏和高氏迎了出來，高辰複帶著鄔八月走了進去。

高安榮算是撿回了一條命，整個人軟軟地半躺在床上，眼底青黑，眼袋耷拉著，一副彌留之相。

高辰複皺著眉頭，在床邊不遠處坐了下來。

高安榮一見到高辰複，神情立刻激動了起來，人也顯得有精神了許多。

喬姨娘察言觀色，極有眼力地率先退了出去。

除了果姨娘有些不甘心外，其他人都跟著退了出去。

「複兒……」

高安榮抬了手，想要去抓高辰複的雙手，高辰複微微往後退了退，道：「侯爺有什麼話，只管說便是。」

高安榮面露頹唐，輕聲道：「昨兒個，我見著辰凱了……」

高辰複面上一頓。

「辰凱長得好啊，清清秀秀的，很像我年輕的時候……」高安榮苦澀地道：「他就那麼自然地走到了我的面前，跟我說，他是辰凱，說你已經和他相認了……」

高辰複撇過臉。

高安榮盯著他道：「既然找到了辰凱，你為什麼……不帶他回來？」

高辰複冷淡地說道：「他都找到了你面前，你自然該聽聽他是怎麼說的。」他問：「辰凱他想要回來，認祖歸宗嗎？」

高安榮頓時被他這一句問話梗住。

事實上，明焉去見他就是要和他劃清界線的，也說明了他不會認祖歸宗，不會姓「高」。

高安榮忽然發病，也正是因為大喜大悲，情緒驟變得太快。

喜的是原以為早已夭折的兒子竟還活著，悲的是這個兒子不認他。

高安榮的失語無疑已經表達了這個問題。

「辰凱做什麼樣的選擇，我沒辦法置喙，那是他的事情。」高辰複站起了身，道：「你既然無礙了，那我們就回去了。」

「站住！」

高安榮厲喝了一聲，頓時咳嗽了起來。

鄔八月於心不忍，倒了一碗茶遞過去，高安榮伸手打翻在地上。

「你三個弟弟，一個去當了和尚，一個明明可以認祖歸宗卻不肯回家，還有一個才丁點大連話都不會說……你這個長兄，你於心何忍！」

高安榮的指責讓高辰複不由冷笑。

他搖了搖頭，也懶得再與高安榮理論這個。

他道：「我不日就要啟程去漠北，這些事情，我管不著了。」

「你是長子！這是你的責任！」高安榮大喊道。

「太醫讓你靜養，別讓人說你是死在女色上。」高辰複淡淡地囑咐了一句，喚了喬姨娘進來，道：「好好照顧侯爺。」

喬姨娘應了一聲，張了張嘴問道：「大爺這就要走了？」

高辰複點了點頭。

「回來！」眼瞧著高辰複和鄔八月已經跨出了屋門，高安榮不得不再次大聲喊叫。

然而，高辰複這一次卻是頭也不回了。

「明公子怎麼會去找侯爺？」回去的路上，鄔八月疑惑地問道。

高辰複思忖片刻後道：「大概是皇上同他提的。」

這般一想，倒的確能對得上。

「……在煙花之地和生父相認，也難為明公子了。」鄔八月嘆息一聲，輕聲道：「今後在燕京城裡，明公子和侯爺兩人若是再遇上，可該如何是好……」

「這不是我們該擔心的問題。」高辰複微微一笑，道：「我們要不了多久，就會去漠北了。」

鄔八月抿唇點了點頭。

是啊，哪能顧及得了那麼多……

行李已經收拾妥當了，高辰複帶鄔八月去了鄔家，鄭重地與他的岳丈家告別。

鄔居正和賀氏令人準備了豐盛的飯菜。

鄔國梁和段氏都已逝，鄔家已經分了家，高辰複和鄔八月來的這日，鄔八月的兩位叔叔也帶著家人來吃這頓團圓飯。

「陵桃那邊說，妳去陳王府見過她了，她便不來了。」賀氏嘆息一聲，道：「鄔家現在的身分尷尬，累得我也不敢往陳王府跑太勤，怕陳王府的人說閒話，反倒給陵桃招惹是非。瞧著她現在懷著身孕，陳王卻這般荒唐……我實在莫可奈何。」

鄔八月挽著賀氏的手臂，輕聲勸道：「母親別擔心，三姊姊有分寸，不會讓自己陷入困境的。」

「她現在可不就是在困境之中？」賀氏道：「她啊，也不過就是打碎了牙往肚子裡嚥罷了。」

鄔八月只能沈默。

除了鄔陵桃之外，人都到齊了。

鄔八月和賀氏去廚房瞧菜品準備的情況，乘機問道：「老太君和二嫂子不來嗎？」

「她們來做什麼……」賀氏輕嘆道：「老太君也是被氣著了，身體一日不如一日，到底上了年紀，不過是在熬歲數罷了。至於妳二嫂子，腦子已經不清楚了，人多了她還會害怕，倒不如讓她一個人待著。」

鄔八月微微垂首。

一頓飯吃得賓主盡歡，結束的時候，老太君卻派了人來，讓人請四姑奶奶過去說話。

鄔八月意外地指了指自己。「老太君有話同我說？」上次見老太君，老太君明確說了不想再見到她的。

下人點頭道：「老太君請四姑奶奶過去。」

鄔八月只能去見郝老太君。

高辰複陪著她一起去。

見到鄔八月，郝老太君面上沒什麼情緒，但頭一句就讓鄔八月愣住了。

「妳去漠北，把二丫給帶上。」郝老太君道。

鄔八月頓時一怔。

郝老太君會給二丫找出路，鄔八月是知道的，以前也一直聽說過郝老太君屬意的人選，但她沒有料到，郝老太君竟然選定了她。

「老太君，二丫她……」

「妳帶去，就當是我對妳最後的要求。」郝老太君道。「等我進棺材，妳是來不及給我戴孝送終了。把二丫帶上，給她找個好婆家，就算是妳對我盡孝了。」郝老太君說道。

鄔八月不知道老太君為什麼會作出這樣的決定，但既然她提了，身為後輩，便沒有拒絕的立場。

她應了一聲是，看向在一邊嘟著嘴，瞧著也有兩分不高興的二丫。

「郝奶奶，我跟著四姑奶奶去了，妳怎麼辦？拉屎撒尿的時候誰伺候妳？」二丫小聲道：「四姑奶奶人好，我跟著她去倒是不用擔心，妳可怎麼辦……」

鄔八月張了張口，倒是沒想到二丫對她這般信任。

郝老太君閉目道：「我再如何也是主子，誰敢對我不敬？二老爺、二太太也不是不孝順的，總會給我養老送終，輪不著妳這個小丫頭操心。」

郝老太君面露困倦之色，對二丫道：「妳現在就收拾收拾，跟著四姑奶奶走吧。」

二丫站著不動，郝老太君嚴厲地呵斥了她一聲，二丫這才癟著嘴去收拾東西。

這邊便留下鄔八月一個人面對郝老太君——朝霞等媳婦子、丫鬟之類的，在老太君面前說不上話。

郝老太君經歷抄家喪子之痛，身體已經是一日不如一日了，這會兒望著鄔八月，鶴髮雞皮，看上去老態畢現，以往的精神矍鑠早已蕩然無存。

鄔八月微微低了頭，輕聲道：「老太君，您要保重身體，曾孫女兒不管在哪兒，也會給您祈福的……」

郝老太君莞爾，輕聲道：「給我祈福倒是不用了，妳要是得閒，就求老天爺多保佑鄔家。鄔家就剩妳祖父這一支，這一支能興旺下去，我也算是對得起妳曾祖父。」

鄔八月輕應了一句。

郝老太君又道：「二丫不用妳操太多心，她也不是個什麼都不懂的人。等到了漠北，讓妳夫君給尋個踏實可靠的小兵給她做男人。她能平安順遂，就算是我謝了她照顧我這些年。」

鄔八月心裡默嘆一聲。

二丫這個丫鬟，在老太君的心目中，說不定比她這個曾孫女兒還要得她的心。

但對此，鄔八月也嫉妒不起來。

「老太君放心，二丫的事，我會放在心上的。」鄔八月承諾道。

郝老太君定定地看了她半晌，忽然輕聲說道：「妳這個孩子……大抵也是運氣好。」

鄔八月略張了口看向她。

郝老太君笑了笑，說：「能嫁一個好人，便是最好的運氣。」

鄔八月扭頭看了看外面，雖然瞧不見等候在外的高辰複的身影，但她心裡卻還是甜蜜。

「我一向是不大喜歡妳的。」郝老太君淡淡地說道：「論性情，妳不及陵桐大氣；論心計，妳不及陵柳果決；論聰明，妳不及陵桃慧黠；甚至論待人處事，妳也不及陵梅老成。妳唯一的優點，就在妳夠真夠善，讓人生不出反感。」她頓了頓，道：「如果妳嫁的不是高家小子，恐怕不會有現在這樣的好運氣。」

鄔八月莞爾。

她輕聲道：「老太君，正因為我嫁的是這樣的男人，所以也就不需要我收起我的真誠和善良。因為，灰暗的事情，他不願意讓我觸及；而我不得不觸及的灰暗，也有他和我一起承擔。老太君難道不認為，這才是真正的夫妻之道？」

郝老太君怔愣了片刻，忽然釋然了。

她低聲說：「遙想當年，太祖未起事時，我與妳曾祖父也是這般尋常的夫妻……權勢大了，看到明爭暗鬥、互相算計權衡的夫妻多了，聽了道理一大堆，如今回想起來，其實哪有什麼意思……」

郝老太君輕嘆一聲，笑道：「能保持本心，也是件不容易的事。」

二人頓時沈默。

「去吧。」片刻後，見二丫從另一邊門裡出來，郝老太君說道：「早點走，別逗留。」

「老太君……」鄔八月輕喚一聲。二丫也叫道：「郝奶奶……」

「走，都走。」郝老太君揮了揮手，背過了身。

帶著二丫回了長公主府，素來活潑愛說話的二丫變得十分沈默。

出發之日在三天後，這三天是留給他們養足精神的。

鄔八月更擔心的是兩個孩子，怕他們禁不住在路上的顛簸，要是在路上生了病，可是非常麻煩。

高辰複尋思著要不要重金聘個醫術高的大夫和他們一道去，等到了漠北，再讓那大夫回來。

鄔八月覺得這樣很好。

但不日，鄔居正就給他們解決了這個難題。

鄔居正讓人將靈兒送了過來。

「二老爺說昨兒個忘記了這事，今兒方才想起，讓小的將靈兒少爺給送來，讓靈兒少爺陪同四大爺、四姑奶奶一道去漠北。」鄔家的人說道：「二老爺說靈兒少爺的醫術也小有所成，去漠北正好也能歷練歷練身體。」

靈兒乃是鄔居正收的徒弟，他的醫術不說頂尖，但應付個小病小痛的肯定不成問題。

高辰複感念鄔居正替他們夫妻二人想得這般周到，鄭重地讓人回去轉達他的感激。

鄔八月拉過靈兒的手正要說話，靈兒卻抽了手，彆扭地道：「男女授受不親的，陵梔姊。」

鄔八月一笑，伸手刮了下他的鼻頭。「鬼機靈。」

靈兒衝她做了個鬼臉，問道：「洛兒也要去漠北吧？」

鄔八月看向高辰複。

高辰複答道：「還沒有問過他，他若是要去，那便一起去吧。」

靈兒頓時一笑。

「他肯定去。」靈兒揮了揮拳頭。「我也去，他敢不去。」

臨走前一晚，宣德帝召了他們夫妻二人進宮，讓他們也帶上兩個孩子，好給他們送行。

宣德帝只召了蕭皇后和懿妃作陪，軒王夫妻也在。

明焉身為御前侍衛，筆直地侍立在宣德帝身後。

高辰複一進宴客的偏殿，明焉便朝他眨了眨眼睛，面露嚴肅，眼中含了關切之意。

高辰複心裡暗暗吃驚。

他帶著鄔八月給帝后等人行了禮，宣德帝讓人賜了座。

「今兒沒有外人，權當是朕這個做舅舅的給你們踐行。」

宣德帝笑著舉了杯，寒暄過後，竟和高辰複話起了家常。

皇帝賜酒，高辰複不敢不喝。

酒過三巡，醉意微微上了頭。

「漠北之地苦寒，讓你去漠北，真是辛苦了。」宣德帝喟嘆一聲。

高辰複看向宣德帝，輕聲說道：「為國盡忠，乃是臣之本分。」

宣德帝一笑，道：「你忠君愛國，朕心甚慰。」

正說話間，被許靜珊抱在懷中的軒王世子卻開始哭鬧了起來，許靜珊忙告了個罪，抱著兒子下去哄他。

宣德帝道：「朕這孫兒自小體弱多病的，好在這燕京繁華，太醫隨時恭候著，也不缺藥，若是生了病，倒也能很快施醫問藥，漠北可是沒有這麼好的條件。」

高辰複心裡一突，像是明白了什麼，拱手正要回話，宣德帝卻緊跟著道：「你們夫妻去漠北，孩子們跟著去卻是遭罪，不如將兩個孩子留下來吧。朕是他們的舅爺，自會替你們照顧好他們。」

鄔八月頓時瞪大眼睛，高辰複心裡的不安陡然放大。

皇上打的……竟然是這樣的主意！

怪不得明焉會衝著他眨眼睛，其實是在提醒他皇上有別的打算。

可事情發展到面前，他又能做什麼？

高辰複抿了抿唇，輕聲說道：「臣……」

「回皇上，孩子還小，離不開父母雙親，臣婦……」鄔八月趕緊開口，可話還沒說完，一旁的慤妃娘娘卻幽幽開口道：「帶著兩個小的去漠北，也不一定是為他們好。」

慤妃道：「讓小郡主和小公子留下來，在宮裡正好還能和五皇子為伴。」

鄔八月咬了咬唇。

她當然不願意讓孩子離開自己身邊。可她拗不過皇權——如果這是皇上一開始就打定的主意的話……不，或者說，這本就是皇上請他們來這場「鴻門宴」的目的。

皇上要留下這兩個孩子。

是作人質嗎？鄔八月不得而知。

「皇上。」高辰複沈吟片刻後，低聲說道：「小兒自出生後未曾離開過臣妻身邊，臣妻也捨不得他們……還請皇上憐憫臣和臣妻一片愛子之心。」

宣德帝「唔」了一聲，笑道：「這倒是，自己培養自己的兒子，才更能放心些。」

高辰複喉嚨一梗。

「那你們就帶著你家小子去漠北吧，男孩子多歷練歷練總是好的。」宣德帝笑道：「至於瑤瑤這個嬌嫩嫩的小姑娘，還是別帶去那風霜苦寒的地方為好。留在宮裡，朕會讓皇后將她教導成一個世家貴女的。是吧？皇后。」

蕭皇后應了一聲，略有些同情地看向鄔八月。

「漠北氣候不佳，對女孩子來說並不適宜居住，瑤瑤留在宮裡也好，本宮會好好照顧她。高夫人可否放心？」

鄔八月哪能答不放心？

可她若是答放心，卻又等於間接答應了讓瑤瑤留在宮裡的事。

一時之間，鄔八月便僵立在當場，做不出一點反應。

「那就這樣決定了。」宣德帝哈哈一笑。「朕會下令，還珠郡主一應用度比照公主待遇，你們夫妻也好放心了。」

鄔八月面色慘白。

皇上放棄了陽陽這個男孩，而選了瑤瑤這個女孩……

或許皇上一開始想留下的，就是瑤瑤，而不是陽陽。陽陽只是一個幌子。

從見到瑤瑤起，宣德帝就沒有掩飾過對瑤瑤的喜歡。封郡主、厚賞賜，還借了皇后的名義，讓鄔八月時常帶著瑤瑤進宮。

鄔八月其實早就對宣德帝起了疑心，只是不敢深想。

宣德帝……恐怕在早年間，對靜和長公主便生有不該有的情愫，超越了姊弟之情的情愫。

而今見到長得極像靜和長公主的瑤瑤，寵愛瑤瑤這麼一個小娃娃，移情的原因很大。

但鄔八月萬萬沒有想到，宣德帝竟然會在他們臨行前一日，提出留下瑤瑤的要求。

他是鐵了心的。

離開皇宮的路上，鄔八月手腳冰涼。

五月的天氣，她只覺遍體生寒。

高辰複好不容易將她懷中的陽陽抱了出來，交給了等候在宮外的朝霞。

馬車之中，他擁著鄔八月，低聲耳語、勸哄，但似乎並沒有太大的作用。

直到回到長公主府，屏退下人，只剩下他們二人時，高辰複方才捧起了鄔八月的臉，認真說道：「不要擔心，瑤瑤在宮中有皇后照顧著，不會有事。」

鄔八月搖頭。

她不認為高辰複明確地知道她心裡擔憂的到底是什麼。

可這樣的揣測，又是那般難以啟齒……

鄔八月咬著下唇，糾結了好半晌方才摟過高辰複，輕聲在他耳邊說道：「皇上對婆母……有不倫之情，你難道看不出來嗎？他留下瑤瑤……是將對婆母的情，寄託到了瑤瑤身上……」

高辰複抿緊雙唇。

「瑤瑤現在還小，可等她再大些……我、我哪裡放心讓她留在皇宮裡？」鄔八月捂著胸口，痛心地道：「把孩子帶離開我身邊，那等同於是在剜我的心頭肉！」

「好好，我知道、我知道……」

高辰複只能將她擁緊，嘆息一聲說道：「是我沒用，連瑤瑤都保護不了……」

「這與你不相干……」鄔八月抓著高辰複的袖子，吸了吸鼻，目光炯炯地看著高辰複問道：「明日一早我們就出發了，能不能……將瑤瑤從皇宮裡帶出來，我們直接帶去漠北？」

高辰複低聲道：「那豈不等同於抗旨？」

「皇上到底打什麼主意，為什麼就一定要留下瑤瑤！」鄔八月恨聲說道：「就那麼喜歡幫別人養孩子?!沒錯，我倒是忘了，他還幫著自己的生母養情夫呢！」

高辰複立刻伸手捂住她的嘴。

他無奈道：「我知道妳很憤怒，我也很憤怒，可現在我們沒有別的辦法，只能等候合適的時機，再將瑤瑤接回身邊。」

鄔八月哽咽地埋進高辰複的胸口。「我知道你也無可奈何，卻還對你發脾氣……」

「妳那哪是發脾氣……」高辰複輕嘆一聲。「我寧願妳打我一頓，也不想看到妳這樣神傷。」

高辰複挑起她的下巴，說道：「我們還有時間，瑤瑤不可能一輩子被困在皇宮，皇上也不敢對瑤瑤怎麼樣，至少，還有皇后看著。」

鄔八月抹掉臉上的淚，連連點頭。「對、對，我去拜託軒王妃，她若是願意，我拜託她常常進宮去看看瑤瑤。還有三姊姊，等她生下孩子，多帶著孩子進宮去……」

高辰複輕聲道：「妳也別把皇上想得太齷齪，他對母親的心思……我不是不知道。皇上宵衣旰食、日理萬機，留下瑤瑤，或許只是希望能夠見一見還活著的母親……前朝後宮那麼多事，皇上不會分出太多心思在瑤瑤身上。」

鄔八月抿了唇，對高辰複這話不大相信。

身為母親，在這樣的事情上，總是更加敏感而多疑的。

「將周武和朝霞留下來吧。」鄔八月咬了咬唇，道：「就算是我自私了，讓周武和朝霞留下來，貼身保護瑤瑤。」

她定定地望著高辰複。

良久後，高辰複方才點頭道：「好，我會努力辦成這件事。」

周武那邊自然是對高辰複的任何命令都毫無疑義，而朝霞，卻是捨不得鄔八月。

「奴婢不跟著大奶奶去漠北可怎麼行……」朝霞眼睛紅紅地道：「暮靄粗心，伺候大奶奶不精細……」

「就是因為妳精細，所以我才留妳下來，照顧瑤瑤。」鄔八月握住朝霞的雙手，同樣哽咽道：「我不能把瑤瑤一個人留下來。皇宮裡到處都是暗潮洶湧，讓妳進宮照顧瑤瑤，是我自私自利對不起妳，可我沒有旁的信任的人了……」

朝霞握緊鄔八月的手，堅定地道：「大奶奶放心，奴婢一定會替大奶奶照顧好小郡主的。」

「拜託妳了……」

鄔八月對朝霞由衷地感激。

這個跟了她這麼多年的丫鬟，像姊姊一樣照顧她，如今還要繼續照顧她的女兒。

鄔八月眼眶微濕。

朝霞輕聲道：「大奶奶別傷心，您和大爺總還會回燕京的。到時候，奴婢一定會讓您見到一個白白嫩嫩的小郡主。」

鄔八月緩緩地點頭。

出發當日，明焉趕來送行。

見到高辰複，他還是會有些彆扭。

尷尬地說了幾句，明焉鄭重地表示，瑤瑤也是他的姪女，他也會力所能及地保護她。

高辰複很欣慰。

明焉又問了高彤絲。

高辰複回答他，高彤絲已經先兩日離開了燕京，會在路上和他們會合。

正說著話，遠遠地卻見喬姨娘也趕來。

「差點以為沒追上你們……」喬姨娘笑了笑，誠懇地說道：「大爺、大奶奶，這一路過去，可要平安保重。」

高辰複點點頭，鄔八月向她道了謝，望了望她身後。

喬姨娘嘆息道：「大奶奶別瞧了，侯爺沒來。」

「侯爺還病著？」鄔八月輕聲問道。

「沒什麼病，就是鎮日躺在床上，也不喜歡說話了，望著窗櫺能望一整天。」喬姨娘勉強笑道：「別的，倒也沒什麼。」

鄔八月應聲，輕聲說道：「侯爺就要麻煩喬姨娘多照看著了。」

「大奶奶放心。」喬姨娘點點頭，道：「大爺和大奶奶的恩情，妾身銘記於心。」

高辰複跨上馬，鄔八月也在二丫的攙扶下走上腳凳，坐進了馬車裡。

她其實不喜歡離別的場面，所以吩咐過鄔家的人，不讓他們來送行。

猶記得那天鄔居正和賀氏和她說的話。鄔居正說，漠北是她和高辰複相識的起點，是他們緣分的開始，此番去漠北，或許也是天意。

「那個救了妳的單姑娘，妳終於能當著她的面和她道一聲謝了。」鄔居正道。「欠了人情，總要還，心裡才能踏實。」

而賀氏則是細細叮囑鄔八月，漠北之地風沙多，要她好好保養自己，別活成一個黃臉婆。

「你們夫妻恩愛當然好，卻也不要讓這份恩愛在乏味和無聊中漸漸消磨掉。」賀氏輕聲叮嚀。「再多生幾個孩子，你們身邊雖已有一兒一女，但到底顯得寂寞。」

鄔八月都一一應了。

她捨不得父母雙親，也捨不得燕京的繁華，但她心裡明白，她的離開對父母是一種安全的保障；而燕京城的繁華，在不久的將來或許會變成一劑穿腸的毒藥。

她捨不得，卻知道必須捨得。

活在這個世道上，有些東西必須要堅持，而有些東西，卻不得不放棄。

人生路上一個個的選擇，通向光明的、通向灰暗的，分岔路口太多；走得多了，也分辨不清所選的到底是對是錯。

但就如郝老太君所說，不忘初心。

她慶幸的是，自己從來沒有變過。

「坐好了？」高辰複騎著馬，微微躬身，在窗邊輕聲問道。

鄔八月撩起紗簾，對高辰複一笑。

旭日的柔光從高辰複的身後照耀過來，鄔八月看不大清他的臉，卻只覺得暖意薰薰然。

「好了。」她輕聲說道：「可以出發了。」

仍舊在世的人、已經故去的人，在這一刻，要和他們道別了。

車輪緩緩而動，鄔八月看向巍峨的燕京城門。

皇宮裡含冤而死的鄔陵桐，不知是死於愛情，還是死於野心。

江南中出嫁即亡的鄔陵柳，身是妖嬈身，心是淺薄心。

陳王府靜候子降的鄔陵桃，縱是千般算計，卻也有百轉柔腸……

而她，幾經生死的鄔陵梔，卻彷彿是四個已出嫁的姊妹當中，唯一得到了命定良人的那一個。

過往的那些片段在眼前呼嘯而過。

「停車。」鄔八月喚了一聲，匆匆從車廂中走了出來。

高辰複下了馬，關切地問道：「怎麼了？」

鄔八月莞爾一笑。

「沒什麼。」她輕輕牽起高辰複的手。「就是忽然想起，在漠北的時候，你從北蠻人手中救我那一次。」

她仰頭看著高辰複。「我坐在你身前，你抱著我騎馬，在冷肅的寒風中奔馳……」她笑。「我已經很久沒有和你共乘一騎了。」

高辰複輕笑道：「這還不簡單？」

他扶住鄔八月的腰，將她抱上了馬，隨即自己也跨坐上去，牢牢將她擁在懷中。

「我們還會回來嗎？」鄔八月輕聲問道。

高辰複點頭。

「會把瑤瑤接回到我們身邊嗎？」她靠在高辰複胸前。

「會。」高辰複道。

「苦難……是不是已經結束了呢？」

「嗯。」

「最後問你一個問題。」鄔八月一笑，微微側身，右手掌心貼上了高辰複的左胸。堅實而有力的心跳，一下又一下。

「……問什麼？」高辰複輕聲道。

「不問了。」鄔八月靜靜地貼著他，莞爾一笑，如八月時節的燦陽。「你的回答，我已經聽到。」

——全書完

番外

漠北的冬天很冷。

五歲的高初陽渾身上下裹得厚厚的，巴掌大的小臉正對著抱著弟弟的母親，一臉倔強。

「年紀不大，脾氣倒是不小。」鄔八月無奈地望著自己這個兒子，沒好氣道：「知不知道錯了？」

「不知。」高初陽撇了撇嘴。

「滾了雪團砸夫子，還不是錯？」鄔八月瞪他。

高初陽哼聲道：「為什麼是我錯？誰讓他看不起我的朋友，我是為朋友打抱不平、兩肋插刀。陳夫子那樣的人，我還不稀罕他教我呢！」

高初陽皺了皺小鼻子，說起道理來倒是頭頭是道。

這小子小時候安安靜靜的，沒想到如今大了，會跑會跳，還會闖禍了。

鄔八月一瞧見他就覺得頭疼。

偏生這孩子闖了禍還有理有據，讓她都找不到話來呵斥他。

「……不管如何，你對夫子不敬，就是不對。」鄔八月板著臉訓了一句，高初陽還有話要說，卻似乎是想到了什麼，悻悻地閉了口。

「爹說了，娘才生了弟弟出月子，讓我不能惹妳不高興。要是妳氣著了，弟弟就沒奶喝了，到頭來還要怪在我頭上。」高初陽一板一眼地道：「算了，我大人不記小人過，也不和女子一般見識。」

鄔八月頓時氣笑了，道：「是是是，我是女子，你弟弟是小人，我們家長子還真是識大體、顧大局。」

高初陽得意地揚了揚下巴。「那這兒沒我事了吧？我先回去了，我的朋友還等著我呢。」說完，高初陽一撅小屁股，不等鄔八月說話便跑，正撞上掀了厚氈簾子進來的高辰複。

「爹爹。」高初陽眨了眨圓乎乎的眼睛，衝著他爹傻乎乎地一笑，然後一溜煙跑了。

高辰複皺眉盯了兒子的背影片刻，方才回過頭來，脫下身上厚重的外氅，走到火爐邊上去將周身烤得暖和些，怕把寒氣過給了妻兒。

「陽陽又闖禍了？」高辰複抬頭看向鄔八月，輕笑一聲，道：「這次又怎麼了？」

鄔八月便笑著解釋道：「他說陳夫子瞧不起他的朋友，所以夥同了那些小孩子滾了雪團砸陳夫子。陳夫子身上倒是沒什麼，就是臉上被雪團砸了下，告到我這兒來了。」

「是嗎？」高辰複想了想，道：「那看來陳夫子也沒什麼本事，以身分地位論朋友的好壞，能教出什麼樣的人才來？等過了年，給陽陽換個先生來教他吧。」

鄔八月沒好氣道：「有你這樣慣著兒子的嗎？」

「但是他滾雪團砸人的確不對。」高辰複立刻改口道。「就衝這點，還是要好好教訓他。」

鄔八月好笑地搖了搖頭。

高辰複待周身烤得暖和了，方才走近了妻兒。

鄔八月懷中的孩子出生才不過一個多月，臉蛋紅撲撲的，正似睡非睡。

高辰複輕輕伸手將次子抱到了懷裡，笑道：「南兒可還聽話？」

他們的次子取名高慕南，小名南兒。

鄔八月點點頭道：「聽話，除了吃就是睡，不淘氣。」

高辰複輕輕拍著南兒哄他睡覺，鄔八月遲疑了下，才道：「薩蒙齊已經將整個漠北合併起來了，咱們這都督府以後只需要和薩蒙齊打交道。過完年後，薩蒙齊要帶著單姊姊去燕京……」

高辰複看向鄔八月，道：「嗯，然後呢？」

「……我們可以拜託單姊姊，將瑤瑤一併帶過來。」

這件事，鄔八月已經想了很久了。

她已經有四年沒有見過女兒了，雖然女兒的消息不斷，可總比不過親自帶在身邊。

一年年過去，女兒也會慢慢長大，沒有在她身邊養著，將來和她能有多親？

尤其是在有了南兒後，鄔八月更加覺得對不起瑤瑤。

高辰複露出一個笑容，道：「放心，妳想到的，我也已經想到了。」

「啊？」鄔八月忙道：「你也想到了？」

「我已經同薩蒙齊說了。」

妻子想女兒，高辰複一直看在眼裡。不僅妻子想，他又何嘗不想？彤絲也在他面前提過無數次，若是有能把瑤瑤接來的機會，他自然不會放過。

「薩蒙齊答應了我，會想辦法將瑤瑤帶回來。」高辰複伸手撫了撫鄔八月的臉。「妳且放心，薩蒙齊和皇上不是君臣關係，對皇上不用太多忌憚。若是當著眾臣的面提出這樣一個小要求，想必皇上也不會拒絕。」

鄔八月便釋然笑了笑，道：「嗯，希望能有好消息。」

薩蒙齊和單初雪啟程後，鄔八月就一直在等著消息。

不過有關瑤瑤的消息還沒等到，卻先收到了鄔陵桃的信。

去年郝老太君離世，二丫帶著她男人替鄔八月回去奔喪，那個時候，陳王的身體便開始不好了。

自從鄔家敗落之後，陳王對鄔陵桃一直不大好，美妾一個又一個地帶回來，還多是那種煙花柳巷裡的女人。鄔陵桃起初尋裕太妃作主，裕太妃礙著皇家臉面倒也訓斥過陳王，但後來疼愛兒子的心情占了上風，也不再管陳王，反倒是覺得繼室兒媳攔著陳王是不賢慧，是以鄔陵桃也不再管了。

陳王荒唐，冬日受了一場寒，便一病不起。

鄔陵桃信中說，陳王許是大限到了。

鄔八月拿著這封信，心中百感交集。

自己的姊姊即將守寡，她該是替鄔陵桃難過的，可更多的是覺得鬆了口氣。

鄔陵桃不是蠢人，早在陳王表現出敗相的時候，想必就已經開始做了準備。

她有一個兒子傍身，又早在有子之前，將陳王一個兒子養在了膝下，陳王的原配王妃沒有留下子嗣，鄔陵桃的兒子，不管是認在膝下的還是她親生的，都是陳王名正言順的繼承人。

至於扶持哪個兒子，那便是鄔陵桃自己的選擇了。

鄔八月收起信，不由輕嘆了一聲。

這條路是鄔陵桃自己選的，誠如她所說，即便是後悔，她也要一步一步地走下去。

鄔八月只是有些難過。

鄔陵桃是王妃，便是死了男人，今後也不可能改嫁，這一生就要消耗在王府裡了。

她還這般年輕……

因為這封信，鄔八月心情低落，持續了好長一段時間。

看得出母親心情不佳，高初陽也識相地沒有再闖出什麼禍來。

然後，便來了好消息。

單初雪在皇宮宴會上，見到跟在蕭皇后身邊像雪娃娃一樣的高欣瑤。

她早就知道那是自己的姪女兒，卻適時地表達出對瑤瑤的興趣，然後順理成章地從皇后口中得知瑤瑤的身分。

然後，單初雪當著大夏君臣的面，笑說在漠北時，常聽漠北都督夫人唸叨女兒，這次來燕京，倒是可以在回去時將高家姑娘一併帶去漠北，以解都督夫人相思之苦。

宣德帝自然是反對，薩蒙齊卻見縫插針，豪言道：「這女娃長得真漂亮，我都沒有這麼個如花似玉的女兒，大夏皇上，我就跟你討了這女娃！大夏皇上應該不會反對吧？」

宣德帝怎麼都沒想到薩蒙齊夫妻會來這一手。

當著群臣的面，他哪能不答應？

單初雪當即便從蕭皇后身邊將瑤瑤帶走了。

知曉這個消息後，鄔八月便一直盼著單初雪回來，此時卻收到了明焉的信。

明焉沒有認祖歸宗，知道他是蘭陵侯和靜和長公主之子的人屈指可數，他仍舊在為宣德帝做事，也頗得宣德帝信任。

這幾年，明焉的來信並不多，每年多半兩封。

他一直沒有成親。

這次明焉來信，說的卻是蘭陵侯爺的事。

高辰複看著信，久久不語。

前年，喬姨娘生的兒子得了一場大病去了，在蘭陵侯爺還不知道這個兒子不是他的骨肉的情況下，這樣的噩耗，自然讓蘭陵侯傷痛欲絕，也跟著大病一場，然後便癱瘓在床。

明焉其實心腸很軟，知道這個消息後，時時前去探望蘭陵侯爺，只覺得他簡直是生無可戀。

他情況很不好，宣德帝也去探望了。

第二日，高安榮便過世了，沒人知道宣德帝說了些什麼。

明焉信上說，燕京很快就會有人去漠北報喪。

高辰複將信收好，自己在書房中坐了一個晚上。

鄔八月知道他不想別人打擾，卻是在書房外也跟著一夜不眠。

第二日清早，高辰複推開書房門走了出來，下巴上冒出了好些青茬。

鄔八月的眼睛微微有些浮腫，輕聲問道：「爺，你還好嗎？」

「嗯。」高辰複愣了愣，扶住鄔八月，聲音低沈，道：「先準備起來吧。等報喪的人來了，我總是要回去的。」

鄔八月輕聲回道：「好。」

高安榮去世，唯一一個能為他主持喪葬之事的，只有高辰複。

宣德帝重孝，他必須要回去處理高安榮的後事。

高辰複望向鄔八月，靜靜和她對視了一會兒，方才輕聲道：「又要回那個是非之地了。」

鄔八月微微笑道：「去了，總還會回來的。就是和瑤瑤見面的時間，要往後推遲了。」

高辰複輕輕點頭，捏住鄔八月的手。

「妳與我一起。」

「我與你一起。」

鄔八月頷首，摸了摸高辰複的下巴。

鬍子扎人，卻讓她覺得無比真實。

清晨暖陽熹微，他們眼中映著溫柔的彼此，一同攜手，迎接每一個黎明和黃昏。

高安榮擺在明面上的三個兒子，一個功成名就，長駐漠北；一個腿瘸厭世，出家為僧，還有一個小小年紀便病亡夭折。

真正能夠給他撐起檯面的，便只有高辰複一個人。

明焉的真正身世不能廣而告之，所以高安榮身死，也只能等著高辰複回來奔喪。

堂堂蘭陵侯，落得這樣一個下場，也算淒涼了。

高辰複和鄔八月抵達燕京的時候，正是黃昏。

等候在燕京城外的蘭陵侯府下人，見到馬車後趕緊迎上前來。

「知道大爺和大奶奶差不多就這幾日到，小的們天天都候在這兒。」

高安榮一死，蘭陵侯府的人都要仰仗高辰複和鄔八月為他們打算，所以見到二人便十分殷勤。

高辰複淡淡點了點頭，視線挪到後面一輛馬車。

從馬車中緩緩走下來一雙男女，懷中還抱了一個粉雕玉琢的小娃娃。

侯府的下人乍一見，頓時眼珠子都要瞪出來了。「翁、翁主?!」

「彤絲早就身亡了。」高辰複淡淡道：「這是我在漠北認的妹子。」

下人狐疑地打量了下和平樂翁主簡直一個模子刻出來的女子，大概是覺得她身上的氣質比較寧謐，不像平樂翁主那樣張揚，方才放下了這個疑問，想著或許是大爺愛屋及烏，見到和平樂翁主長得像的女子，所以認為妹子、憑弔翁主。

一路無話，趕到蘭陵侯府時，眾人憔悴地迎了上來，見到高彤絲也是一副見鬼了的表情。

鄔八月少不得再多解釋一番。

喬姨娘的兒子沒了，她以後的指望也沒了，瞧著病懨懨的。倒是果姨娘擔起了侯府的事，裡裡外外都張羅得很是周到。

「侯爺的屍身不能久放，這會兒已經入殮下葬了。」果姨娘脆聲道：「茂和堂裡供著的是侯爺的衣冠，等著大爺、大奶奶回來了，請了僧侶來給侯爺做法事。」

高辰複淡淡地點了點頭，讓下人先去安頓。

高初陽和高慕南都被帶了下去，高辰複夫妻倆洗漱過後便趕到了茂和堂。

茂和堂裡只有零星幾個人守著。

高彤絲站在高辰複身後，面色很是平靜。

高彤絲到漠北之後，真如鄔八月所說的，海闊憑魚躍、天高任鳥飛，整整一年的時間，她恣意地在漠北的大地上生活，整個人的性子也變了，後來和一個獵戶相識，不是冤家不聚頭，竟成就了一番姻緣，日常生活雖然過得平淡，但高彤絲卻很滿意。

如今她也做了母親，心性更加溫柔。

她自小便渴望有母親呵護，一家三口的生活讓她知足且感恩，高辰複也總算能放下了心。

「還恨他嗎？」高辰複輕聲問道。

高彤絲張了張口，到底是輕嘆了一聲。

「人死如燈滅，我現在過得很好，又何必恨他？」高彤絲淡淡地道：「他如今下了黃泉，母親也好，淳于氏也罷，該如何交代就如何交代，已與我無干。」

高辰複點了點頭。

高彤絲道：「彤雅帶著瑤瑤回了漠北，他們是不會來給侯爺奔喪了。不知道辰書可會來？」

高彤絲對高辰書也已沒有了怨恨，如今說起高辰書，面上的表情也是淡淡的。

鄔八月走過來輕聲道：「果姨娘說，侯爺剛過世的時候，辰書也來過，跟僧侶一起為侯爺唸經超渡。」鄔八月看向高辰複。「爺要不要讓人再去請辰書來？」

高辰複道：「我之前說過，蘭陵侯府我會交給辰書，自然是要他回來的。」

「就怕他仍舊不願還俗。」鄔八月輕嘆一聲。

歇息一晚，高辰複便遞了摺子進宮，告知宣德帝他到京的事，又讓人去玉佛寺請高辰書來。

高辰書只讓人回了話，說紅塵俗事，已與他無關，竟是連高辰複的面都不見。

去請高辰書的人輕聲道：「二爺本就身有才學，如今在玉佛寺中講經說法，很多香客都喜歡聽。這幾年，二爺也出門過幾次，過苦行僧的生活，說是普渡眾生……小的看著，覺得二爺倒也是樂在其中了。」

高辰複良久未語，鄔八月輕輕拉了拉他，他才輕聲道：「罷了，他有他的三千世界，就不要再拉他接近這些凡塵俗事了。」

鄔八月鬆了口氣。

她就怕高辰複想不通。

其實要她說，高辰書能有這樣的結局也是好的，只要他覺得自在安樂，蘭陵侯府這樣的擔子又何必交給他扛著呢？

若他真有野心，恐怕宣德帝也不會放過他。

如今做一個知足常樂的和尚，也是他的善緣，總比被幽閉在莊中的高彤蕾、行動緩慢的高彤薇要好得多。

高辰複和鄔八月去了高安榮的陵墓前祭拜，又在侯府中待了三日，宣德帝下了口諭讓高辰複攜妻進了宮。

礙著瑤瑤，鄔八月有些不願意和宣德帝照面，生怕宣德帝提到瑤瑤，讓她再將瑤瑤給送回來。

高辰複倒是面色淡定，牽著鄔八月的手，走在宮道上輕聲道：「薩蒙齊已經將瑤瑤帶走了，皇上不會在這個時候提這樣的事，不然便是落人話柄。」

鄔八月微微點頭，低聲問道：「侯爺過世，按理說爺該為父丁憂，守喪二十七個月。如今漠北的事離不開爺，皇上會不會奪情？」

高辰複道：「皇上便是不提，我也會主動說的。」他嘆道：「這京中待著，到底危險。」

鄔八月抿了抿唇，無聲嘆了口氣。

宣德帝在勤政殿中見高辰複，鄔八月則被帶去了坤寧宮，沒想到愨妃和五皇子竟也在。

五皇子已經六歲了，瞧著呆頭呆腦傻兮兮的，只是一雙眼睛像極了鄔陵桐，黑黝黝的看不見底，又清澈透明得讓人無法直視。

鄔八月給皇后和愨妃見了禮，蕭皇后寬和地道：「數年未見，高夫人一向可好？」

鄔八月俯首笑道：「臣婦一切皆好，謝娘娘垂詢。」

話剛說完，就見五皇子慢悠悠地走向了她。

鄔八月一愣，五皇子抓住了她腰間垂下的絛子。

「瑤瑤？」五皇子偏了偏頭，明澈的眼睛望定了鄔八月。

蕭皇后嘆笑一聲。「瑤瑤在宮中的時候，和五皇子時常走動。宮裡的小人兒不多，五皇子最是喜歡和瑤瑤在一起玩。如今瑤瑤不在他身邊，他念得緊，聽說今兒瑤瑤母親進宮，便尋妳來了，問妳要瑤瑤呢。」

鄔八月心裡微酸，蹲了下來。

她摸了摸五皇子的頭，張了張口，卻說不出話來。

這孩子若是能一直這般，長大後得皇后照拂著，這一生也能平安順遂了。

「趙賢太妃那兒也唸叨著你們，本宮這兒就不多留妳了。等高都督從皇上那兒出來，你們去慈安宮見見太妃。」

鄔八月躬身應是。

沒等多久，高辰複便親自來了坤寧宮接了鄔八月，跟在他身後的還有明焉。

鄔八月訝異地張了張口，迎上前去。

「去慈安宮見外祖母去。」高辰複笑了笑，看上去心情愉悅。

他身後的明焉同樣如此，見到鄔八月也不忘點點頭，顯得越發穩重了。

三人讓後面跟著的人離得遠些，一路小聲交談著。

「皇上決定奪情，讓我在京裡待二十七天便回漠北去。」高辰複輕聲道：「妳抓緊時間，和岳父岳母好好團聚。」

鄔八月點了點頭。

高辰複又看向明焉。「你年紀也不小了，打算什麼時候成家？」

明焉原本笑呵呵的，一聽高辰複這話，撇了撇嘴。「管得倒是寬。」

高辰複瞪了他一眼。

這兄弟倆便是這樣的脾性，這幾年一直沒斷了書信往來，但見了面說不上兩句就有些劍拔弩張。

鄔八月看向明焉，不由在心中猜想著，明焉到現在還未娶妻，會不會是因為鄔陵桃？

陳王已經身歿，鄔陵桃撐起了整個陳王府，自己的兒子順理成章承了爵，她以後也能做個富貴閒人了。

可以說，鄔陵桃和明焉是再無可能的。

那明焉還在執著什麼呢？

高辰複不知道他們二人之間有這樣一段情，鄔八月一直隱著沒說。

見明焉一臉不想多談的表情，鄔八月便笑著道：「你也說他年紀不小了，心裡能沒點成算？他的婚事，皇上肯定也是在意的。」

明焉知機地道：「我現在替皇上辦一些上不得檯面的事，也不好娶妻，你別嘮叨。」

他拿這樣的話出來說，倒是能堵高辰複的話。

高辰複嘆息了一聲，道：「那你也該早些成家，母親肯定也盼著你能有個知冷知熱的人陪在身邊。我們同父同母三兄妹，就你還孤零零的了。」

明焉便笑嘻嘻地應聲說是。

到了慈安宮，自然又是一幅親人久別重聚的感人景象。

趙賢太妃已經知道了明焉的身分，這幾年，明焉也時常在趙賢太妃跟前孝順，趙賢太妃過得還不錯。

知道高辰複只待二十七天，趙賢太妃很捨不得，又不滿他們沒帶孩子進宮來瞧她。

高辰複只能保證，說下次一定帶陽陽和南兒來。

趙賢太妃嘆道：「瑤瑤走了以後，我這心裡就缺了一塊。雖然知道她跟在你們身邊更好，但就是過不去心裡這道坎。複兒，你說你什麼時候能回京來啊？這樣我也能時時見到幾個孩子了。」

高辰複只能抿了抿唇，道：「外祖母，漠北需要我。」

「欸，是啊……」趙賢太妃摸了摸高辰複的臉。「複兒真是有出息……」

明焉見她眼露傷感，湊上前去嬉笑道：「那我呢？」

趙賢太妃笑道：「你也有出息，都有出息。」

在慈安宮用了午膳，又陪了趙賢太妃半下午，高辰複等人才離開。

「彤絲也回來了。」臨別時，高辰複對明焉道：「你要不要去見見你姊姊？」

明焉想了想，道：「她的性子跟以前真不一樣了？」

明焉還記得高彤絲硬拽著他要他認祖歸宗時的模樣，心有餘悸。

高辰複笑道：「嗯，不一樣了。她嫁了人、生了孩子，哪還會那麼浮躁。」

明焉便應了一聲，道：「那這樣的話，我勉強去見見她吧。」

高辰複低笑。

翌日，明焉果然來見高彤絲了，高彤絲自然是抱著他好一陣哭，把明焉尷尬得不行。

鄔八月瞅了個空，輕聲問明焉。「你……還與我三姊姊聯繫嗎？」

明焉面上微微頓了頓，方才輕聲道：「我時常去見她。」

鄔八月怔了怔，不由問道：「你不娶妻，可是為了我三姊姊？」

明焉笑了笑，並不答。

鄔八月想了想，問：「三姊姊沒勸你嗎？」

「勸啊。」明焉聳了聳肩。「可我是那麼聽話的人嗎？」

鄔八月便是一嘆。

明焉低首輕聲道：「我知道我跟她沒結果，但也就這樣吧。陳王雖說是我舅舅，但他死了我還是滿高興的。這樣，她就不用受苦了；等她兒子長大，她有依靠，就更好過了。」

「那你呢？」鄔八月不由道：「你就這樣耗著？」

「哪說得上是耗著？我還沒遇上更心儀的姑娘，等遇上了再說吧。」明焉笑了聲。

鄔八月不解，低喃道：「真不知道你對三姊姊……到底是什麼樣的感情。」

明焉聞言，目光有些放空。「我也不知道……那會兒她為我打算，幫我助我，就覺得這世上她是唯一一個對我好的女人……上了心，就丟不下了。」

明焉一笑。「如今這樣，也不錯。我們彼此取暖，想到對方時也不孤單。」

鄔八月不知該說什麼。

人散了，夜深人靜，一旁的南兒已經熟睡，鄔八月輕靠在高辰複的胸膛。

「爺，你說……感情是什麼？」

高辰複疑惑地望著鄔八月的頭頂。「怎麼忽然問這個？」

鄔八月撐起身，笑道：「你同我說說唄。」

高辰複便想了想，道：「感情……就是想起某個人，心裡會覺得溫暖吧。」

他笑望著她。「我想起妳時，心中便暖融融的。」

「彼此取暖……」鄔八月喃喃。

高辰複接過話道：「對，彼此取暖。」

他擁住鄔八月，輕聲笑道：「睡吧，明兒我們去拜見岳父岳母。」

鄔八月回抱著他。

明焉和鄔陵桃只能暗地裡彼此取暖，而她，有個可以正大光明從他身上取暖的人。

暖在身上，熱，卻在心窩。

鄔八月抱著他，只覺得歲月靜好，擁抱住了一生的幸福。

——全篇完

文創風
332

一品指婚 5 完

國家圖書館出版品預行編目資料

一品指婚 / 狐天八月著. --
初版. -- 臺北市 : 狗屋, 2015.09
冊 ; 公分. --（文創風）
ISBN 978-986-328-501-4（第5冊：平裝）. --

857.7　　　　104013461

著作者　狐天八月
編輯　戴傳欣
校對　黃亭蓁　蔡佾岑
發行所　狗屋出版社有限公司
地址　台北市104中山區龍江路71巷15號1樓
電話　02-2776-5889～0
發行字號　局版台業字845號
法律顧問　蕭雄淋律師
總經銷　知遠文化事業有限公司
電話　02-2664-8800
初版　2015年9月
國際書碼　ISBN-13　978-986-328-501-4
原著書名　**《香闺》**，由起點女生網（http://www.qdmm.com）授權出版

定價250元
狗屋劃撥帳號：19001626
網址：love.doghouse.com.tw　E-mail：love@doghouse.com.tw